德里罗四部小说中的体育叙事研究

Narration of Sport: A Study of Don DeLillo's Four Novels

安 帅 著

中国社会科学出版社

图书在版编目（CIP）数据

德里罗四部小说中的体育叙事研究／安帅著．—北京：中国社会科学出版社，2022.3

ISBN 978 - 7 - 5203 - 9843 - 5

Ⅰ.①德… Ⅱ.①安… Ⅲ.①小说研究—美国—现代 Ⅳ.①I712.074

中国版本图书馆CIP数据核字（2022）第041003号

出 版 人	赵剑英
责任编辑	王丽媛
责任校对	党旺旺
责任印制	王 超
出　　版	中国社会科学出版社
社　　址	北京鼓楼西大街甲158号
邮　　编	100720
网　　址	http://www.csspw.cn
发 行 部	010 - 84083685
门 市 部	010 - 84029450
经　　销	新华书店及其他书店
印　　刷	北京君升印刷有限公司
装　　订	廊坊市广阳区广增装订厂
版　　次	2022年3月第1版
印　　次	2022年3月第1次印刷
开　　本	710×1000　1/16
印　　张	15.5
插　　页	2
字　　数	216千字
定　　价	86.00元

凡购买中国社会科学出版社图书，如有质量问题请与本社营销中心联系调换
电话：010 - 84083683
版权所有　侵权必究

出 版 说 明

为进一步加大对哲学社会科学领域青年人才扶持力度，促进优秀青年学者更快更好成长，国家社科基金 2019 年起设立博士论文出版项目，重点资助学术基础扎实、具有创新意识和发展潜力的青年学者。每年评选一次。2020 年经组织申报、专家评审、社会公示，评选出第二批博士论文项目。按照"统一标识、统一封面、统一版式、统一标准"的总体要求，现予出版，以飨读者。

全国哲学社会科学工作办公室

2021 年

序　言

　　安帅于2019年夏天从北京大学英语系毕业，次年他的论文入选国家社会科学基金优秀博士论文出版项目。近年来，随着文学跨学科研究的发展，叙事学不断开疆拓界，音乐叙事、医疗叙事、战争叙事等成为新的热点。安帅研究的是美国著名作家德里罗小说中的体育叙事，从体育视角出发对这位当代重要小说家进行专题研究，这在学术界是第一次，因此从选题上来说具有开创性的意义。在安帅这部专著出版之后，相信体育叙事也将引发更多的学术关注。

　　体育叙事贯穿于德里罗的小说。如果能对其进行系统深入的研究，并看到体育除了作为一个大众文化符号还具有叙事层面的意义，可以为理解德里罗这样复杂的小说家增加一个维度，也能为观照后现代社会的不同面向提供助力。安帅的这部专著兼顾经典与后经典叙事学：前两章分别侧重于叙事空间和叙事时间研究，聚焦于叙述视角、情节结构及人物塑造；后两章探讨作者、文本和读者之间的互动，采用的是修辞性叙事学和女性主义叙事学的方法。安帅在研究中特别指出，在有的德里罗小说中，体育元素在情节中并不起眼，甚至可能隐藏在情节背后，但若能挖掘出来，对于丰富小说的阐释则大有增益。他将我提出的"双重叙事进程"理论应用在《天秤星座》的解读当中，指出国际象棋看似在情节中无关紧要，实则为小说的隐性进程提供着持续的动力。双重叙事进程理论一经提出，就在国内外学界引发了广泛关注，已被应用于长中短篇小说、戏剧、电影、连环漫画等不同体裁的阐释。安帅的研究可以帮助说明，这一理论在经典长篇小说的阐释中具有强大的生命力。

这部专著不仅为优秀文学作品的鉴赏提供了新的维度，而且对揭示人类在审美层面的共性进行了有益尝试，学术视野宽广，并注重文学的现实意义，分析论证也具有较强的说服力。

在专著结论的展望部分，安帅希望将研究对象由单个作家扩展到整个美国文学史，建立美国体育叙事的谱系。他对体育、对文学、对叙事学的这般热情难能可贵，我期待他能继续迎难而上、不断突破自我。他还表示，会努力把博士论文的研究方法作为一种范式，下一步会从体育叙事转向科技叙事这个新的研究课题。我期待看到他在这方面取得的新成果。

我在担任安帅博士论文指导教师的几年间，欣喜地见证了他的成长。在校期间，他创新意识突出，学风扎实稳健。他连续获得北京大学规格最高的"校长奖学金"，并获得研究生国家奖学金，还在校内外的研究生学术论坛上获奖，包括在"青年学者新思路峰会"上，获评"青年才俊"。他2019年毕业时获得"北京大学优秀博士学位论文奖"，被评为优秀毕业生，并作为博士毕业生代表在北大外院的毕业典礼上发言。这几年，看到他在科研上继续奋进，我感到由衷高兴。相信他会发奋努力，不断取得新的成就，成为一名杰出的大学教师和学者。

申　丹

2022年春于燕园

摘　　要

唐·德里罗是美国当代最优秀的小说家之一。他在长达半个多世纪的创作生涯中对各种体育运动予以了思考和表征，并十分关注体育与各种社会文化力量的交互作用。本书选取了德里罗四部以体育为主要话题或与体育相关的小说，深入考察体育叙事与语言、身份认同、能动性、种族和性别政治、历史进程、生存环境等重要问题的联系。作为第一本对德里罗的体育叙事进行专题探讨的专著，本书揭示出，德里罗不仅有意再现了一个浸染在体育文化中的小说世界，而且在叙事进程、人物塑造、叙事结构、修辞效果、叙事交流模式等方面都赋予了体育重要的地位。同时，由于德里罗本人是资深的体育爱好者，其个体经历与其作品之间形成有效互动，使得体育成为考察德里罗的小说创作观和世界观的重要窗口，也为进一步探讨作为小说家的德里罗与文学流派、社会思潮之间的关系，以及作为知识分子的德里罗对人类命运、历史走向的思考奠定了基础。

本书绪论首先介绍德里罗不同的创作时期和主要作品，并对"伟大的美国小说"这一批评概念的发展史进行梳理，说明其对评介德里罗及其小说的适用性和现实意义。接着，指出体育在当代美国社会文化中的重要地位，并探讨小说家在创作中对于这一要素的把握。在此之后讨论德里罗小说中的体育叙事，关注体育与其他话题的互动。绪论还综述了国内外学界对美国文学中体育叙事的研究以及对德里罗研究的状况。最后，介绍了本书的基本结构。

本书主体部分由四章构成，各自研究德里罗的一部小说，由国际象棋这一相对边缘的体育运动入手，随后依次转向棒球、橄榄球和冰球这三大球类运动。前面两章聚焦于体育与历史书写之间的关系；后面两章转而聚焦于体育与主体性之间的关系。具体而言，第一章探讨《天秤星座》如何在空间—时间双轨并行的叙事模式之下书写肯尼迪刺杀案这一重大历史事件，揭示出情节发展背后围绕象棋构建的隐性进程，从新的角度梳理了个人能动性与历史进程之间的互动关系。本章指出，德里罗借鉴象棋运动的空间逻辑，重塑了主人公的生命轨迹，其中既包括物理空间的切换，又涉及精神空间的变化。作者还将这一事件中的其他关键人物纳入棋局中，赋予了历史人物以"棋子"和"玩家"的双重身份，使其既不能抗拒外部力量、跳出历史布下的棋局，又试图通过个人的能动性改变自身的命运。

第二章讨论德里罗的代表作《地下世界》中棒球与小微叙事之间的联系，继续聚焦于作者的历史书写，由历史人物与单个历史事件的关联转向断代史书写中的普通大众。首先，本章揭示出德里罗如何以一种超现实主义的笔触对于"棒球社会"中的种族政治和空间予以表征。然后，本章沿着失落的棒球这条叙事轴线，找到小说中各种"集合体"之间的联系。接下来，本章从棒球运动的特殊性出发，探索德里罗在历史叙事中对于棒球逻辑的借鉴。另外，本章还将聚焦于德里罗赋予棒球的"前世"与"今生"，阐明他对"慢速美学"的运用，揭示多重时空体下的多重自我与历史的互动关系。最后，将继续围绕棒球探讨小说中的"逆序"书写和复杂的"真实"问题。

第三章论述德里罗的早期小说《达阵区》，由橄榄球切入身份认同问题。本章首先对"主体性"加以界定。以此为铺垫，本章指出，运动员的身份认同深受体育话语的影响，而体育话语本身又与传统战争话语不可分割。但是，在"冷战"期间，以核战争为标志的现代战争颠覆了战争的定义；体育（橄榄球）、战争（传统战争和核战争）和语言问题交错在一起，给运动员的认知和身份认同制造了困难。最后，深入分析了德里罗如何通过对竞技体育精神的探索应对"冷战"之下盛行的被害妄想症：德里罗在这部小说中将对橄榄球运动内涵的探索与核战争的思考并行，实际上是试图用重构经典战争语境的方法驱散核战争在认知层面投下的阴霾。

第四章转向德里罗以假名出版的小说《女勇士》，探讨冰球运动与德里罗性别观之间的关系。本章首先关注的是女子职业冰球运动员所面对的"女性"和"运动员/勇士"这样一对矛盾的身份标识。然后，探讨女主人公如何采用激进女权主义的立场，试图在与形形色色的他者的互动关系中寻求单一的身份认同，从而陷入了能动性的反讽之中。之后，通过关注小说结尾的情节转向，证明只有当女主人公放弃了激进女权主义的立场，接受雌雄同体的生存状态，不再刻意压制自己的女性气质，她才不再是作者反讽的对象，才完成了个人成长。最后，通过对于小说的叙事交流模式的分析，可以揭示出德里罗既显保守又不失进步的女性观。

关键词：德里罗 体育叙事 隐性进程 历史书写 主体性

Abstract

Don DeLillo is one of the leading contemporary American novelists. Throughout his writing career, DeLillo has been representing various kinds of sport and reflecting on the interplay between sport and multiple sociocultural forces. This book selects four of DeLillo's novels, in which sport is either a major theme or an important topic, and explores how the narration of sport is connected with such important issues as language, identification, agency, racial and gender politics, history and environment. As the first book on DeLillo's narration of sport, it reveals that DeLillo not only represents a world saturated with sports culture, but also lets sport play a crucial role in narrative progression, characterization, narrative structure, rhetorical effects and narrative communication. Besides, as DeLillo is a devoted sports fan himself, sport can be one of the keys to uncovering DeLillo's art of fiction as well as his views of the world, which can lead to further discussions on DeLillo the novelist's relationship with literary and social trends and DeLillo the intellectual's thoughts on the fate of humanity and the progression of history.

The introduction of this book primarily presents an outline of DeLillo's writing career, highlighting his important works. Through the appropriation of the concept of "the great American novel", it shows the strength of DeLillo's novels and his relationship with the tradition of American novels. Next, it shows the important role of sport in contemporary American society and culture and how sport is treated by novelists. Then it turns to the narration of sport in DeLillo's novels, focusing on the interplay between sport and other topics. What follows is a research review consisting of two parts: the narration of sport in American literature and DeLillo studies at home and abroad. At last, it introduces the basic structure of the book.

The body part comprises four chapters, each studying one of DeLillo's novels. It starts with chess, a relatively minor sport, and moves on to three major sports in America: baseball, football and hockey. The first two chapters focus on the relationship between sport and history writing, whereas the other two chapters are mainly concerned with the relationship between sport and subjectivity. Chapter One focuses on how the assassination of John F. Kennedy is written through the double engines of narration in *Libra*, namely time and space, and reveals a covert progression with chess as its center behind the plot development, thus providing a new interpretation of the interrelationship between individual agency and the progression of history. This chapter points out that DeLillo applies the spatial logic of chess to the representation of the protagonist's trajectory in life covering both physical and cognitional spheres. Besides, the author includes other key historical figures of the event in his chess games, assigning them the dual identities of chess piece and player, making them, on the one hand, succumb to the external forces and unable to escape the chess games set by history; on the other, try to change their destinies through subjective agency.

Chapter Two discusses the connection between baseball and small narratives in *Underworld*, DeLillo's masterpiece. While the concern of DeLillo's history writing continues, the emphasis shifts from the connection between a certain historical event and historical figures to the common people in a specific historical period. First of all, this chapter uncovers how DeLillo represents racial politics and space in a baseball community from a Surrealist perspective. Then it seeks connections among various communities in the novel along the narrative axis of a lost baseball. Meanwhile, it gives special attention to the special features of baseball games, showing the logic of baseball in DeLillo's historical narrative. In addition, it focuses on the life and afterlife of the legendary baseball in the novel, illustrating how the "aesthetics of slowness" functions and the complex interactions between multiple selves and history resulting from multiple temporalities. Last but not least, it explores how baseball contributes to the reversal of chronological writing and the coexistence of different realities.

Chapter Three discusses *End Zone*, DeLillo's second novel, and is concerned with the issue of identification in the football narrative. Above all, it defines the term "subjectivity". In terms of the specific matters of subjectivity in this novel, it points out that the identification of athletes has been tremendously influenced by the sports discourse, which is inseparable from the traditional war discourse. However, during the Cold War period, the modern war featuring the nuclear war subverted the definition of war, making sport, war (both traditional war and nuclear war) and language intertwined in the cognitional world and identification of athletes. The last focus of this chapter is how DeLillo tackles the overwhelming paranoia caused by the Cold War by resorting to the spirit of athletic sport. That is to say, when he makes football and the nuclear war the double concerns of his novel, he is trying to treat the cognitional disorder with the reconstruction of a classical war context.

Chapter Four turns to *Amazons*, which was published under a pseudonym, and concentrates on the relationship between hockey and DeLillo's view on gender. It first unveils the paradoxical identities of "woman" and "athlete/ warrior" faced by a professional woman hockey player. Then it exposes how the female protagonist adopts a radical feminist stance and keeps seeking a single, unified identification in her interactions with a series of characters, which makes her stuck in agential irony. Later, it highlights the dramatic turn in the ending of the novel and proves that it is only after the protagonist has stopped being a radical feminist that she is no longer the target of authorial irony and achieves personal growth. At last, it analyzes the mode of narrative communication in the novel and uncovers DeLillo's complex view on women, which is both reserved and advanced.

Key Words: Don DeLillo, narration of sport, covert progression, history writing, subjectivity

目 录

绪 论 ………………………………………………………………（1）
  第一节 德里罗:"伟大的美国小说家" ………………………（1）
  第二节 体育:"伟大的美国小说"的当代重要元素 ………（6）
  第三节 小说中的体育叙事………………………………………（12）
  第四节 研究现状…………………………………………………（15）
  第五节 本书的基本结构…………………………………………（32）

**第一章 历史的棋局、空间的游戏:《天秤星座》中的
  象棋与隐性进程** ……………………………………………（35）
  第一节 多重叙事动力:双层情节和隐性进程…………………（37）
  第二节 象棋:历史书写与虚构叙事的边界……………………（44）
  第三节 象棋与多维空间…………………………………………（51）
  第四节 从象棋玩家到冷酷杀手:刺杀,还是
    "将军"?………………………………………………………（56）
  第五节 重开新局:双面人埃弗里特……………………………（62）
  第六节 从局外到局内:奇兵鲁比…………………………………（66）

**第二章 历史的拼图、时间的逆流:《地下世界》中的
  棒球与小微叙事** ……………………………………………（78）
  第一节 《地下世界》形式与内容的复杂性 ……………………（83）
  第二节 棒球与超现实主义叙事:种族政治与空间
    表征的魅化与祛魅………………………………………（87）

第三节　棒球与叙事集合体 …………………………………… (95)
　　第四节　"地下史"：历史叙事中的棒球逻辑 ………………… (106)
　　第五节　棒球与"慢速美学" ……………………………………… (110)
　　第六节　文本内外的棒球：现实、超现实与超真实 ………… (116)

第三章　渗透与抗衡：《达阵区》中橄榄球与双重战争话语的互动 …………………………………………………… (128)
　　第一节　"这是唯一的游戏"：战争话语、暴力美学与身份认同 ……………………………………………………… (134)
　　第二节　"橄榄球不等于战争"：古典战争与现代战争 …… (142)
　　第三节　"治愈雪"：被害妄想症、身份困境与自疗方案 … (149)

第四章　冰球运动与女性观：《女勇士》对激进女性主义的反讽 …………………………………………………………… (160)
　　第一节　著作权和书名之谜：虚实相生的《女勇士》 …… (163)
　　第二节　女人、球员、女球员：公共空间中的"性别麻烦" ………………………………………………………… (168)
　　第三节　两性关系中对于女人—征服者的反讽 …………… (176)
　　第四节　女勇士族：女性主义的悖论 ……………………… (184)
　　第五节　从克利奥·伯德维尔到唐·德里罗：身份伪装与叙事交流 ……………………………………………………… (191)

结　语 ……………………………………………………………… (202)

参考文献 …………………………………………………………… (210)

索　引 ……………………………………………………………… (221)

后　记 ……………………………………………………………… (225)

Contents

Introduction ·· (1)
1. Don DeLillo: A "Great American Novelist" ····················· (1)
2. Sport: An Essential Element of the "Great American Novel" in the Contemporary Time ··· (6)
3. Narration of Sport in Fiction ·· (12)
4. Literature Review ·· (15)
5. Structure of the Book ·· (32)

Chapter 1 Narrative History as Games of Chess and Space: Chess and Covert Progression in *Libra* ············ (35)
1. Multiple Narrative Dynamics: Dual Plots and Covert Progression ·· (37)
2. Chess: The Boundary between History Writing and Fiction Writing ··· (44)
3. Chess and Multiple Dimensions of Space ······················ (51)
4. From Chess Player to Assassin: Assassination, or "Check"? ··· (56)
5. A New Game: Everett with Two Faces ························ (62)
6. From Outsider to Insider: Ruby the Raider ·················· (66)

Chapter 2　A History Pieced Together with a Reversal of Time: The Petit Récit in *Underworld* ………………… (78)

1　The Complexity of Form and Content in *Underworld* ……… (83)
2　Baseball and Narration of Surrealism: Racial Politics and the Enchantment and Disenchantment of Spatial Representation …………………………………………… (87)
3　Baseball and Narrative Community …………………… (95)
4　"Underhistory": The Baseball Logic in the Narration of History ……………………………………………………… (106)
5　Baseball and the "Aesthetics of Slowness" …………… (110)
6　Baseball Within and Without the Text: Reality, Surrealism and Hyperreality ……………………………………… (116)

Chapter 3　Permeation and Counteraction: Interaction between Football and Double War Discourses in *End Zone* …………………………………… (128)

1　"This is the Only Game": War Discourses, Aesthetics of Violence and Identification …………………………… (134)
2　"Football is not War": Classical War and Modern War …… (142)
3　"Healing Snow": Paranoia, Identity Crisis and Self-Treatment …………………………………………………… (149)

Chapter 4　Hockey and DeLillo's View on Women: Irony of Radical Feminism in *Amazons* ……………… (160)

1　Mysteries around Authorship and Title of the Novel: Combination of Reality and Fiction in *Amazons* ………… (163)
2　Woman, Player, and Woman Player: Gender Trouble in the Public Sphere ………………………………………… (168)
3　Irony of the Woman-Conqueror in Sex Life …………… (176)

5 A Race of Women Warriors: Paradox of Feminism ········· (184)
6 From Cleo Birdwell to Don DeLillo: Passing Narrative
   and Narrative Communication ····································· (191)

Conclusion ·· (202)

Bibliography ··· (210)

Index ·· (221)

Postscript ··· (225)

绪　　论

第一节　德里罗："伟大的美国小说家"

唐·德里罗（Don DeLillo, 1936—　）是当代美国最重要的作家之一。自 20 世纪 70 年代以来，德里罗笔耕不辍，发表的作品既有长篇小说，也有短篇小说、戏剧和散文。虽然涉足的文学类别众多，德里罗最被人认可的还是他的小说。哈罗德·布鲁姆（Harold Bloom）视德里罗为美国当代四大小说家之一，① 而《剑桥唐·德里罗指南》的主编约翰·N. 杜瓦尔（John N. Duvall）将德里罗列入了当代小说家的第一梯队。② 德里罗在过去半个多世纪共计发表小说 18 部，③ 20 世纪 70 年代发表六部，80 年代四部，90 年代二部，进

---

①　Harold Bloom, "Introduction", in Harold Bloom ed., *Bloom's Modern Critical Views: Don DeLillo*, Broomall: Chelsea House Publishers, 2003, p. 3. 另外三位是托马斯·品钦（Thomas Pynchon）、菲利普·罗斯（Philip Roth）和科马克·麦卡锡（Cormac McCarthy）。

②　John N. Duvall, "Introduction", in John N. Duvall ed., *The Cambridge Companion to Don DeLillo*, New York: Cambridge University Press, 2008, p. 1. 杜瓦尔视为第一梯队的作家还有品钦、罗斯、托尼·莫里森（Toni Morrison）和约翰·厄普代克（John Updike）。

③　此处统计数据包括了德里罗于 1980 年化名克利奥·伯德维尔（Cleo Birdwell）发表的小说《女勇士》（*Amazons*, 1980）。虽然德里罗曾要求后来的出版商在编纂其作品目录时去掉这本书，但普遍认为该书为德里罗所作无疑，由著名德里罗研究者菲利普·尼尔（Philip Nel）维护的网站 The Don DeLillo Society 也将该书列入德里罗书目提要。本书第三章会进一步讨论将这部小说列入研究文本范畴的合理性。

入21世纪六部。《白噪音》（*White Noise*，1985）获美国国家图书奖（National Book Award）；《天秤星座》（*Libra*，1988）热销全球、入围美国国家图书奖决选，摘取《爱尔兰时报》国际小说奖（Irish Times Aer Lingus International Fiction Prize）；《地下世界》（*Underworld*，1997）入围普利策奖（Pulitzer Prize）决选，被《纽约时报》评为1997年度最畅销小说；《毛二世》（*Mao II*，1991）摘得笔会/福克纳奖（PEN/Faulkner Award）。可以说，如果我们重拾"伟大的美国小说"（the great American novel）这个概念，德里罗的这几部重要作品都有资格进入候选名单，① 而德里罗本人自然也是当代"伟大的美国小说家"的有力竞争者。

"伟大的美国小说"最早是作为一种国家文化或者说民族身份认同的诉求被提出的，对不同时期的重要作家的创作都产生过影响。除去政治意义，这个概念的提出标志着一个评判小说好坏的重要标杆的确立，至今对于文学批评依然具有很大的参考价值。下面，我

---

① 如果只从中挑选一部"参选"，当属《地下世界》。无论从小说的篇幅、格局、涉及的主题的多样性和复杂性，还是对当代美国社会生活的观照来讲，《地下世界》这部长达800多页、在时间轴上横跨半个世纪、在空间轴上立足全球、对"冷战"和当代社会的方方面面都有所涉及的鸿篇巨制无疑是德里罗最重要的一部作品［按照笔者的划分，这是他创作黄金期（20世纪80年代中期到90年代末期）的最后一部小说；虽然《白噪音》在某种意义上已成为德里罗的一张标签，但大多德里罗研究者认为《白噪音》是德里罗的成名作，而他最重要的作品应是《地下世界》］。著名文学批评家劳伦斯·比尔（Lawrence Buell）对这一概念进行了重新思考：他在新作中将最后一部"伟大的美国小说"赋予了品钦的《万有引力之虹》（*Gravity's Rainbow*），并在最后一章的最后一节指出在他看来在品钦之后三位最重要的小说家：德里罗、大卫·福斯特·华莱士（David Foster Wallace）和威廉·沃尔曼（William Vollmann）。比尔以品钦为镜，认为这三位作家的重要作品最能与《万有引力之虹》相较——其中谈到德里罗时选择的是《地下世界》。相关观点，可参见 Lawrence Buell, *The Dream of the Great American Novel*, Cambridge and London: The Belknap Press of Harvard University Press, 2014. 此外，也有评论家指出，"伟大的美国小说"被书写过很多次。从梅尔维尔的《白鲸》到德里罗的《地下世界》，美国作家们用一部部鸿篇巨制将处在某个历史节点上的整个民族定格下来。可参见 Carl Wilkinson, "The Overstory by Richard Powers — A Great American Eco-novel", *Financial Times*, https://www.ft.com/content/2375c898-47a2-11e8-8c77-ff51caedcde6.

们就结合着这个概念在近一个半世纪中的嬗变,来考察德里罗在哪些方面够得上是一位"伟大的美国小说家"。

威廉·德福雷斯特(William De Forest)在1867年最初提出"伟大的美国小说"的标准:"广泛、真实、感同身受地描绘美国生活,以至于每一个有感知力、有文化的美国人都不得不承认这一画面与其所熟知的某样东西相契合。"① 也就是说,对于社会和文化的观照是"伟大的美国小说"的第一要义。在这个层面上而言,德里罗的小说无疑经得起考量。他的小说包罗万象,作为一个整体来看的话,全景式地呈现了以美国为典型代表的后现代社会的面貌。消费主义、媒介、政治斗争、恐怖主义、科技进步、语言作为主题几乎贯穿他的整个创作生涯,在学界也已有诸多讨论,而这些无疑都是构成当代美国社会和文化的要素。

托马斯·S. 佩里(Thomas S. Perry)认为要写出体现美国身份的小说并非等同于罗列美国的事实和数据:"打动我们的并非是作家选择了什么,而是他加以处理的方式。"② 也就是佩里第一次强调了"编码"(code)(或者结构)这一要素在语言交流中的作用。③ 他认为作家不是数据家、审核家或新闻记者。在这里,小说家对于虚构和真实的拿捏成为评判"伟大的美国小说"的又一要素。德里罗和其他的后现代作家一样关注文学虚构与史实之间的互动:其代表作《地下世界》正是从民间的视角对"冷战"的记录;而脍炙人口的《天秤星座》是对于肯尼迪遇刺案的重新想象和改写;晚期小说《坠落的人》(*Falling Man*, 2007)则是对"9·11"恐怖袭击案的

---

① William De Forest, "The Great American Novel", in Gordon Hutner ed., *American Literature, American Culture*, New York: Oxford University Press, 1999, p. 159.

② Thomas S. Perry, "American Novels", in Gordon Hutner ed., *American Literature, American Culture*, New York: Oxford University Press, 1999, p. 167.

③ 罗曼·雅各布森(Roman Jakobson)提出著名的语言交流图谱,区分了六种交流要素:发送者向接受者发送出信息,这一信息具有密码和语境,并通过具体的途径传播。See Raman Selden and Peter Widdowson, *A Reader's Guide to Contemporary Literary Theory*, London: Harvester Wheatsheaf, 1993, pp. 4–5.

文学再现。

詹姆斯·费伦（James Phelan）在梳理近一百年的美国小说史时，提出引发艺术变革的四个主要原因，其中最后一条是"个体艺术家在追逐各自的个体项目时具有的经历、能力和视野"①，即小说家的自身条件和主观能动性对于艺术革新的影响。刘建华在谈到不同时代的小说具有的不同特点时，也强调了"小说作者意欲超越前人的新追求"起到的作用。②从作家对于创作"伟大的美国小说"的渴求来讲，德里罗早在创作初期就体现出了自己的雄心壮志，从他的第一部小说《美国派》（*Americana*，1971）就可见一斑。③虽然作家本人后来承认这部作品存在结构上的问题，但他同时指出在这部小说的写作过程中他意识到自己能够成为一个好的职业作家。④其实，《美国派》和其他早期小说中已经出现了一些贯穿德里罗整个创作生涯的重要话题，算是德里罗小试牛刀。此外，最能体现德里罗雄心壮志的莫过于创作《地下世界》这样的鸿篇巨制。

随着美国城市化进程的加快，伊迪丝·华顿（Edith Wharton）指出，"伟大的美国小说"要在地理、社会和智力这三个维度上关注

---

① James Phelan，*Reading the American Novel 1920 - 2010*，West Sussex：Blackwell Publishing，2013，p. 5. 费伦列出的前三个原因是艺术之外（即社会文化）领域的变化、艺术间和艺术内部的影响和修正以及创新的额外回馈。

② 刘建华：《危机与探索——后现代美国小说研究》，北京大学出版社 2010 版，第 i 页。

③ 该书尚无中译本，书名为笔者自译。国内有学者在论文中提及这部作品时将其译作《美国的传说》《美国形象》《美国志》等。韦氏词典对"Americana"一词给出的解释是"关于或者体现美国、美国文明或美国文化特征的物质；（广义上）典型的美国事物"，因此笔者认为"美国派"的译法更接近原意。当然，如果采用上面所提及的几种译名，无疑更能体现德里罗这部处女作的雄心。

④ Anthony DeCurtis，"'An Outsider in This Society'：An Interview with Don DeLillo"，in Thomas DePietro ed.，*Conversations with Don DeLillo*，Jackson：Univeristy Press of Mississippi，2005，p. 66.

"主街道"（Main Street）。① 不过华顿所见证的只是一个属于美国的世纪的开端。到 20 世纪中叶，摆在美国这个两次世界大战最大的获利国面前的是一场空前的饕餮盛宴。这也是包括德里罗在内的一批后现代作家创作当代"伟大的美国小说"所要面临的新局面。后现代派的小说家们对于小说形式的创新非以往任何时代可比。和纳博科夫（Vladimir Nabokov）、品钦、厄普代克等后现代小说的旗帜一样，德里罗在面对新的文化潮流时主动思变，身体力行地拓展着小说这一文类的可能性。比如，他用《拉特纳之星》（*Ratner's Star*，1976）、《绝对零度》（*Zero K*，2016）这样的科幻作品对于现代科学的发展、人类社会未来的走向做出了回应；用《白噪音》这样的作品辩证地思考消费社会的"红与黑"；又用《大都会》（*Cosmopolis*，2003）揭示全球资本运作带来的认知、情感危机。从这样的文化自觉和作为知识分子的担当来看，德里罗也无愧为当代"伟大的美国小说家"。

事实上，学界近年也重拾对"伟大的美国小说"的研究热情。在 2017 年 10 月举办的"当代艺术研究学会"（The Association for the Study of the Arts of the Present）第九届年会上，就有一场题为"21 世纪最伟大的美国小说"（The Greatest American Novel of the 21st Century）的研讨会。期间，不仅列位发言的学者给出了自己的选择并予以了辩护，而且台下的观众也热情参与到了现场投票之中。在报告会的总结环节，著名的批评家戈登·赫特纳（Gordon Hutner）梳理了"伟大的美国小说"这一概念的发展史，并在针对"当下我们到底还需不需要这个概念"的讨论中不无戏谑地指出其对于辨识不同

---

① Edith Wharton, "The Great American Novel", in Gordon Hutner ed., *American Literature, American Culture*, New York: Oxford University Press, 1999, pp. 177 – 182. *Main Street*（1920）是辛克莱·刘易斯（Sinclair Lewis）的小说。华顿认为这是一部划时代的小说，标志着美国小说由"小镇的感性田野转向（大城市的）主街道"。当然，华顿文中的"主街道"远超出了刘易斯的范畴，指涉的是"涵盖美国数以万计的城镇、不计其数的小乡村和无穷尽的荒野中的典型美国生活"。

批评家身份的意义；此外，他还指出，我们正处在一个充斥着怀疑的时代，对于美国人而言，有什么理由相信21世纪是一个伟大的世纪呢？值得注意的是，与会学者选出的当代伟大美国小说莫不是直面美国当下的种种问题，不可避免地带有政治批判的印记。① 但是，小说创作又绝不应该局限于政治、伦理。正因如此，在此时重提"伟大的美国小说"，特别是用这个概念重新考察德里罗这样一位重要的当代美国作家，无论对于反思美国这个国家在新千年面临的挑战，还是对于反思当代美国小说整体面临的困境和出路，都具有现实意义。②

第二节　体育③："伟大的美国小说"的当代重要元素

在美国第一大城市纽约，扬基体育场（Yankee Stadium）和麦迪逊广场花园（Madison Square Garden）是吸引着每一个外来者的地标式建筑——德里罗的《毛二世》正是以扬基体育场开篇，《女勇士》的女主人公所在球队的主场正是麦迪逊广场花园。而在大陆另一侧的西海岸第一大城市洛杉矶，和去好莱坞观光一样不容错过的是去

---

① 年会上选出的小说有杰斯米·沃德（Jesmyn Ward）的《歌唱，未埋葬，歌唱》（*Sing, Unburied, Sing*, 2017），奥克塔维亚·巴特勒（Octavia E. Butler）的《播种者寓言》（*Parable of the Sower*, 1993），莫欣·哈米德（Mohsin Hamid）的《逃离西方》（*Exit West*, 2017），阿米塔夫·戈肖（Amitav Ghosh）的埃毕斯三部曲（The Ibis Trilogy）——《罂粟海》（*Sea of Poppies*, 2008），《烟河》（*River of Smoke*, 2011），《火洪》（*Flood of Fire*, 2015）。
② 此外，涉及美国文学范畴内的"经典化"问题，特别是彰显美国小说与欧洲小说的区别时，"伟大的美国小说"也可以作为一个具体的标杆。
③ 从字面意义来看，汉语中的"体育"对应的是英文中的"physical education"，而本书的关注点主要是英文中的"sport"，其实更准确的对应物是"运动"。但鉴于汉语中的"体育"已经成为一个领域的统称，并且囊括了"运动""竞技"等含义，本书仍然主要采用"体育"的译法。

市中心的斯塔普斯中心（Staples Center）球馆看一场湖人队的比赛。① 每年一月的最后一个星期日或二月的第一个星期日，全美都会因为一项赛事沸腾起来——超级碗（Super Bowl），即全美橄榄球联盟（NFL）的决赛。这是世界范围内电视观众人数最多的体育赛事之一（与之并驾齐驱的是欧洲冠军足球联赛的决赛）——通过电视观看2015年的第49届超级碗的人数创下历史峰值，达到1.144亿。② 德里罗在《名字》（*The Names*，1982）这部小说中曾描写过每年超级碗举行时的盛况：他笔下散落在欧洲大陆各处工作的美国人在这一天为了看比赛不惜乘飞机长途跋涉，甚至不惜旷工。而在其最新小说《死寂》（*The Silence*，2020）中，德里罗将故事时间设定在了2022年超级碗举办的那个周日。

在学术界，越来越多的社会历史学家意识到，体育在美国的历史进程中是一股不容忽视的社会力量。法国著名史学家雅克·巴赞（Jacques Barzun）有一句名言：若要了解美国的心智，最好学习一下棒球，学习一下这一运动的规则和实践。③ 正如《体育——全美之瘾》的作者所言，体育被宣称为当代的"美国方式"（American Way），美国大众对于体育可能已经依赖到了上瘾的程度。④ 美国的

---

① 有种很流行的说法是，20世纪90年代去美国必须做的三件事是：去洛杉矶游览好莱坞，从拉斯维加斯开车去大峡谷，去芝加哥看一场迈克·乔丹（Michael Jordan）的NBA比赛。进入21世纪，乔丹退役之后，最具号召力的球星先后当属科比·布兰恩特（Kobe Bryant）和勒布朗·詹姆斯（LeBron James）。湖人队的科比已经在2016年退役，后于2020年离世；而詹姆斯在2018年转投湖人队并于次年重新将总冠军带回了洛杉矶，使这支传奇球队重新成为万众瞩目的焦点。

② 具体数据可参见 https://www.statista.com/statistics/216526/super-bowl-us-tv-viewership/。

③ Jacques Barzun, *God's Country and Mine: A Declaration of Love Spiced with a Few Harsh Words*, Boston: Atlantic Monthly Press, 1954, p. 159.

④ 可参见 John R. Gerdy, *Sports: The All-American Addiction*, Jackson: University Press of Mississippi, 2002. 诚然，该书是对过热的体育文化的反思，即体育是否已经对传统的美国价值观造成侵蚀，民众是否需要像戒毒瘾一样戒掉体育，但这恰恰证明体育在美国的全民基础，其在社会与文化中的地位实非其他任何国家可比。

体育史可以追溯到殖民时期。19世纪末，业余和职业的体育联赛、联盟成型，正式的体系、书面规则、组织部门代替了曾经自发性的、不正式的活动，一部分人开始以职业运动员的身份谋生。① 到20世纪初，有组织的体育（organized sport）在美国生活中夺取了显赫的位置，是一个迅速走向成熟的社会中旺盛的资本主义和民主精神的写照。而今，体育已经完全嵌入这个国家的政治、社会、文化和经济框架中。②

理查德·戴维斯（Richard Davies）以"9·11"恐怖袭击为例，贴切地说明了体育对于当代美国社会的意义。在恐怖袭击之后，棒球和橄榄球比赛前都举行了高度象征爱国主义的活动，国家领导人也敦促即刻恢复原有的体育比赛日程，以此体现一个国家的决心，表明恐怖分子无法打破日常生活的节奏。③ 此外，戴维斯将体育与宗教进行类比。他指出，20世纪80年代以来几乎所有主要的美国城市都为职业体育队修建了奢华的新场馆，但与此同时经常严重忽视最基本的社区需求。正如中世纪的欧洲社区通过在市政广场修建威仪的大教堂来体现其核心价值，现代美国城市通过修建巨型的体育设施来展现其偏好和价值。④

在《美国体育简史》中，艾略特·J. 戈尔（Elliott J. Gorn）和沃伦·古德斯坦（Warren Goldstein）对于19世纪的体育史做出了梳

---

① Richard Davies, *Sports in American Life: A History*, West Sussex: Willey-Blackwell, 2011, p. xv.

② Richard Davies, *Sports in American Life: A History*, West Sussex: Willey-Blackwell, 2011, p. xvi.

③ Richard Davies, *Sports in American Life: A History*, West Sussex: Willey-Blackwell, 2011, p. xvi. 这一话题在希尔科（Michael L. Silk）的书中得到延伸：作者认为9·11之后，体育是"布什政府的军火库里一门强有力并且清晰可见的教育武器"，发挥着定义何为美国式的存在，从而掩盖其他存在方式的作用。Michael L. Silk, *The Cultural Politics of Post-9/11 American Sport: Power, Pedagogy and the Popular*, New York & London: Routledge, 2012, p. 3.

④ Richard Davies, *Sports in American Life: A History*, West Sussex: Willey-Blackwell, 2011, p. xvii.

理。他们以殖民时期为起点，而后经过 19 世纪中期的发展一直延续到"镀金时代"，勾勒出了美国如何一步一步成为一个体育之国（sporting nation）。① 而进入 20 世纪，与体育紧密相连的则是种族、性别问题以及电视等新媒体的影响。美国的体育史在很大程度上是被排斥在外的群体不顾种族、阶级和性别的桎梏对于平等的坚持。体育满足和解决了人们对于玩乐的欲望，特别是在面对一个越来越程式化的工作日世界（workday world）时。

戴维斯指出，在过去的二三十年间，体育史之所以逐渐成为一门学科并受到学者的严肃对待，是因为如果社会历史学家要理解"普通人"的生活的话，就无法忽视体育对于美国社会和公共政策的塑造作用。② 当然，相信把"社会历史学家"换成"文学批评家"，这句话依然成立——尤其是当小说家本人不仅浸染在大众体育文化中，而且还是资深的体育迷。如果说戈尔和古德斯坦旨在将体育史和关于美国文化和社会的这个更大的故事联系起来，那么文学批评家也不妨看看这样的关联是如何在小说世界中得到表征的。这也是本书的出发点之一。

事实上，体育文化在当代美国枝繁叶茂，与诸如消费、媒介等其他文化力量相互融合、交互借力，共同作用于各阶层美国民众的生活。以美国当代社会为背景的小说往往很难绕开关于体育的话题。单从书名来看，德里罗的第二部小说《达阵区》（*End Zone*, 1972）是一部以美式橄榄球为题材的体育小说，而假托他人之名出版的第七部小说《女勇士——全美冰球联赛史上首位女球员私密录》（*Amazons: An Intimate Memoir by the First Woman Ever to Play in the National Hockey League*, 1980）同样指向了这一文类。此外，德里罗小说中很可能最为著名的体育叙事出现在《地下世界》的"序言——死亡之胜"

---

① 相关观点，可参见 Elliott J. Gorn and Warren Goldstein, *A Brief History of American Sports*, Urbana and Chicago: University of Illinois Press, 1993。

② Richard Davies, *Sports in American Life: A History*, West Sussex: Willey-Blackwell, 2011, p. xviii. 戴维斯本人正是这个新兴领域的顶尖学者。

(Prologue: Triumph of Death)中,即1951年10月3日纽约巨人队(New York Giants)主场对阵布鲁克林道奇队(Brooklyn Dodgers)的锦标争夺战以及之后成为情节中重要线索的对于制胜棒球下落的追踪。事实上,德里罗小说中的体育元素俯拾皆是,尽管所占比重不同,但在每部作品中几乎都有所体现。即使只是浮光掠影式地阅读,也不难发现他的小说中总是不乏戴棒球帽、着运动衫、穿运动短裤或短裙、蹬网球鞋的人物形象,广播、电视里播放的也总是体育新闻,小说人物相约进行体育运动、定时去现场观赛和谈论比赛也是司空见惯的场景,甚至还有体育专栏作者、评论员这样的人物设置。

20世纪50年代以来,和电视媒体产业一样,体育产业的兴起也反映出大众文化日益成为一股作用于美国社会的重要文化力量。正如法国学者弗雷德里克·马特尔(Frederic Martel)所总结的那样,当代美国文化是"一种将商业与'反文化'、前卫和雅文化、数码艺术和全面的无限丰富的族群'亚文化'联合起来的文化"。① 德里罗顺应了这样的多元文化潮流。他在小说中对于体育绝非轻描淡写,或者说他作品中的体育元素并非仅作为大众文化符号出现。他在英国广播公司(BBC)拍摄的纪录片中曾谈到过体育与文学创作的关系。在片中,他援引另一位美国当代小说家约翰·齐弗(John Cheever)的观点,表明"当代作家的职责并不是评判一个隔着雨水冲刷的玻璃凝望窗外的出轨女人的过错,而是解读当棒球飞向看台时那几百个同时伸手去抓的观众,以及在球赛结束后同时涌向出口的那一两万人;处在历史进程中的作家是与当代生活融为一体的,与喧闹、混乱相连,与各种对抗的声音相连"。② 就像华顿意识到现代作家需要将关注点由乡野转向主街一样,德里罗和齐弗意识到当代作家需要将体育纳入自己的视野。如果说德里罗是"伟大的美国小说家"这一头衔的又一有力

---

① [法]弗雷德里克·马特尔:《论美国的文化——在本土与全球之间双向运行的文化体制》,周莽译,商务印书馆2013年版,第451—452页。

② 参见BBC,"Don DeLillo Documentary",*YouTube*, 27 Oct. 2013, https://www.youtube.com/watch?v=0DTePKA1wgc。

竞争者，那么体育未尝不是构成"伟大的美国小说"的当代重要元素。也就是说，研究德里罗这样的严肃作家的小说叙事与当代社会的关联，需要以体育作为一个切入点、一个观察角度或一个镜头，[①] 对其作品进行深入、细致和系统的探讨。

此外，德里罗本人的经历也为其将体育与创作关联提供了助力。1978 年，德里罗被授予"古根海姆奖"（Guggenheim Fellowships）。利用这笔奖金，德里罗在希腊旅居三年，期间完成了《女勇士》和《名字》两部小说的创作。众所周知，古希腊是奥林匹克运动的发祥地。古希腊哲学家苏格拉底在谈到何为健全的人的时候采用的是二元论的方法，强调身体和灵魂都要健全。而现代学者也越来越关注体育与古希腊文明之间的关系。德里罗本人对于体育的热衷，美国的大众体育文化对他常年的浸染，再加上他希腊旅居的经历，使得他在小说创作中对体育十分关注，因此体育也成为探究他的小说艺术殿堂的一扇重要窗口。

值得注意的是，对于体育作为一股重要的文化力量的思考和表征同样体现在别的一些重要的美国当代小说家的作品中，比如罗斯的《伟大的美国小说》（*The Great American Novel*，1973）。巧合的是，罗斯的这部作品可以被视为一部"棒球小说"，因为其讲述的是一个名为"爱国者联盟"的虚拟棒球联盟的故事。当然，和德里罗在前一年出版的"橄榄球小说"《达阵区》一样，其主题也是体育、战争、政治的融合。如果把"伟大的美国小说"当作一个单独的文类，《伟大的美国小说》只能说是罗斯对这一文类的戏仿——其真正严肃的实践应该是在《美国牧歌》（*American Pastoral*，1997）当中。需要考虑到的是罗斯和德里罗创作这两部体育小说的时代背景。20 世纪 50 年代以来，"冷战"的影响逐渐突破政治、军事、经济的范畴，将文化也卷入在内。"冷战"时期，苏联试图成为世界文艺的主宰者，美国也不甘落后，肯尼迪政府对文化领域的投入史无前例。这也在一定程度上促成

---

① 戴维斯说自己的书是透过体育的棱镜（prism）来考察美国的过去。

了 60 年代的文化繁荣（cultural boom）。与此同时，第二次世界大战之后，包括电视媒体、体育产业在内的大众文化对小说的高雅文化地位发起了挑战。因此，罗斯在 20 世纪 70 年代初将以棒球、战争、共产主义为主题的作品冠名为"伟大的美国小说"，反讽意味十足。

事实上，体育叙事也正在引起越来越多罗斯研究者的关注。在 2018 年 5 月举行的第 29 届美国文学学会（American Literature Society）年会上，"罗斯学会"（Philip Roth Society）共承办了两场研讨会，其中一场的主题正是"罗斯与体育"。与会学者关注到了游泳、拳击、棒球等体育运动在罗斯小说中的表征，将其与性、记忆、男性气质、（美国）国家意识等主题联系在一起，拓宽了罗斯小说的研究视野。罗斯和德里罗几乎是同龄人，也都被视为当代美国小说家的翘楚，并且经常被批评家比较。因此，罗斯研究者对体育的关注无疑也是值得德里罗研究者借鉴的。

第三节 小说中的体育叙事

有不少学者将"体育小说"（sports fiction/novel）作为一个亚文类来对待。如果借鉴费伦所划分的文学类别的第二种用法，即"关于人物和事件具有共性结构，形成了一种可识别的类型"[1]，那么大概只有《达阵区》和《女勇士》能勉强被划入体育小说类别，因为这两部小说的情节发展都是按照时间顺序，大致按照职业体育联盟的赛程（赛季前—赛季中—休赛期）展开，主人公也都是体育运动的参与者（一个是介于业余和职业之间的大学生橄榄球手，一个是职业冰球运动员）[2]。而德里罗笔下的其他小说无法归入此类——即

---

[1] James Phelan, *Reading the American Novel 1920 - 2010*, West Sussex: Blackwell Publishing, 2013, p. 5.

[2] 或者说一个是专业运动员，一个是职业运动员。

使我们将费伦所说的"对最好的作家来说,对于体裁的选择从来不会是一个严格、无法变通的结构"①考虑在内也是如此。只能说体育是其中的一个重要话题,是其叙事结构的一个重要组成部分。因此,可能正如 M. H. 艾布拉姆斯(M. H. Abrams)所指出的那样,体育小说的划定遵从的是维特根斯坦的家族类似概念,"构成文学类型的作品族类中,不存在根本的区分特征,只有一些族类的相似之处;同一文学类型中的每一部作品与其他作品并非完全相似,只是部分相似"②。这也从一个侧面说明"美国体育小说"尚不能成为一个严格意义上可以界定的小说类别。学术界现有的对于美国体育小说的梳理情况也反映了这样标准不一的问题。所以,本书的关注点在于体育在叙事层面上的表现,而非作为文类的体育小说。

在论证菲茨杰拉德(Francis Scott Key Fitzgerald)小说中体育与社会阶层关系的时候,贾洛姆·莱尔·迈克唐纳德(Jarom Lyle McDonald)指出,随着体育文化,特别是观众文化(spectator culture)的发展,人们日益倾向以故事的形式来看待体育:"体育已经被叙事化(narrativized),已越来越不被视为历史事件,而越来越多地被视为是通过遵从如情节、人物和主题这样的讲故事传统来对于事件的重构。"③将体育叙事化(narrativization)同样是德里罗的重要策略,但在这一过程中,他的叙事又远远超出了体育的范畴——即便是在上文提及的两部"体育小说"中也是如此:虽然《达阵区》围绕橄榄球搭建起了叙事框架,但正如作家本人澄清,"这不是一部关于橄榄球的小说"④;

---

① James Phelan, *Reading the American Novel 1920 – 2010*, West Sussex: Blackwell Publishing, 2013, p. 8.

② [美]艾布拉姆斯:《文学术语词典》,吴松江等编译,北京大学出版社 2009 年版,第 221 页。

③ Jarom Lyle McDonald, *Sports, Narrative, and Nation in the Fiction of F. Scott Fitzgerald*, New York and London: Routledge, 2008, p. 13.

④ Anthony DeCurtis, "'An Outsider in This Society': An Interview with Don DeLillo", in Thomas DePietro ed., *Conversations with Don DeLillo*, Jackson: Univeristy Press of Mississippi, 2005, p. 65.

《女勇士》则是以冰球为线索串起了一系列的话题。具体而言，《达阵区》聚焦一所南方大学的橄榄球队，通过对于其训练、比赛的追踪，揭示了体育对于半职业的大学生球员、教练员、普通大学生、教师的不同意义，特别是在"冷战"的阴影之下语言和身份认同如何联系在一起。而在《女勇士》中，德里罗同样敏锐地利用时代浪潮，超前地把一位女子带入了男性话语占绝对主导地位的职业冰球联盟，自然也把女性主义、性别政治这样关于女运动员主体性的话题带到了小说之中。《天秤星座》中，主人公李·哈维·奥斯瓦尔德（Lee Harvey Oswald）对于国际象棋这项运动的痴迷对其个人身份认同和世界观产生了深远影响；与此同时，经德里罗重新想象、重新创作的肯尼迪总统遇刺案在很大程度上就是一场代表各方利益的不同玩家参与的棋局——奥斯瓦尔德这位象棋爱好者看似是游戏的参与者，但实质上是受到历史力量操纵、身不由己的关键棋子。《地下世界》中，一个"再见全垒打"的诞生、遗失、转手将众多人物在20世纪下半叶的个人命运轨迹串联起来，拼接成美国在整个"冷战"阶段的国家史，揭示了个人和国家在历史书写和再书写中的作用。此外，在德里罗的小说中，体育与儿童、青少年的成长、主体性的建构关系紧密，这一点在其处女作《美国派》中的主人公和其成名作《白噪音》中主人公的儿子身上体现最为明显。另外，《毛二世》以"扬基体育场"开篇，将以作家主人公为代表的个人身份、命运置于全球化、世界主义的时代背景之下。

总结而言，德里罗小说中的体育叙事多与身份认同、种族、性别政治、历史书写、教育、全球化、恐怖主义、环境等重大时代话题结合。从体育叙事的角度切入德里罗的小说世界，可以看到，无论是《达阵区》和《女勇士》里的专业、职业运动员，还是《美国派》和《天秤星座》里的业余体育爱好者，抑或是《地下世界》里的狂热体育观众，甚至还有《白噪音》和《毛二世》中虽没有直接参与体育运动却深受体育文化浸染的普通民众，体育都是其认识自我、认识自我与他人关系、在历史中定位自我、在生存空间中定位自我的重要媒介；体育不只为个人，也为特定的群体提供了拥有多重身份和生存选择的可能性。此外，通过体育叙事，也可以建立小说文本与作者之间的联系，从而考察德里罗的创作观以及他对于重大的社会文化思潮的回应。

第四节　研究现状

一　体育叙事研究

在《体育黄页——20 世纪以棒球、篮球、橄榄球以及别的竞技项目为特色的美国小说和故事批评书目》这本文献目录中，格兰特·彭斯（Grant Burns）对于美国的体育小说按照类别（包括棒球、篮球、拳击、橄榄球等在内的 17 种体育小说各成一类，另外一类是混合体育小说）进行了汇总和概述。① 全书共收录小说 631 部：从收纳的数量来看，棒球小说占据绝对优势，共 192 部；其次是橄榄球小说，共 76 部；再次是拳击小说，共 70 部。其中短篇小说占了很大的比例，如涉及福克纳（William Faulkner）这样的经典作家的时候选取的是他的三则短篇小说。彭斯列出了自己的选择标准，其中最重要的是：不仅作品的首要关注点是体育，且其最好也是最持续的关注点也是体育。他专门指出那些只包含了一些体育场面的小说不能被列入体育小说这一文类。德里罗的《达阵区》被他收录在橄榄球小说里。② 彭斯的这部书目对于我们了解作为一个可能的亚文类的"体育小说"截至 20 世纪 80 年代末的概况具有重要意义。我们可以在这本目录里找到几乎所有美国现当代文学史上重量级的小说家的名字，这从一个侧面反映出

---

① Grant Burns, *The Sports Pages: A Critical Bibliography of Twentieth-Century American Novels and Stories Featuring Baseball, Basketball, Football, and Other Athletic Pursuits*, New Jersey and London: The Scarecrow Press, 1987, contents.

② 当然，如果彭斯再晚一些年著书的话，相信《墙边的帕夫卡》会被他收入"棒球小说"一栏。

美国体育与小说创作互动之频繁、紧密，同时也为我们研究重要作家提供了一个新的切入点。值得一提的是，德里罗仅有一部小说《达阵区》被收录在内——虽然彭斯在对《达阵区》小说情节的简要概述中已经涉及了体育与战争、语言的互动性，但是没有继续深挖体育与作品主题意义之间的紧密关联。这是因为，《女勇士》是以女主人公回忆录的形式面世，隐去了德里罗的作者身份（详见第四章），而彭斯的这部书目编成的时间又早于《天秤星座》和《地下世界》的出版。但是，抛开这样的客观因素，后两部小说确实不符合彭斯定义的"体育小说"。在本书中，笔者也不把自己的研究对象框定在体育小说这个文类之内，而是聚焦于小说中重要的体育叙事。

克里斯琴·K. 梅辛杰（Christian K. Messenger）的《美国小说中的体育和比赛精神——从霍桑到福克纳》可能是评论美国小说中的体育话题最重要的一本批评专著。[①] 其洞见在于将体育英雄置于"强调个人""超凡脱俗"（larger than life）的美国式英雄的小说传统中。与其说梅辛杰关注的是体育，倒不如说他关注的是与体育密切相关的竞赛精神——无论是体现在边疆人与自然较量之中的体育，还是19世纪60年代之后有组织的、制度化、场馆化的现代体育。因此他更多是在象征意义（隐喻层面）上使用体育这个概念。其讨论对象明显二分：一是流行小说，如廉价小说（dime novels）和儿童文学，二是重要作家的小说。而在其续作《当代美国小说中的体育和比赛精神》中，当梅辛杰的讨论围绕第二次世界大战之后的美国小说时，他对前一本书中强调的体育英雄主义进行了反思，特别是探讨了虚拟世界中的仪式体育英雄，以及学校体育英雄在后现代语境下的衰落——尤其是专门用一章从观众的角度探讨反英雄主义（anti-heroism）在体育小说中的兴起。[②] 而其讨论也偏重于按照体育

[①] 可参见 Christian K. Messenger, *Sport and the Spirit of Play in American Fiction: Hawthorne to Faulkner*, New York: Columbia University Press, 1981。

[②] 可参见 Christian K. Messenger, *Sport and the Spirit of Play in Contemporary American Fiction: Hawthorne to Faulkner*, New York: Columbia University Press, 1990。

类别来进行梳理（如针对拳击的有两章，橄榄球两章，棒球三章）。在关于橄榄球小说的这一部分，他对德里罗的《达阵区》进行了详细讨论。他认为无论对于橄榄球小说的作者还是其中的球员来讲，目标都是从暴力美学中找到救赎，而《达阵区》将这一潜质推到了极致。当然，如果此时德里罗以棒球为重要话题的鸿篇巨制《地下世界》已经出版的话，那么很可能他对德里罗的评价还会更高。

梅辛杰在专著中已经意识到了运动员主体的不稳定性，因此他关注传统的个人英雄、大众英雄、学校英雄的衰落，并开始融入对于体育中的另一重要主体——体育迷（观众）的讨论。但他的讨论中没有太多涉及社会文化因素对于后现代体育的影响，尤其是20世纪六七十年代的文化繁荣、反文化运动、"冷战"与体育之间的互动以及对于体育主体的影响。此外，梅辛杰强调的是体育的竞技性，并未将国际象棋列入考量范畴，因而也就未对德里罗的两部重要作品——《白噪音》和《天秤星座》里国际象棋对于表达主题的多重作用予以涉及。

此外，近年出版的《批评洞见——美国体育小说》对于研究体育小说这一文类不容忽视。① 绪论部分中，两位编者从总体上概述了美国体育小说的重要意义；正文选取了十篇论文，前四篇针对的是美国体育小说的历史和文化语境，后六篇是从不同视角对具体体育小说的批评。论文集以一篇从叙事学的角度分析德里罗《达阵区》和短篇小说《墙边的帕夫科》（即《地下世界》的序言"死亡之胜"）的论文开篇，反映出当前学界在考察体育小说时对德里罗的重视。书的编者将体育文学分为两大类：一是以运动员为中心（通常是运动员主人公），一是以观众为中心（或者说以体育迷［fandom］为中心）——当然，他们还列举了另外一类关注竞赛性（competition）的小说的存在。其实和梅辛杰关注的游戏、比赛精神类似，该论文集同样偏重于隐喻（或象征）层面上的体育概念。有一些论文

---

① 可参见 Mike Cocchiarale and Scott Emmert, eds., *Critical Insights: American Sports Fiction*, New York: Salem Press, 2013.

也涉及主体性这一重要议题，如集体体育项目中对于自我的否定。竞技比赛中一直存在一个老套的说法："队里没有'我'（"There's no 'I' in the team."）。"① 而体育小说则对其形成了挑战，即不断在探索"我"在一支运动队中所处的位置。但在德里罗以运动员为主人公的小说中，这样的问题要复杂得多：运动员不只面临着在运动员队伍中找准自身定位的问题，还要在与体育之外的社会、历史等文化力量的互动中定位自己。此外，和梅辛杰的两部著作一样，这本论文集的作者们也并没有看到非竞技体育项目（如国际象棋）同样可以对于主体性问题产生重要影响。

除此之外，研究美国文学中的体育的博士论文有十余篇，② 涉及德里罗的只有三篇，并且皆非对他的专门研究。其中，《梦幻体育——美国后现代文学中的运动特征与身份，1967—2008》是研究体育叙事的一篇重要论文。论文选取了《地下世界》和《达阵区》这两部德里罗的小说，用前者来分析体育迷这一群体身份的建构，用后者来论证美国的业余体育文化。罗斯的《美国牧歌》也在研究对象中。当然，被比尔同样视为"伟大的美国小说家"竞争者的华莱士也位列其中，并且占据了一章的篇幅〔德里罗的两部小说只各占了一个小节。其实从发表小说的数量来看，华莱士只有三部作品发表；从学界的认可度来看，华莱士只有《羸弱的王》（*The Pale King*, 2011）进入过普利策奖决选。由此，这样的篇幅设置值得商榷——华莱士似乎没法和德里罗相提并论〕。当然，这篇论文的研究对象不只局限于小说，还包括了戏剧、回忆录、散文等文类。正如该文作者以及众多体育史学家认识到的一样，海明威将体育视为从社交世界的逃离，但对于德里罗来说，体育不是逃脱现实的方式——无论对于参与者而言（如《达阵区》），还是对于观众而言

---

① 这里强调的是个人与集体的关系，即"队里没有个人"。
② 截至 2019 年 3 月，在 ProQuest 数据库中以 "ti（sport）AND ab（american fiction）OR ab（american novel）" 为条件可以检索到 14 篇博士论文。

(如《地下世界》),而是存在的一部分。《梦幻体育》一文的出发点在于,不应该仅在象征的维度上看待体育,因为体育是"一系列独立的事件和实践,受到一系列文化力量的塑形"。① 但是,我们需要明辨的是,在德里罗宏大的虚拟世界中,体育自身显然也是一股强有力的文化力量;体育与其他文化力量是一种不断互动、相互影响的关系,而非被动地被捏合塑形。该论文还指出,后现代文学中伴随体育叙事的是"被打碎和叠加的身份"②,体育的主体并不是自足的英雄人物,而是众多(经常矛盾的)文化建构的产物。③ 这篇论文的主要问题在于视野的局限性,即对于体育叙事的分析主要集中在参与者和观众的主体性问题;此外,虽然是从文化分析的视角出发,但仅考察了与体育联系紧密的媒体文化对于体育主体的影响,而没有让政治、历史这些力量参与进来。

二 德里罗研究

就具体作家的研究而言,西方学界对于德里罗的热情自20世纪70年代中后期以来持续不减。据粗略统计,迄今为止国外研究德里罗的专著约有18部,④ 论文集十余部,博士论文约77篇,⑤ 各种书评、散论不计其数。

现有的研究大致可以分为以下几类。第一类研究试图从总体上把

---

① Mark P. Bresnan, Fantasy Sports: Athletics and Identity in Postmodern American Literature, 1967 - 2008, Ph. D. dissertation, The University of Iowa, 2009, p. 5.

② Mark P. Bresnan, Fantasy Sports: Athletics and Identity in Postmodern American Literature, 1967 - 2008, Ph. D. dissertation, The University of Iowa, 2009, p. 3.

③ Mark P. Bresnan, Fantasy Sports: Athletics and Identity in Postmodern American Literature, 1967 - 2008, Ph. D. dissertation, The University of Iowa, 2009, p. 15.

④ 根据 The Don DeLillo Society 2012 年 8 月 12 日最后一次更新的数据,共有 15 部专著出版。以此时间点之后为时间范围、以"DeLillo"为关键词进行检索,在 MLA International Bibliography 数据库搜到专著 3 部。

⑤ 截至 2019 年 3 月,在 ProQuest 中检索到的标题中含有"DeLillo"的国外博士论文共 77 篇,但在摘要中含有"DeLillo"的博士论文多达 346 篇。

握德里罗的创作,特别注重德里罗的创作风格、所属的文学流派的界定问题。比如,《德里罗批评文集》是 21 世纪之初出版的一部论文集,由书评和学术论文两部分构成。编者按照出版顺序,将每一本小说与一篇书评和一篇论文对应——只有《白噪音》《天秤星座》和《地下世界》这样的重要作品对应二至三篇论文。① 该论文集对于在宏观上厘清德里罗的小说创作和批评接受具有一定参考价值。相比而言,另一部论文集《布鲁姆的现代批评观——德里罗》的关注点更加集中和突出。其中所收录的十多篇论文多数关注德里罗因何为德里罗,其创作理念、风格的渊源何在。一方面,德里罗吸收了美国文化和宗教中的神秘、魔法、恐惧等主题;另一方面,他与浪漫主义之间联系紧密;同时,作为后现代作家,他又深受消费、政治等元素的浸染。当然,文集中也有关于德里罗单部作品的讨论,如《白噪音》和《地下世界》。② 此外,《剑桥德里罗指南》分别按照创作阶段和主题梳理了德里罗的主要作品。其中菲利普·尼尔(Philip Nel)和彼得·奈特(Peter Knight)分别对德里罗与现代主义的关系、德里罗与后现代主义及后现代性的关系进行了深入探讨。③ 同样,《德里罗——小说的可能性》这本专著也是按照出版年代对于德里罗小说的全面梳理,并且正如作者彼得·博克索尔(Peter Boxall)指出的那样,"学界对于德里罗的接受有两种主要的倾向:要么是顺着后现代主义和后结构主义的脉络,要么是反其道而行之",因此他要做的是"打破'后现

---

① 参见 Hugh Ruppersburg, and Tim Engles, eds., *Critical Essays on Don DeLillo*, New York: G. K. Hall, 2000。

② 参见 Harold Bloom ed., *Bloom's Modern Critical Views: Don DeLillo*, New York: Chelsea House, 2003。

③ 参见 Philip Nel, "DeLillo and Modernism", in John. N. Duvall ed., *The Cambridge Companion to Don DeLillo*, New York: Cambridge University Press, 2008, pp. 13 – 26; Peter Knight, "DeLillo, Postmodernism, Postmodernity", in John N. Duvall ed., *The Cambridge Companion to Don DeLillo*, New York: Cambridge University Press, 2008, pp. 27 – 40.

代主义'这个术语在当前的理论化和应用过程中的常规"。① 可以说，对于德里罗流派归属问题的界定和小说风格的讨论仍然没有定论，一直在延续。其实，关于后现代主义这个大的标签和个体作家的独特性之间的关系问题在当代作家研究中很难回避，这也将成为本书的关注点。

　　第二类研究具有筛选性，聚焦于德里罗的某几部作品或者重要的单部作品，它们为本书选取德里罗的四部小说进行深入考察提供了借鉴——尤其是不少学者都采用了互文性阐释的方法，打开了研究视野，为德里罗研究带来了新的可能。这样的实践包括《〈白噪音〉新论》（*New Essays on White Noise*, 1991）以及关于《地下世界》的论文集《文字之下》（*Under/Words*, 2002）。后者共选取了十多篇论文，批评视角各异。当然，对《地下世界》这样一部篇幅宏大、主题多元的作品来说，从再多的维度挖掘都不为过。其中不乏将德里罗与经典作家的比较以及对其作品的互文性阐释，如德里罗与同时代的品钦或厄普代克的比较，与现代派作家菲茨杰拉德、艾略特的比较。② 一些专著采用的也是这类互文性阐释，如凯瑟琳·莫利（Catherine Morley）的《当代美国小说中对于史诗的追寻——厄普代克、罗斯和德里罗》。当然，这本著作同时也可以被视为文类阐释的典型：正如理查德·蔡斯（Richard Chase）认为美国小说具有罗曼司传统一样，③ 莫利认为书名中这三位后现代主义作家中的翘楚受到现代派大师乔伊斯的影响，一直在追逐着一部美国史诗——涉及德里罗时，莫利认为《地下世界》最具这样的史诗特质。④ 此外，

---

　　① Peter Boxall, *Don DeLillo: The Possibility of Fiction*, New York: Routledge, 2006, p. 15.

　　② 参见 Joseph Dewey, Steven G. Kellman, and Irving Malin, eds., *Under/Words: Perspectives on Don DeLillo's Underworld*, University of Delaware Press, 2002。

　　③ 参见 Richard Chase, *The American Novel and Its Tradition*, Baltimore and London: The Johns Hopkins University Press, 1957。

　　④ 参见 Catherine Morley, *The Quest for Epic in Contemporary American Fiction: John Updike, Philip Roth and DeLillo*, New York: Routledge, 2009。

詹姆斯·古尔利（James Gourley）的《品钦和德里罗作品中的恐怖主义和时间性》也是如此——学界讨论德里罗时出现频率最高的参照物就是品钦。该书中涉及德里罗的部分主要关注的是他20世纪90年代以后的作品，① 因为恐怖主义在他的小说中成为一个重要话题始于《毛二世》；当然，这一主题在他21世纪表征"9·11"事件的作品里表现得更加明显。

侧重于主题解读的专著还有不少，这一类研究为本书对德里罗小说的体育主题解读提供了范式。比如，在《德里罗——语言的物理学》中，作者围绕语言问题关注了德里罗的12部小说（按照出版的先后顺序）。② 大卫·科沃特（David Cowart）不仅再次明确了语言问题在德里罗小说中的重要性，其系统性的梳理也为德里罗小说的主题研究提供了范式。依此范式，消费、政治、媒介、体育等贯穿德里罗创作生涯的主题也可以成为梳理的线索。此类研究还有《德里罗小说中的环境无意识》和《阅读美国文学中的景观：德里罗小说中的"外面"》，它们分别应用生态批评③和空间理论④对德里罗的小说进行解读。值得一提的是，后一本书的作者明确表示自己要打破的是后现代主义、现代主义、浪漫主义的分类方法，只关注文本与"外面"（即陌生化的景观）之间的关系。⑤ 这也再次证明对于德里罗文风界定的模糊性。当然，这本书的一大不足在于关注的文本过少，仅有《身体艺术家》（*The Body*

---

① 参见 James Gourley, *Terrorism and Temporality in the Works of Thomas Pynchon and Don DeLillo*, New York: Bloomsbury, 2013。

② 参见 David Cowart, *Don DeLillo: The Physics of Language*, Athens: University of Georgia Press, 2002。

③ 参见 Elise A. Martucci, *The Environmental Unconscious in the Fiction of Don DeLillo*, New York and London: Routledge, 2007。

④ 参见 Tyler H. Kessel, *Reading Landscape in American Literature: The Outside in the Fiction of Don DeLillo*, New York: Cambria Press, 2011。

⑤ Tyler H. Kessel, *Reading Landscape in American Literature: The Outside in the Fiction of Don DeLillo*, New York: Cambria Press, 2011, p. 5.

Artist，2001）和《大都会》这两部相对不那么重要的晚期作品进入了批评家的视野。

在此之外，还有两部视角独特的专著可谓自成一类。一部是《德里罗——信仰边上的平衡》。这是以"后9·11"的视角对德里罗主要作品的重新审视，包括黄金期（20世纪80年代中到90年代末）的四部小说加上《身体艺术家》。① 该书主要的关注点在于在"9·11"恐怖袭击事件之前就出现的信仰危机，也就是强调德里罗小说的预言和警示性。这本书和之前提及的古尔利的专著正好互补，两者相结合，可以成为对于德里罗小说中的恐怖主义主题较为完整的梳理。这也为本书从体育视角观照《天秤星座》这样一部通常不会与体育发生关联的小说提供了借鉴。另一部是《痛苦与虚无之外——解读德里罗》。这是对德里罗小说系统性梳理的又一本批评著作。从"撤退"与"无法融入"，到"复原"与"救赎"，再到"死而复生"，约瑟夫·杜伊（Joseph Dewey）这位德里罗研究的大家不仅将德里罗的小说串成了一条完整的线索，而且赋予了其生命力，标示出了德里罗在半个世纪的创作生涯里在小说叙事中探索出的一条生命之路。② 和杜伊一样，笔者（尤其是在《地下世界》的解读中）同样会关注个人生命历程、存在这样的重要问题。

除以上四类研究，③ 另有一些德里罗研究的最新成果值得一提。亨利·韦吉安（Henry Veggian）的专著《理解唐·德里罗》主要讨论的小说有八部，各个阶段都有所涉及，同时还加入了对于德里罗短篇小说创作的讨论，试图探讨两种体裁在德里罗创作中的区别与

---

① 参见 Jesse Kavadlo, *Don DeLillo: Balance at the Edge of Belief*, New York: Peter Lang, 2004。

② 参见 Joseph Dewey, *Beyond Grief and Nothing: A Reading of Don DeLillo*, Columbia: University of South Carolina Press, 2006。

③ 这样的划分主要为了便于讨论其与本书之间的关联，其实并不严格，各类之间亦互有重合。

联系。① 本书也将关注嵌入德里罗的长篇小说（如《地下世界》）中的中篇、短篇小说，探讨其对小说形式的影响。但如韦吉安的专著题名所昭示的那样，该书的意义更多在于为一般读者更好地理解和鉴赏德里罗的小说提供帮助，讨论的话题较为宽泛，作者的目的不在于将这些作品统摄于同一个关注点之下；同时，作为一本导读性的专著，它既没有涉及诸如《地下世界》这样的重要作品，也没有涉及德里罗创作的近况（包括他最新的几部小说）。丽贝卡·雷伊（Rebecca Rey）的《舞台上的唐·德里罗》是研究德里罗戏剧作品的第一本专著，涉及他五部主要的和两部次要的戏剧作品，对于我们更加全面地认识德里罗的创作具有积极的意义。正如作者所言，"体裁的交叉能为我们认识作家的语言母题和主题源泉提供宝贵的洞见"②，而本书也将关注德里罗小说中的（电影）剧本。此外，新近出版的还有杰奎琳·A. 朱贝克（Jacqueline A. Zubeck）主编的《新千年之后的德里罗：潮流与接受》这样一部论文集。其中涉及了德里罗 21 世纪以来的所有作品，包括四部小说、两部戏剧、一部短篇小说集。③ 这本论文集的研究对象也能够佐证，本书以千禧年为界，认为德里罗自 21 世纪以来进入小说创作的晚期是站得住脚的：一方面，再没有堪比《地下世界》《天秤星座》这样的鸿篇巨制问世；另一方面，德里罗的注意力开始转向戏剧、短篇小说这些体裁。

由此可见，国外的德里罗研究可谓百花齐放：从研究对象来看，既有对于其小说全集综述性的梳理，也有对其个别作品的深入挖掘；从研究角度来看，既有主题性的研究，也有对德里罗和其他作家的比较研究、对德里罗作品和其他作家作品的互文性研究，还有对其

---

① 参见 Henry Veggian, *Understanding Don DeLillo*, Columbia：University of South Carolina Press, 2014。

② Rebecca Rey, *Staging Don DeLillo*, New York：Routledge, 2016, p. 1.

③ 参见 Jacqueline A. Zubeck ed., *Don DeLillo after the Millennium：Currents and Currencies*, Minneapolis：Lexington Books, 2017。

创作风格的诸多界定。下面将再选取两部与本书研究有较大关联的专著予以详细介绍。①

汤姆·勒克莱尔（Tom LeClaire）在《在圈内——德里罗与体系小说》中，最早对德里罗的早期小说进行了全面的梳理。这与他写作的年代息息相关：这部专著发表于1987年，正值德里罗刚刚进入创作的黄金期：《白噪音》已经出版，《天秤星座》也即将问世。因此，直至今日这部专著依然对于我们研究德里罗的早期作品具有重要参考价值，尤其是他对第二部小说《达阵区》给予的关注。其主要贡献在于认识到了语言在德里罗小说中的重要地位：他认为《达阵区》主要是对逻各斯中心主义的解构。但是勒克莱尔的局限性在于并没有继续深究橄榄球运动话语由何构成、自身是否面临解构和挑战，也没有关注作为这部小说中另外一个重要主题的核战争如何影响体育话语。这些都将是本书第三章的关注对象。体系理论本是一个生态学概念，研究的主题是现存的所有体系（包括社会体系），强调各个生态系统（包括人）之间的交互作用，因此可以被视为是一种元科学（metascience）。② 勒克莱尔认为德里罗对于世界的看法和小说创作的倾向都受到"体系理论"的影响，并把德里罗和威廉·盖迪斯（William Gaddis）、品钦、库佛划为了"体系小说家"。体系理论中特别提到了各生命系统间类似圆环状的因果关系，即各

---

① 上文提及的专著虽对本书有各自的借鉴意义，但由于研究视角和侧重点与本书有较大的差异，故而只是简单归类和评价。本书主体各章涉及具体的文本分析时，不可避免地会对这些专著进行引用，因而还会有所涉及、评价。此外，在国内一些研究德里罗的博士论文中，已经有过对于这些专著更为详尽的综述，比如张瑞红按照出版顺序所做的详尽介绍（张瑞红：《快感与焦虑——唐·德里罗小说中的媒介文化研究》，博士学位论文，中央民族大学，2013年，第25—52页），因此笔者在此不再做这类尝试。至于德里罗的相关论文更是汗牛充栋，哪怕是单一文本的批评文章也是不胜枚举；因此，在引言部分只点到部分已经收录在册的重要论文，其他会在论文各章涉及具体问题时再做引用和对话。

② Tom LeClaire, *In the Loop: Don DeLillo and the Systems Novels*, Urbana and Chicago: University of Illinois Press, 1987, p. xi.

系统都是开放且不断互动着的，另外特别关注的是不同体系之间的共时性（simultaneity）。勒克莱尔所借用的体系理论本质上强调的正是文学与其他文化力量的共存与互动关系，是与那个年代兴起的新历史主义批评潮流相吻合的。他在批评中充分考虑了德里罗的社会和宗教背景，比如结合德里罗的媒体工作经历来进行探讨。同时，在与其他三位他称之为体系小说家的比较中，勒克莱尔指出德里罗小说的统一性，并认为截至当时德里罗的八部小说（不包括匿名出版的《女勇士》）构成了一个圆。这就为后来的研究者把德里罗的小说当作一个整体、假定德里罗通过十多部小说创作了一个连贯的虚拟世界（统一于一个虚拟世界）奠定了基础。本书正是基于这样的研究共识。在这个统一的体系中，和科技、媒体等一样，体育也自成一体，同时与其他社会、文化力量进行着互动。

兰迪·莱斯特（Randy Laist）在《德里罗小说中的科技与后现代主体性》中，聚焦的议题是作为主体的人类与作为客体的科技之间的互动关系，① 这与本书（尤其是后两章）对于主体性问题的关注是极其相关的。莱斯特以唐纳·哈洛维（Donna Haraway）的赛博格②理论为出发点，实际上进入的是后现代主义批评的范畴。此后，他引入美国文学史上重要的超验主义运动，探讨爱默生和梭罗所说的人类与自然的关系，试图证明在后现代的语境下这样的关系演化为人类角色与科技环境（technological environment）的互动。"如果爱默生、梭罗和惠特曼寻求的是超灵（oversoul）或者元自我（meta-self）这样的宇宙启示，那么（德里罗笔下的主人公）寻求的则是

---

① 参见 Randy Laist, *Technology and Postmodern Subjectivity in Don DeLillo's Novels*, New York: Peter Lang, 2010.

② 哈洛维将赛博格定义为"机器和有机体的混合体，既是一种社会现实中的生物又是一种虚构的生物"。Donna Haraway, *Simians, Cyborgs, and Women: The Reinvention of Nature*, New York: Routledge, 1991, p. 149.

电影自我、电视自我、商品自我和全球化的网络自我的启示"。① 他认为在《美国派》《白噪音》《地下世界》和《大都会》这四部作品中明显呈现了这样一个伴随着科技环境的演化而不断演化的自我。莱斯特对于科技与后现代主体性所做的关联可谓开创了一种新的研究范式。其对本书的启发性在于，如果说当代社会或后现代社会以科技为标志、存在着一种科技环境，那么在美国这样一个体育产业和体育文化高度发达的国度一定也存在着一种体育环境。当代作家在创作时不可避免地会进入体育环境，就像他们会不可避免地进入科技环境一样。从这个意义上讲，它们虽然都是作为独立范畴存在的小宇宙（microcosmos），但又互有交集、互相作用。

　　国内对于德里罗的研究虽然滞后，但近些年发展较快，可检索到研究德里罗的硕、博士学位论文近 150 篇②——其中专论德里罗的博士论文有 11 篇，③ 其研究角度包括媒介文化、互文性、恐怖主义和后现代现实等。此外，国内研究德里罗的散论有几百篇，④ 但研究集中在他的黄金期作品和晚期作品。这与国内对于德里罗译介的状况基本一致。德里罗自《名字》以来的小说绝大多数已有了中译本。⑤ 这些译本大多出自南京译林出版社，但没有固定的译者——只有韩忠华承担了《天秤星座》和《大都会》两部作品的翻译，其他

---

①　Randy Laist, *Technology and Postmodern Subjectivity in Don DeLillo's Novels*, New York: Peter Lang, 2010, p. 13.
②　来源于中国知网检索，截至 2021 年 12 月 7 日。
③　由于有一些高校的博士论文并未收入知网，此处为不完整统计结果。
④　以摘要中含有"德里罗"或"DeLillo"为检索条件可在知网上找到三百多条结果。
⑤　*The Silence*（2020）由于出版不久，还没有中文译本。另外一个例外是《毛二世》，该书目前仅在中国台湾出版繁体译本，译者为梁永安。

作品的译者各异。① 国内出版商和翻译家尚未重视德里罗的早期作品，目前译出的仅有《玩家》（*Players*，1977）一部。事实上，德里罗发表于 20 世纪 70 年代的几部小说不仅同样具有丰富的内涵可以挖掘，而且具有较强的可读性。②

国内学界近年表现出对恐怖主义、"9·11"小说、"后 9·11"叙事等相关话题的关注热情，这也使德里罗在 21 世纪的几部作品（尤其是直接表征"9·11"事件的《坠落的人》）成为焦点。这一类研究的学者代表是南京大学的但汉松。他以"9·11"视角观照的作家包括品钦、德里罗、伊恩·麦克尤恩（Ian McEwan），为"9·11"文学研究提供了范式。其中，他指出德里罗的《坠落的人》是对"9·11"创伤文化的反叙事，代表"9·11"叙事的"悼歌"维度。③

近年来国内的德里罗研究者层出不穷，其中具有代表性的是周敏和陈俊松。周敏的研究集中在德里罗最重要的几部小说，主要从文化研究角度论述。④ 陈俊松翻译了德里罗的短篇小说集《天使埃斯梅拉达：九个故事》（*Angel Esmeralda*：*Nine Stories*，2011），并撰

---

① 稳定的译者有助于保持各部译著间文风的统一，客观上更有利于开拓读者市场，扩大原作者的影响力。比如村上春树就有林少华和施小炜两位固定中文译者，这大概也是同样作为近年诺贝尔文学奖的热门候选人，村上春树在中国的知名度却要远高于德里罗的一个原因。

② 单纯从对市场的适应度来讲，《美国派》以电视、电影产业为背景，《大琼斯街》（*Great Jones Street*，1973）关注流行音乐，《拉特纳之星》（*Ratner's Star*，1976）颇具科幻色彩，这些其实都是大众读者感兴趣的话题。因此，德里罗的早期小说不应当受到冷遇。另外一方面，对于德里罗这样一位正在走向经典化的"伟大的美国作家"，翻译其作品全集是大势所趋。

③ 但汉松：《9·11 小说的两种叙事维度：——以〈坠落的人〉和〈转吧，这伟大的世界〉为例》，《当代外国文学》2011 年第 2 期。

④ 周敏：《冷战时期的美国"地下"世界——德里罗〈地下世界〉的文化解读》，《外国文学》2009 年第 2 期；周敏：《媒介意识形态的诡计——德里罗〈天秤星座〉的文化解读》，《外语与外语教学》2012 年第 4 期；周敏：《作为"白色噪音"的日常生活——德里罗〈白噪音〉的文化解读》，《外国文学评论》2015 年第 4 期。

文分析了其中的恐怖主题。① 当然，他们的另一大贡献在于先后在纽约邀得德里罗本人受访——其访谈录进一步促进了德里罗在中国学界的接受。②

与本书有一定相关性的是上海外国语大学杨梅的博士论文。她研究的是德里罗的电影剧本《第六场》(Game 6, 2005)——这是一部关于棒球的电影剧本。③ 但杨梅博士更多是从语言学而非文学的角度关注德里罗的体育叙事，并且可谓剑走偏锋，研究的对象是德里罗这样一位重要作家的非重要文类——德里罗只写过这一部电影剧本。另外一篇是姜小卫的《后现代主体的隐退和重构》。和莱斯特一样，姜小卫博士认识到了德里罗小说对于主体性问题的关切，并试图用"隐退和重构"这样一对看似矛盾的概念来考察德里罗赋予小说世界的后现代生存模式。可以说，作者把自我身份认同和主体构建与语言、仿像、历史、时间、记忆等后现代语境下的典型主题相关联的实践值得肯定。④ 但是，该论文可能的争议之处在于研究对象的选择：作者选取了他眼中最具代表性的德里罗小说——《名字》《白噪音》《天秤星座》和《身体艺术家》。诚然，对于小说的评价见仁见智，但在德里罗的研究中，《地下世界》是公认的集大成者，似乎不应被忽略。此外，包括媒介、消费主义在内的文化力量对于主体的作用似乎在其他后现代作家的小说中也能成立，"德里罗式的

---

① 陈俊松：《"身处危险的年代"——德里罗短篇小说中的恐怖诗学》，《外国文学》2014 年第 3 期。学界对德里罗的短篇小说关注相对较少，因此陈俊松的翻译和批评对于填补这一空白具有不小的意义。

② 陈俊松：《让小说永葆生命力：唐·德里罗访谈录》，《外国文学研究》2010 年第 1 期；周敏：《"我为自己写作"——唐·德里罗访谈录》，《外国文学》2016 年第 2 期。

③ 杨梅：《语用视角下的〈第六场〉言语行为及互文性研究》，博士学位论文，上海外国语大学，2012。该论文于 2015 年以专著形式出版。

④ 姜小卫：《后现代主体的隐退和重构：德里罗小说研究》，博士学位论文，北京师范大学，2007。

时代"① 到底有何独特之处似乎需要得到进一步的论证。

国内近年来有几部研究德里罗的专著出版,包括范小玫的《新历史主义视角下的唐·德里罗小说研究》(*A New Historicist Study on Don DeLillo's Fiction*, 2014),刘岩的《唐·德里罗小说主题研究》(2016),范长征的《美国后现代作家德里罗的多维度创作与文本开放性》(2016),史岩林的《论唐·德里罗小说的后现代政治写作》(2018)。和范小玫一样,笔者也将(在本书的前两章)重点关注德里罗的历史书写问题。刘岩的这部专著选取了环境、科技与主体性互动关系以及艺术观这三个主题予以考察,并且,该研究的立足点在于"避开了将德里罗小说作品简单归为现代或后现代作品行列加以对位阅读的窠臼"②,这和本书的观点是一致的。德里罗本人不止一次谈到现代派作家(如贝克特、乔伊斯)对他的影响,本书也会在探讨德里罗小说的复杂性时涉及这个问题。范长征对德里罗小说中的一些重要主题(如语言、历史、科技)予以了关注,试图结合后现代主义的理论(如解构主义、元小说)予以阐释。③ 同时,作者借用了其他学科(如气象学、数学)的理论和术语,这样跨学科的研究方法也是笔者所认同的。最后,她转向对德里罗与中国作家(如王小波、莫言)的比较研究。可以说这样的尝试对于打开研究视野是有所帮助的,本书也将关注包括解构、历史书写在内的问题。但由于她的关注点过多,很多问题的论述不免显得零散。史岩林关注的是小说对政治的介入,试图围绕消费主义和全球化理论阐释德里罗对于"冷战"、恐怖主义、媒介文化的表征。④ 将德里罗的小说

---

① 姜小卫:《后现代主体的隐退和重构:德里罗小说研究》,博士学位论文,北京师范大学,2007,第117—18页。
② 刘岩:《唐·德里罗小说主题研究》,云南教育出版社2016年版,第25页。
③ 参见范长征《美国后现代作家德里罗的多维度创作与文本开放性》,辽宁大学出版社2016年版。
④ 参见史岩林《论唐·德里罗小说的后现代政治写作》,中国社会科学出版社2018年版。

置于资本主义政治经济体制之下未尝不是一种在宏观视阈下考察小说家及其作品的方式，但这实际上也是批评家自己的"政治写作"（尤其是作者不断强调自己的马克思主义史观和自己的工人阶级家庭出身）。本书也将关注德里罗与政治的关系，但主要观照的是他用小说家的身份对官方历史的质疑和改写问题。

综上可知，无论是国外还是国内，学界尚无从体育视角全面观照德里罗作品的研究，现有的对体育的零星关注也多局限于德里罗的《达阵区》和《地下世界》这两部对体育浓墨重彩的作品。鉴于体育话题贯穿于德里罗的全部小说之中，如果能对其进行全面梳理，并且看到体育除了作为一个大众文化符号还具有叙事层面的意义，可以为理解德里罗这样复杂的后现代主义小说家增加一个维度。此外，在有的德里罗小说中，体育元素在情节中并不起眼，甚至可能隐藏在情节背后（如《天秤星座》中的国际象棋），若能挖掘出来，对于丰富小说的阐释必将有所增益。另外，值得说明的是，《女勇士》一书虽被公认为德里罗所作，却从未受到学界重视。① 但是，全美冰球联盟（National Hockey League，NHL）是美国四大职业体育联盟之一，和德里罗其他小说中聚焦的各大体育联盟一样在美国有着巨大的影响力。② 如果以体育视角审视这部作品，不仅可以看到其与其他作品的联系，而且可以为研究德里罗小说中相对边缘、但本身具有重要意义的话题（如性别政治）提供一个难得的平台。此外，从中国人的视角研究美国小说中的体育叙事，其实是一种基于"异质"（otherness）的审美过程。一方面，体育在中美的群众基础不

---

① The Don DeLillo Society 只列出了三篇涉及该书的批评文章，而在 ProQuest 用全文范围搜索该书书名竟无一结果，在 JSTOR 上可以检索到的文章也寥寥无几。而这本小说自 1981 年后就未再版，现在在市面上几近绝迹，对于国内学界尤为陌生。

② 另外三大联盟为全美橄榄球联盟（National Football League，NFL）、职业棒球大联盟（Major League Baseball，MLB）和美国职业篮球联赛（National Basketball Association，NBA）。相应地，一般认为美式橄榄球、棒球、篮球、冰球是美国四大职业体育运动。

同，两国人对于体育的理解也不同；另一方面，以棒球和橄榄球为代表的这些美国最重要的运动在中国并不普及，甚至是远离大众视野的。因此，本研究对于国内学界的特殊价值在于打破国别、国情的差异造成的隔膜，通过优秀的文学作品找到审美的认同。

第五节　本书的基本结构

本书共分四章，每章以一部德里罗小说为主要研究对象，论述一类体育叙事。就体育类别而言，论文从象棋这一相对边缘的运动入手，随后依次转向棒球、橄榄球和冰球这三大球类运动。前面两章聚焦于体育与历史书写之间的关系：前者考察的是作者通过重新想象历史人物与历史事件的关联完成对官方历史的改写；后者关注的是作者如何通过普通人的视角书写非官方历史。后面两章聚焦于体育与主体性之间的关系，分别考察体育在青年主体建构中的作用和体育话语中的女性主体面临的挑战，以及德里罗对于激进女权主义的反讽。

第一章论述《天秤星座》中象棋运动与隐性进程的关系，关注历史人物的个人能动性与历史进程之间的互动。本章聚焦于小说中空间—时间双轨并行的叙事模式，试图建立针对肯尼迪遇刺案的"个人刺杀论"和"阴谋论"两种看似矛盾的论断之间的联系。这就需要跳出情节发展，关注其背后的隐性叙事进程。首先，象棋是德里罗平衡历史书写与虚构叙事的一个切入点，他突出了象棋在主人公的主体性建构中的作用。然后，他借鉴象棋运动的空间逻辑，重塑了主人公的生命轨迹，其中既包括物理空间的变化，又涉及精神空间与世界观的转变。最后，作者把刺杀行为与象棋中的"将军"类比，并且将这一事件中的其他关键人物纳入棋局中来。这样，作者在谋篇布局的过程中借鉴了象棋逻辑，并且赋予了历史人物以"棋子"和"玩家"的双重身份，使其既不能抗拒外部力量、跳出历史布下的棋局，又试图通过个人的能动性改变自身的命运。

第二章讨论德里罗的代表作《地下世界》中棒球与小微叙事之间的关系，由历史人物与单个历史事件的关联转向断代史中的普通大众。首先，本章将关注德里罗如何以一种超现实主义的笔触对于"棒球社会"中的种族政治和空间予以表征。然后，本章将沿着失落的棒球这条叙事轴线，找到小说中各种"集合体"之间的联系。接着，本章从棒球运动的特殊性出发，探索德里罗在历史叙事中对于棒球逻辑的借鉴。另外，本章还将聚焦于德里罗赋予棒球的"前世"与"今生"，阐明他对"慢速美学"的运用，揭示多重时空体下的多重自我与历史的互动关系。最后，将继续围绕棒球探讨小说中复杂的"真实"问题。

第三和第四章聚焦于体育与主体性之间的关系。第三章论述德里罗早期小说《达阵区》中的橄榄球与主体性之间的关系。本章首先对"主体性"加以界定。以此为铺垫，本章指出，运动员的身份认同深受体育话语的影响，而体育话语本身又与传统战争话语不可分割。但是，在"冷战"期间，以核战争为标志的现代战争颠覆了战争的定义；体育（橄榄球）、战争（传统战争和核战争）和语言问题交错在一起，给运动员的认知和身份认同带来了挑战。最后，笔者关注的是德里罗如何通过对竞技体育精神的探索应对"冷战"之下盛行的被害妄想症：德里罗在这部小说中将对橄榄球运动内涵的探索与对核战争的思考并行，实际上是试图用重构经典战争语境的方法驱散核战争在认知层面投下的阴霾，从而为促成运动员相对稳定的身份认同、创造利于青少年主体成长的环境提供一种可能。

最后一章转向德里罗以假名出版的小说《女勇士》，关注冰球衍生的性别政治问题。本章首先关注的是在男性目光凝视之下的女性主体，探讨职业冰球女子运动员所面对的"女性"和"运动员"这样一对矛盾的身份标识——本书中关注的冰球是一个男性话语占绝对主导的运动项目。然后探讨女主人公如何采用激进女权主义的立场，试图在与形形色色的他者的互动关系中建立单一的身份认同，即在公共生活中剥离自己的性别标签，在私人生活中同样处于强势的感情征服者的地位。但是，在这一应对"性别麻烦"的过程中，她陷入了能动性的反讽之中。只有当她放弃了激进女权主义的立场，接受雌雄同体的生存状态，不再刻意压制自己的女性气质并开始关注家庭与事业之间的平衡，她才不再是作者反讽的对象。最后，通过对小说的叙事交流模式的分析，可以看到德里罗复杂的女性观。

第 一 章

历史的棋局、空间的游戏：《天秤星座》中的象棋与隐性进程

德里罗对于体育的兴趣不仅限于橄榄球、冰球这样的（身体）接触性运动（contact sport）。他对娱乐性超出竞技性、游戏成分更足的运动同样青睐有加，其中就包括棋类运动。[①] 与橄榄球、冰球、棒

---

① Chess 通常被译为国际象棋或西洋棋，这是为了与中国的传统象棋进行区分。本书的侧重点在于象棋的战争隐喻、象棋游戏规则中对于空间想象的重视等，这些是棋类游戏的一般属性。此外，"国际"、"西洋"这样的限定词莫不是出自中国视角，而本书的研究对象与中国实无关系。因此，采用"象棋"的译法，仅简单将其与其他差别较大的棋类运动（如围棋等）予以区分，而不再对其自身的子类别进行区分。

对于体育的界定，学界并没有一个统一的标准。事实上，"体育/运动"（sport）、"游戏"（game）、"玩耍"（play）这几个概念并非泾渭分明。这也是为什么象棋有时候会被视为一项体育运动，有时候又会被当作是一项游戏。近年来，有学者提出，体育必须具备两个要素："一是要分出胜负，二是要有规则以及相应的逻辑和语言"。参见 Jay Schulkin, *Sport: A Biological, Philosophical and Cultural Perspective*, New York: Columbia University Press, 2016, p. 2. 象棋无疑兼备这两个要素。同时，正如该书的作者进一步指出的那样，体育从源头上来说是"仪式化的战争"。从这个意义上来说，恐怕更应该把包括象棋、围棋等在内的游戏与其他的智力游戏（如填字、强手棋）区别开来，毕竟它们本身就是模拟战争而来，是不流血的两军对垒，是通过想象来参与暴力性的战争——这一点将在下文中得到详细的解读。因此，实在是没有必要拘泥于这样分门别类之下的条条框框。在中国，截至 2018 年，国家正式开展的体育项目有 99 个，其中就包括（中国）象棋和国际象棋两项；国家体育总局下设棋牌运动管理中心，该中心同时设有（中国）象棋部和国际象棋部。

球这样职业化程度高、在北美业已形成成熟体育产业链的运动相比，包括象棋在内的棋类运动在大多数时候仍然属于业余爱好的范畴，可以被划入大众体育的类别。这样，后者与普通人的距离也就更近了。另外，考虑到象棋在英语世界广泛的流行和普及程度，其作为小说元素出现时可能并不起眼，更加像是一个日常化的元素，不会有诸如《达阵区》《女勇士》中构建的体育世界的那种明显的异质感，从而更能拉近读者与虚构人物的距离，也可以为作者表达自己具有普适性的价值观或哲思提供便利。比如在德里罗的成名作《白噪音》中，主人公对于早熟而叛逆的儿子用写信的方式与监狱的一名杀人犯进行远程象棋对弈感到不解，不仅反映了后现代社会中人类普遍的认知困境，也折射出长期的"冷战"给美国社会带来的新的伦理选择。又如在德里罗最重要的作品《地下世界》中，主人公在童年时是棒球迷，而他的兄弟热衷于下象棋，这两项截然不同的运动为二人迥异的性格和人生轨迹的建构打下了基础，也再次将作者对于体育在青少年主体成长中作用的关切凸显出来。顺着这样的创作逻辑，现在我们将目光转向德里罗另外一部举足轻重、同时与象棋具有重要关联的作品——《天秤星座》（*Libra*，1988）。

德里罗在《天秤星座》中聚焦于个人与历史之间的互动关系。以往的批评家往往从某一个角度切入对《天秤星座》情节的探讨。若仔细深入地考察文本，我们则会发现，德里罗在这一作品中实际上构建了一明一暗的两种叙事进程：在情节发展背后，还存在一个隐性进程，它以象棋为隐喻，围绕象棋构建。可以说，象棋在三个层面上为小说提供了隐性的叙事动力。首先，德里罗在建构文本、谋篇布局的过程中借用了象棋的逻辑，其重要情节线索的展开和主要人物的塑造无不像象棋游戏一样依托于对空间的想象、填充以及对空间位置的流动、多维空间转换的表征。其次，站在历史进程的角度，从"冷战"中美苏两大阵营对峙数十年、波及全球的时空维度来看，肯尼迪遇刺案是由一系列的棋局不断接龙而成的一个大的棋局，所有人本质上都是棋子，都受到自身以外无从抗拒的各种外部力量的作用，都无从跳出历史布下的棋局。最后，具体到肯尼迪遇刺案的主角、同时也是小说主人公的奥斯瓦尔德这一个体，其在成长过程中的认知方式、世界观的形成无不受到象棋游戏的影响，致使其在人生的关键节点上总是自觉或不自觉地借用象棋的逻辑来做出选择——这些主观选择不仅改变了他自身的人生轨迹，也在客观上改变了历史进程的走向。后两个层面看似矛盾，实则辩证统一。这是因为，在真实的棋局中，棋子是没有生命力的，是任由外界摆布、绝对不会失控的，而历史这个隐喻棋局的棋子是有血有肉的人，因为其具备能动性而有可能失控。此外，由于个人视野的局限性，以奥斯瓦尔德为代表的、处在历史洪流中心的人物并不会把自己视为受人操控的棋子；相反，他们认同和始终谋求的身份是游戏的参与者。这样，个人既是历史轮盘上一枚受制的棋子，又可能成为自己生命历程中能动的玩家，即外部力量的作用会受到内部动因的制衡，这其实也是注重平衡的"天秤星座"的题中之意。这三个层面交互作用，联手构成与情节并列前行的隐性进程。这股叙事暗流在以往的批评中被忽略，这并不奇怪，因为长期以来，批评界仅仅关注情节发展。本章则旨在通过对这三个层面予以区分，并且厘清它们之间错综复杂的互动关系，对于情节背后的隐性进程加以系统揭示。

第一节　多重叙事动力：双层情节和隐性进程

《天秤星座》分为上下两部，共由 24 章构成。各章或以地点命名，或以日期命名，交错分布。由此可以看到，《天秤星座》由两条显性并行的情节分支构成：一是枪手李·哈维·奥斯瓦尔德的生平——章标题中涉及的地点都是他生活过的地方；二是其他可能对此事件负有责任的势力的活动（包括美国中情局特工、古巴流亡分子、军火商等）——章标题中涉及的日期正是各方势力的行动节点。叙事与时间的紧密关系受到重视由来已久，比如 H. 波特·阿博特（H. Porter Abbott）就指出，"叙事是人类将其对时间的理解组织起来的首要方式"，是"我们根据人类的关注点对于时间的塑造"。① 作为一部历史小说，《天秤星座》按照时间顺序梳理整个肯尼迪遇刺事件在情理之中。但叙事既是对事件在时间上的表征，又离不开对事件发生的空间的表征。根据米克·巴尔（Mieke Bal）的区分，小说人物所处的以及事件发生的位置为地方（place），而带有观点（point of perception）的地方为空间（space）；既要关注作为框架（frame）的空间，又要关注空间的填充方式，即物体具有的空间地位。② 并且，"时间和空间不只是叙事中的背景元素"，"它们深刻地影响着我们从读到的东西中构建内心画面的方式"。③ 可以说，德里罗对于肯尼迪遇刺案这一历史事件的文学重构正是基于对一幅接一幅的时空画面的表征。小说的叙事结构中空间—时间双轨并行的模式，正是对法国符号学家阿尔吉达斯-朱利安·格雷玛斯（Algirdas-Julien Greimas）将叙事程序（program）分为时间程序和空间程序的理念的实践。④ 这也符合 M. M. 巴赫金（M. M. Bakhtin）的"时空体"（chronotope）思想：时空体是小说中的基础叙事时间的组织中心，叙事的绳结在此被打上和打开；时空体对于表征具有重要意义，它使叙事时间具体化、变得有血有肉；每一个文学意象

---

① H. Porter Abbott, *The Cambridge Introduction to Narrative*, Cambridge: Cambridge University Press, 2008, pp. 3-4.

② Mieke Bal, *Narratology: Introduction to the Theory of Narrative*, Toronto: University of Toronto Press, 1985, p. 133.

③ Theresa Bridgeman, "Time and Space", in David Herman ed., *The Cambridge Companion to Narrative*, Cambridge: Cambridge University Press, 2007, p. 2.

④ Algirdas-Julien Greimas, and Joseph Courtes, *Semiotics and Language: An Analytical Dictionary*, trans. Larry Crist, Daniel Patte, James Lee, Edward McMahon II, Gary Phillips, and Michael Rengstorf, Bloomington: Indiana University Press, 1983, pp. 246-248.

(image)本质上都是时空体式的,语言本质上也是时空体式的。①

对于这种时间—空间双轨并行的叙事结构,②普遍认为这是由围绕肯尼迪遇刺案的两种主流论断所致。依据总统特别调查肯尼迪遇刺事件委员会——又称沃伦委员会(Warren Commission)——的报告给出的结论,刺杀案是奥斯瓦尔德的个人行为,具有偶然性:"委员会没有找到任何证据表明奥斯瓦尔德或杰克·鲁比(Jack Ruby)属于任何国内或国外刺杀肯尼迪总统的阴谋组织","基于委员会面前的证据,其得出奥斯瓦尔德为独自行动的结论"。③然而,在此之后,随着更多的证据浮出水面,刺杀是一场精心策划的阴谋的论调扶摇直上。德里罗在写作《天秤小说》之前明确质疑过官方报告的结论。在《美国血液》这篇文章中,他就指出,"依然挥之不去的一个问题是其他国家的人们会不会同意(沃伦)委员会的发现,即暗杀是一个人的作品"。而在这篇文章的结尾,德里罗提出,是时候构建一个"不同于沃伦报告中的人,尽管他依然是一个孤胆杀手、是一个和情报机构联系在一起的人,但不一定听其指挥、受其蒙蔽,是一个比大多数当今理论家所能接受的更加稚气和失意的人"。④美国公共广播电视公司(Public Broadcasting Service, PBS)的旗舰栏目"前线"(Frontline)在肯尼迪遇刺案30周年纪念时发布了一部题为

---

① M. M. Bakhtin, "Forms of Time and of the Chronotope in the Novel", in Michael Holquist ed., *The Dialogic Imagination: Four Essays*, trans. Caryl Emerson and Michael Holquist, Austin: University of Texas Press, 1981, p. 250.

② 也有批评家认为小说由三重叙事构成,除去奥斯瓦尔德的传记和刺杀肯尼迪的阴谋,还有尼古拉斯·布兰奇(Nicholas Branch)书写肯尼迪遇刺案秘史的尝试。参见 Glen Thomas, "History, Biography, and Narrative in Don DeLillo's 'Libra' (novel about Lee Harvey Oswald)", *Twentieth Century Literature*, Vol. 43, No. 1, 1997, pp. 107 – 124。但这一层面涉及的是历史书写的问题,与情节发展无关,是小说的"元小说"特征的体现。

③ President's Commission on the Assassination of President Kennedy [Warren commission], *Report of the President's Commission on the Assassination of President Kennedy*, Washington, D. C.: US Government Printing Office, 1964, pp. 21 – 22.

④ Don DeLillo, "American Blood", *Rolling Stone*, Dec. 1983, pp. 22, 28.

"李·哈维·奥斯瓦尔德是谁？"（Who is Lee Harvey Oswald?）的纪录片。其实无论是德里罗还是类似这样的纪录片，所做的都是将一个历史现象级的杀人犯去神秘化，还原一个有血有肉的奥斯瓦尔德。但无论这样的尝试是出于审美还是解密的目的，无论是出于私心还是公义，都无可避免地只能最大限度地接近那个真实的历史人物，而无法做到完全对等。也正是这样的断裂使得学界对于这部小说的讨论集中在德里罗的历史书写策略。

批评家试图阐释小说中这两种对刺杀的不同看法之间的冲突。斯基普·威尔曼（Skip Willman）认为，德里罗用双重叙事将"肯尼迪遇刺案建构为阴谋和偶然性（conspiracy and contingency）的结果"，并认为他对于后者的强调颠覆了前者的幻象。[1] 正是由于偶然性在德里罗的历史书写中占据重要地位，不少批评家认为个人（如奥斯瓦尔德）在历史进程中是无能为力的，小说中呈现出的是一种后现代主体性。在这个问题上，德里罗本人也把奥斯瓦尔德定义成一个"漂泊者"（drifter），并在多年后回首这段历史的时候承认"20 世纪很大程度上就是建立在荒诞的时刻和事件之上的"[2]。马加利·迈克尔（Magali Michael）看到，奥斯瓦尔德"不断拿起、放下众多的角色，挑战了一个中心主体具有一个本质内核的传统观念，推向了更加后现代的主体观，那就是主体受到历史、社会、文化、经济等各种力量和权力关系的作用"；在他看来，"奥斯瓦尔德之所以迈向肯尼迪总统刺客这个最后的角色，是因为密布成网的巧合致

---

[1] Skip Willman, "Traversing the Fantasies of the JFK Assassination: Conspiracy and Contingency in Don DeLillo's Libra", *Contemporary Literature*, Vol. 39, No. 3, 1998, pp. 407-408.

[2] 2003 年，美国公共广播公司（PBS）的《前线》（Frontline）栏目为纪念肯尼迪遇刺四十周年，组织了一场题为"奥斯瓦尔德：传说、神秘、意义"的论坛，参与现场问答的三位作家都写过关于这一事件的小说，其中就包括德里罗。参见 https://www.pbs.org/wgbh/pages/frontline/shows/oswald/forum/。

使他陷入对个人能动性的概念认识麻烦"。① 安德鲁·雷德福（Andrew Radford）也认为将巧合作为驱动力会导致对个人能动性的忽视，并且将其视为"德里罗没有能完全解决的矛盾"②。迈克尔·詹姆斯·里查（Michael James Rizza）则指出，"《天秤星座》将能动性由个体人物转移至外部力量，使其分散在人物本身之外，从而最后使得一切都捉摸不定"。他将"德里罗的奥斯瓦尔德对于真实的自我感的缺失"视为他的后现代主体性，甚至认为《天秤星座》的情节动力正是在于对于"人的自由意志的剥夺"。③ 克里斯托弗·M. 莫特（Christopher M. Mott）认为"《天秤星座》是一部叙事作品，尝试着赋予一个重大事件的是有意义的结构，而非连贯性和清晰度"，这部小说中的主体性意味着"在一个质问式的意识形态之中的主体位置"，并且指出在这部小说中德里罗陷入了"后现代的进退维谷"，为了避免陷入海量信息容易造成的混乱，他"创造了层层隐蔽的结构（sheltering structures）"。④ 德里罗本人推崇⑤的著名批评家弗兰克·伦特里亚齐（Frank Lentricchia）也直言不讳道，德里罗"在《天秤星座》中给予我们的是一个形状完美、目的驱动（intention-driven）的叙事，但与此同时在其中（每隔一章）展开了第二叙事，即他对奥斯瓦尔德生平的想象，一个没有情节（plotless）的故事：一个因为断裂而又自相矛盾的动因而痛苦、在这种痛苦驱使下变得

---

① Magali Michael, "The Political Paradox within Don DeLillo's *Libra*", *Critique*: *Studies in Contemporary Fiction*, Vol. 35, No. 3, 1994, pp. 151 – 152.

② Andrew Radford, "Confronting the Chaos Theory of History in DeLillo's *Libra*", *The Midwest Quarterly*, Vol. 47, No. 3, 2006, p. 224.

③ Michael James Rizza, "The Dislocation of Agency in Don DeLillo's *Libra*", *Critique*: *Studies in Contemporary Fiction*, Vol. 49, No. 2, 2008, pp. 172, 177.

④ Christopher M. Mott, "*Libra* and the Subject of History", *Critique*: *Studies in Contemporary Fiction*, Vol. 35, No. 3, 1994, p. 132.

⑤ 伦特里亚齐和德里罗都是意大利裔美国人。德里罗在自己的戏剧《瓦尔帕莱索》（*Valparaiso*, 1999）的扉页写道："献给弗兰克·伦特里亚齐。"

漫无目的的生命"①。

按照唯物辩证法，外因是通过内因来发生作用的。奥斯瓦尔德最终的刺客身份不可能全然是外界环境的产物，他一定是因为自身的某些特质才能成为诸多外部力量的接收体、感应器。也就是说，德里罗既承认奥斯瓦尔德的背后有一个阴谋集团，又赋予了他难以改写的刺客宿命，基于两种论断的两条情节分支发生交集并非偶然；他既反对这是奥斯瓦尔德的个人行为，又没有全盘接受以中情局为核心的阴谋刺杀论。于是，一个亟待解决的问题是，作者是如何平衡个人的能动性与外界作用力的？

这一疑问很难在现有的批评阐释中找到答案。归根结底，双重叙事框架依然属于小说的情节进程。事实上，自亚里士多德以来，情节一直是虚构叙事研究中的重点。但近些年来，申丹提出，很多叙事作品存在双重叙事进程，即显性的情节进程背后还有可能存在并行的一股叙事暗流，即"隐性进程"（covert progression）。② 她指出："在面对作品中并列运行的不同叙事运动时，我们需要打破长期批评传统的束缚，关注同样的文字在不同叙事运动中产生的不同意义，看到它们在对照冲突中的相互制衡和相互补充，更好地理解文学表意的复杂丰富和矛盾张力。"③ 仔细考察《天秤星座》，我们能发现，这样一部宏大、复杂的小说里面也存在着隐性叙事进程。在情节发展背后，在相同的象棋游戏逻辑的作用下，在隐喻层面谋篇

---

① Frank Lentricchia, "*Libra* as Postmodern Critique", in Frank Lentricchia ed., *Introducing Don DeLillo*, Durham: Duke University Press, 1991, p. 201.

② Dan Shen, "Covert Progression Behind Plot Development", *Poetics Today*, Vol. 34, No. 1 – 2, 2013, pp. 147 – 175; see also Dan Shen, *Style and Rhetoric of Short Narrative Fiction: Covert Progressions Behind Overt Plots*, London & New York: Routledge（2014 年版为精装本，2016 年版为平装本，笔者注）；申丹：《叙事动力被忽略的另一面》，《外国文学评论》2012 年第 2 期；申丹：《何为叙事的"隐性进程"？如何发现这股叙事暗流？》，《外国文学研究》2013 年第 5 期。

③ 申丹：《文字的不同"叙事运动中的意义"：一种被忽略的文学表意现象》，《外语教学与研究》2015 年第 5 期。

"布局"的作者、在历史进程中推动人物的外部势力和具有"棋子"及"玩家"双重身份的个人三者共同构成一股叙事暗流。

回归到小说对于包括具体地点和日期这些"硬证据"的侧重，不难看出作家本人对于史实的尊重，即尽管《天秤星座》毫无疑问是一部虚构作品，但德里罗在建构肯尼迪遇刺案进程时是以基本的史实作为支撑的。事实上，在创作《天秤星座》之前，德里罗查阅了大量的肯尼迪遇刺案档案。他在《天秤星座》后记中描述了自己对待这些历史记录的态度，"任何一部关于一个重大的未解之谜的小说都会试图去填补已知的记录中的一些空白之处。为了能够如此，我改变、修饰了事实，将真人扩展到虚构的空间和时间当中，创造了事件、对话和人物"①。正如有批评家总结的那样，德里罗的创作理念是"将历史纪录为我所用"（play the historical record）。② 当然，这也体现了新历史主义对于后现代作家的影响。莫特就曾指出海登·怀特（Hayden White）和福柯的历史观对于后现代历史编纂小说的影响：怀特将历史叙事化，使得对于历史的叙事学或拓扑学研究对故事是如何被讲述的要比对故事本身更感兴趣；福柯的知识考古和谱系学研究使得如何感知历史事件比追寻"原事件"（raw events）更重要。③

事实上，在《天秤星座》中很难划定真实与虚构的界限，这也无疑是这部小说的文学性和经久不衰的魅力所在。但如果我们能找到一些分界线的蛛丝马迹，就等于找到了作者在创作过程中的一些基本落脚点，同时也是构成小说时空体的基本单元，可以基于此进一步探究作者的意图和驾驭小说的历史书写逻辑，以及挖掘情节之外的另外一种叙事动力所在。

---

① Don DeLillo, *Libra*, New York: Viking, 1988, p. 458.
② Shannon Herbert, "Playing the Historical Record: DeLillo's *Libra* and the Kennedy Archive", *Twentieth-Century Literature*, Vol. 56, No. 3, 2010.
③ Christopher M. Mott, "*Libra* and the Subject of History", *Critique: Studies in Contemporary Fiction*, Vol. 35, No. 3, 1994, p. 133.

第二节　象棋：历史书写与虚构叙事的边界

德里罗借鉴的史料中，最重要的当属长达 14 卷的《沃伦报告》(*Report of the President's Commission on the Assassination of President Kennedy*，1964)。此外，枪手奥斯瓦尔德的母亲玛格丽特·奥斯瓦尔德(Marguerite Oswald)从 1964 年 2 月 10 日到 12 日先后几次出席了沃伦委员会的问询，其长达五万余字的独立证词［收录在《沃伦听证会》(*Warren Commission Hearings*，1964)中］也是德里罗所借鉴的对象——他在小说中描述了玛格丽特的受审过程，并在小说的不同部分多次穿插她的证词。其中，玛格丽特在描述儿子的童年生活时提到这样一个细节，"李会下象棋。李有一个集邮册，甚至还会给其他少年写信，与他们交换邮票"［事实上，玛格丽特还提到儿子喜欢下强手棋(Monopoly)、打棒球、游泳等］。① 而在沃伦委员会的报告中，对于这个细节的表述略有不同："他读书很多，有一个邮票集，和他的兄弟们一起下象棋和强手棋。"② 到了《天秤星座》中，德里罗是如此处理这个细节的："他跟着一本书自学下象棋，就在厨房的桌上。"③ 这样，根据玛格丽特的证词和官方报告，我们看到的是一个兴趣爱好广泛、与普通少年无异的奥斯瓦尔德，而德里罗在选材时简化了他的兴趣爱好，并且对他的社交活动避而不谈——尤其是将他和兄弟们下棋改成了自己一个人下棋。

---

① President's Commission on the Assassination of President Kennedy (Warren commission), *Hearings and Exhibits*, Washington, D. C.: US Government Printing Office, 1964, p. 225.

② President's Commission on the Assassination of President Kennedy ［Warren commission］, *Report of the President's Commission on the Assassination of President Kennedy*, Washington, D. C.: US Government Printing Office, 1964, p. 675.

③ Don DeLillo, *Libra*, New York: Viking, 1988, p. 6.

这正是德里罗有意模糊历史与文学、现实与想象、真实与虚构界限的明证。通过对历史记录的剪裁、修改、扩充，他突出了象棋在主人公童年生活中的地位，从而将一个性格孤僻、甚至具有自闭倾向的少年形象展现在读者面前。那么，为什么德里罗会选中象棋作为一个历史与虚构叙事之间的平衡点呢？这是否会是隐性叙事进程的一个切入点呢？

英文中的象棋（chess）指代的是一项古老的游戏。尽管对于其具体起源时间尚无定论，但研究者的共识是，其祖先是"公元 7 世纪印度的一种游戏……这种游戏首先被波斯人接受，然后由波斯人传播到伊斯兰世界，最后（传到欧洲）可谓是基督教欧洲向伊斯兰取了一次经"①。象棋②作为一个意象出现在文学作品中同样由来已久，③ 并且广泛分布于不同的文学体裁。《象棋诗集》（*Poetry of Chess*, 1981）一书收录了那些"比喻性地使用象棋及象棋概念来表达人文主题的优秀英语诗歌，同时也包括一些关于这项运动本身的诗歌"④。在维多利亚小说中，也可以找到诸如象棋与女性主人公自我提升之间的关联——主人公在追求自主性的过程中如何被"逼和"（stalemated）。⑤ 英国现

---

① H. J. R. Murry, *A History of Chess*, Oxford: Clarendon Press, 1913, p. 27. 另外一本重要的象棋史的作者也认为，"象棋根源于战争游戏，是古印度文明下的恰图兰卡（chaturanga）象棋的直接产物，这一点是可以肯定的"。Harry Golombek, *Chess: A History*, New York: Putnam, 1976, p. 14.

② 在穆雷这本被奉为经典的象棋史中，他虽然做出了"亚洲"和"欧洲"象棋的区分（每一种又有数种不同的变体），但指出这些棋类游戏本质属性相同："它们都是战争游戏，都由多种多样的棋子构成，这是其最鲜明的特征。"

③ 根据现有的资料，最远可追溯到中世纪文学。参见 Mark N. Taylor, "Chaucer's Knowledge of Chess", *Chaucer Review*, Vol. 38, No. 4, 2004, pp. 299 – 313. 这与穆雷的考察也是吻合的，他指出"在中世纪的时候，象棋是欧洲的有闲阶层中最流行的游戏"。参见 Murry, *A History of Chess*, Oxford: Clarendon Press, 1913, pp. 25 – 26。

④ Andrew Waterman ed., *The Poery of Chess*, London: Anvil Press Poetry, 1981, p. 11.

⑤ See, for example, Glen Robert Downey, *The Truth about Pawn Promotion: The Development of the Chess Motif in Victorian Fiction*, Ph. D. dissertation, University of Victoria, 1998.

代派戏剧大师贝克特作品中的象棋意象也得到诸多批评家的关注。①此外，象棋被广泛应用于精神治疗实践中，因而也有批评家试图从精神分析的角度解读文学作品中的象棋。② 与象棋关系最为紧密的文学体裁当属侦探小说。正如有批评家指出的那样："在侦探小说的传统中，象棋比赛是使用频率最高的意象之一，用以表现侦探和罪犯之间的斗智斗勇。特别是侦探要复刻对手的思维过程，这样才能最后领先其一步。"③ 这也解释了为什么埃德加·爱伦·坡（Edgar Allan Poe）、雷蒙德·钱德勒（Raymond Chandler）、豪尔赫·路易斯·博尔赫斯（Jorge Luis Borges）④、弗拉基米尔·纳博科夫（Vladimir Nabokov）的名字会和象棋联系在一起。⑤ 在这些作家的笔下，象棋不仅是一个反复出现的意象，与情节的发展息息相关，同时也是塑造人物形象、串联人物关系的媒介。⑥ 此外，与象棋联系在一起的现当代重要作家、作品还包括莫里森的《一双最蓝的眼睛》（*The Bluest Eye*, 1970）、乔

---

① 贝克特的戏剧《残局》（*Endgame*, 1957）明显借用了象棋隐喻。此外，他的一些小说作品，如《墨菲》（*Murphy*, 1938），也包含重要的象棋意象。参见 K, Jeevan Kumar, "The Chess Metaphor in Samuel Beckett's 'Endgame'", *Modern Drama*, Vol. 40, No. 4, Winter 1997, p. 540; Bernd-Peter Lange, "Failing Better: Beckett's Game with Chess in Murphy", *SBT*, Vol. 28, No. 2, 2016, pp. 356 - 370; Pedro Querido, "Beyond the Metaphor: The Importance of Chess in the Work of Samuel Beckett", *Egitania Sciencia*, Issue 20, 2017, pp. 171 - 182。德里罗在访谈中多次提到贝克特的影响，一方面承认自己被贝克特的戏剧吸引，另一方面强调贝克特和卡夫卡独特的创作视野。参见 Thomas DePietro ed., *Conversations with Don DeLillo*, Jackson: University of Mississippi, 2005, pp. 15, 22, 23, 70, 101, 174。

② John Samuel Hilbert, "A Psychological Study of the Chess Trope in Literature", Ph. D. dissertation, State University of New York at Buffalo, 1982.

③ John T. Irwin, "The False Artaxerxes: Borges and the Dream of Chess", *New Literary History*, Vol. 24, No. 2, Reconsiderations, Spring, 1993, p. 426.

④ 德里罗在谈到自己的写作习惯时，说他房间里有一张博尔赫斯的照片，"试图把他作为我的向导，带我摆脱懒散和摇摆不定，走进由魔法、艺术和神灵的另一个世界"。Thomas DePietro ed., *Conversations with Don DeLillo*, pp. 89 - 90.

⑤ 博尔赫斯的不少短篇小说，如《小径分叉的花园》（*The Garden of Forking Paths*），都带有侦探小说的性质，纳博科夫的《防守》《微弱的火》也是如此。

⑥ 比如钱德勒对其一系列作品的主人公马洛（Phillip Marlowe）的塑造。

治·奥威尔（George Orwell）的《1984》（Nineteen Eighty-Four, 1949）、科马克·麦卡锡（Cormac McCarthy）的边境三部曲等。① 德里罗受到现代派作家的影响颇深，尤其是在他的几部戏剧作品中能够看到明显的贝克特的印记。纳博科夫、钱德勒、麦卡锡和德里罗的共性在于都是20世纪美国文坛占据主流文学地位的白人男性作家——若进一步比照，纳博科夫和钱德勒的不少作品都可以被划入侦探小说的类别，而德里罗的《名字》《天秤星座》也是如此；麦卡锡和德里罗则是同时代人，布鲁姆将他们同列入当代四大美国小说家。② 而谈到后现代美国小说家，莫里森也是绕不过去的一个名字。德里罗与他们共享社会文化土壤，在小说主题的选择、叙事策略的应用上也有相互借鉴之处。③ 这样，客观上同样有潜质将学界围绕象棋已有的文学批评实践应用在德里罗研究之中。

批评家除关注到象棋（包括比喻意义上的象棋概念）在情节发

---

① See Glen R. Downey, "Chess and Social Game Playing in *A Pair of Blue Eyes*", *Hardy Review*, Vol. 6, Winter 2003, pp. 105 – 146; Mary Rimmer, "Chess and the Construction of Gender in *A Pair of Blue Eyes*", in Higonnet Margaret R. ed., *The Sense of Sex*: *Feminist Perspectives on Hard*, Urbana: University of Illinois Press, 1993, pp. 203 – 220; Graham Good, " 'Ingsoc in Relation to Chess': Reversible Opposites in Orwell's 1984", *Novel*: *A Forum on Fiction*（*Novel*）, Vol. 18, No. 1, Fall 1984, pp. 50 – 63; Marty Priola, "Chess in the Border Trilogy", *Southwestern American Literature*, Vol. 25, No. 1, Fall 1999, pp. 55 – 57.

② 在被问到有哪些美国作家与他具有共性时，德里罗提到麦卡锡，并且还特别称赞过麦卡锡的《血色子午线》（*Blood Meridian*, 1985）中的"美与荣耀"。Thomas DePietro ed., *Conversations with Don DeLillo*, Jackson: University of Mississippi, 2005, pp. 115, 96.

③ 德里罗在谈到影响自己的几部作品时提到纳博科夫的《微弱的火》；也有记者在采访稿中总结到，"德里罗对美国语言具有纳博科夫式的愉悦"。参见 Thomas DePietro, *Conversations with Don DeLillo*, pp. 10, 136。而德里罗的成名作《白噪音》中的情节高潮，即主人公杰克枪杀妻子的情夫的一幕，不无戏仿纳博科夫的《洛丽塔》（*Lolita*, 1955）最后一幕中主人公亨伯特向拐走洛丽塔的奎迪（Quilty）寻仇的意味。纳博科夫是出了名的象棋爱好者，并且在其创作中不断尝试将象棋意象和象棋的逻辑纳入进来，如他在 *Poems and Problems*（1969）中同时收录了数十首诗歌和18个象棋棋谜（problem），在 *Speak*, *Memory*（1951）这部短篇小说集中也收录了一个象棋棋谜。

展、人物塑造方面的作用之外，也将目光投向其在叙事结构中所起的作用。琳达·哈琴（Linda Hutcheon）在谈到自恋叙事（narcissistic narrative）时，将游戏（games）视为其叙事结构的一种模式，并特别提到象棋的作用。她认为"象棋中包含不同的阶层，错综复杂，同时需要行动，是一项本质上具有叙事性的运动……要么具备更加明显的结构作用，比如纳博科夫的《防守》（*The Defense*, 1930）"。哈琴指出《防守》的情节设置与下棋的相似性，并特别指出其主人公因为自杀消失在书页上就像棋子被移除黑白棋盘一样。此外，哈琴也关注到伊塔洛·卡尔维诺（Italo Calvino）在《看不见的城市》（*Le città invisibili*, 1972）的情节中对于象棋的空间逻辑的借鉴。①

从一定程度上讲，《天秤星座》可以被划入侦探小说的类别，毕竟其显性主题是以文学想象的方式解开围绕肯尼迪遇刺案的诸多疑团。按照哈琴的标准来界定的话，《天秤星座》既有显性的象棋情节——并且因为作者对史实的改编痕迹而更加凸显出来，其叙事结构又和象棋一样强调空间逻辑——主人公一生的空间轨迹可以被视为棋子的移动，而小说高潮的总统遇刺事件比起卡尔维诺笔下的自杀事件要更具象征意义。

此时，若是我们再去考察德里罗在"美国血案"中的一番话，会有别样的收获。他在这篇文章中将奥斯瓦尔德与刺杀里根总统的约翰·欣克利（John Hinckley）进行比较："如果说奥斯瓦尔德是被别人组装起来的，是一个秘密的小卒（pawn），那么欣克利就是一个自我创造的媒体事件。"② 德里罗将奥斯瓦尔德比成一个象棋中的小卒，以此将他与历史上另外的一个著名杀手予以区分；此外，他还把间谍行为比作游戏。③ 这是否能够表明德里罗在创作《天秤星座》之前，已经在用象棋逻辑审视整个肯尼迪遇刺案？若是真的如

---

① Linda Hutcheon, *Narcissistic Narrative: The Metafictional Paradox*, New York and London: Methuen, 1980, p. 93.
② Don DeLillo, "American Blood", *Rolling Stone*, Dec. 1983, p. 24.
③ Don DeLillo, "American Blood", *Rolling Stone*, Dec. 1983, p. 27.

此，那么便可以说德里罗将象棋的逻辑（特别是空间逻辑）不仅用在了人物塑造、情节发展、叙事结构设置之中，更是用这样的游戏逻辑为肯尼迪遇刺案的未解之谜提供了一个十足大胆而又别具新意的解释。

回到关于象棋的那个细节，德里罗在这里添加的"跟着一本书自学"这一想象其实大有深意。在玛格丽特的证词中，紧接着象棋和集邮的描述是"李会读些历史书，就是那些对于他当时那个年纪过于深奥的书"①。而德里罗则改成了："没人知道对于他来说阅读是一件多么困难的事。"② 并且在之后的"在厚木"（In Atsugi）这一章中，德里罗重申了这一点："没人知道他阅读简单的英语句子有多难。他并不总能从面前的单词中得出一幅固定的画面。写作要更难。"③ 这样，母亲眼中超越同龄人阅读水平的少年在德里罗的小说中变成了阅读困难症患者。相应地，针对奥斯瓦尔德的逃学轶事，其母认为他"似乎不用上学也知道很多事情的答案。这种类型的孩子，在某种程度上来说，对于上学会产生厌烦，因为他是有些超前的"④。而根据沃伦委员会的报告，"在门罗默读测试中，李的得分证明他的阅读速度和理解能力并不迟缓"⑤。而经德里罗添此一笔，逃学并非由于他天赋过人；恰恰相反，这很可能与他的阅读困难症有关。这再次表明德里罗并不相信玛格丽特的证词、不认同她对儿

---

① President's Commission on the Assassination of President Kennedy [Warren commission], *Hearings and Exhibits*, Washington, D. C.: US Government Printing Office, 1964, p. 225.
② Don DeLillo, *Libra*, New York: Viking, 1988, p. 6.
③ Don DeLillo, *Libra*, New York: Viking, 1988, p. 83.
④ President's Commission on the Assassination of President Kennedy [Warren commission], *Hearings and Exhibits*, Washington, D. C.: US Government Printing Office, 1964, p. 225.
⑤ President's Commission on the Assassination of President Kennedy [Warren commission], *Report of the President's Commission on the Assassination of President Kennedy* Washington, D. C.: US Government Printing Office, 1964, p. 381.

子的看法：她在规避她对于儿子成长过程中家庭教育的缺失负有的责任，并试图通过将儿子塑造成一个乖顺、不惹是生非的孩子，引来法官和观众的同情，洗刷儿子死后的名声。但德里罗为何要连官方报告都不信呢？除非这有益于他展开自己的叙事逻辑。

一方面，这可以证明奥斯瓦尔德对于象棋兴趣之浓厚，甚至不惜克服阅读的困难去学习；另外一方面，正是由于他付出了这样巨大的努力，象棋在他生活中的意义开始超出娱乐、兴趣爱好的范畴——显然类似集邮这样的爱好是没有挑战性的。但这只是德里罗建构主人公人格，进而建构刺杀案因果链条的第一步。从小说的整体布局来看，象棋是作为一个可以串联起整条情节线索的元素出现的。德里罗以小说的形式提供了这样一种可能，那就是奥斯瓦尔德是由一个象棋玩家成长为一个冷酷杀手的。

如此，少年奥斯瓦尔德不辞辛苦地照书学棋并不是一个孤立的事件。这也为挖掘小说的隐性叙事进程提供了可能——从内涵来讲，需要从横向和纵向两个方面理解隐性叙事进程，即"隐性"是纵向的、深层次的文本含义，"进程"是横向的、贯穿于文本始终的。象棋与少年主人公人格塑造之间的关系无疑是一个隐性的点，而现在需要证明的是还有更多这样的点存在，并且最终可以串联成线。

我们不妨再次审视小说的题目。德里罗借克莱·肖（Clay Shaw）这个小说人物之口点出了"天秤星座"这个题目的内涵："我们有正面的天秤星座人，他能做自己的主人。他很平衡，富有判断力，是一个受到众人尊敬的家伙。我们有反面的天秤星座人，他有点不稳定和冲动，很容易、很容易、很容易受到别人影响，随时准备做出危险的一跳。不论是哪一类，平衡是关键所在。"① 小说主人公奥斯瓦尔德正是天秤星座人。其实天秤和象棋不无相似之处。在没有外力作用的情况下，天秤的两个秤盘之间是平衡的状态；在初始状态下象棋的黑白双方的势力也完全对等。一旦天秤的一个秤

---

① Don DeLillo, *Libra*, New York: Viking, 1988, p. 315.

盘承重，整个天秤便会发生倾斜，唯有另外一边也承载同样的重量才能恢复平衡；象棋的进程也是以两方势力大致的动态平衡为基础的，否则的话游戏就会以一方的胜利而告终。这样，在对主人公的塑造中，天秤星座的属性在明处，象棋的游戏逻辑在暗处，小说的题目中其实已经为双重叙事进程留有了余地。

第三节 象棋与多维空间

在小说的第3章，和从前一样，奥斯瓦尔德没有找自己的母亲当棋友："他们看着彼此吃东西。他在厨房的桌上练习象棋的走位。"他开始与别人下象棋。德里罗为他虚构出一位棋友——他同学的妹妹。"他试着同罗伯特·斯普劳（Robert Sproul）的妹妹谈论政治，主要是为了说点什么。他们在斯普劳家封闭的门廊里下象棋。"从中也不难看出他对这个女生的喜爱之情："他喜欢她克制的气质，她在棋盘上挪动棋子的样子——几乎可以说是害羞，好像下到哪里都无关胜负。这使他感到兴奋、狂乱，感觉自己是一个留着脏指甲的象棋天才。"[①] 可以说，当主人公步入情窦初开的年纪时，他自认为具备的最大特长、同时也是吸引女生的资本是自学的象棋本领。如此，象棋为少年主人公带来了为数不多的社交机会，是他与他人发生联系的方式，并且在他成年之后依然如此。但另一方面，正如他和斯普劳兄妹的友谊并未能维持下去一样，象棋的社交功能又是有限的，并没有打破他成长过程中长期缺乏亲情、友情之下踽踽独行的状态。但是，可以想象的是，通过学棋、下棋，他感觉自己具有一技之长，这对于他自信心、自尊心的形成是至关重要的，是成长过程不可或缺的。如此，德里罗刻意突出了象棋这一元素在奥斯瓦尔德成长中的影响，让象棋成为其认识自我、认识世界，构建其主体意识的一

[①] Don DeLillo, *Libra*, New York: Viking, 1988, pp. 37–39.

个重要媒介。

而如果我们探究德里罗的空间叙事逻辑的话，会看到尽管布朗克斯（第一章）和新奥尔良（第三章）的物理环境迥异，但这一时期主人公保持了相对统一的自我，与之后出现在日本厚木美国海军基地的那个奥斯瓦尔德有明显的距离。从在布朗克斯一个人乘着地铁四处游荡、一个人学下棋，到在新奥尔良一个人泡在图书馆里，德里罗无疑通过这样的承接强化了小说主人公性格孤僻的形象。在他的笔下，新奥尔良虽是奥斯瓦尔德的出生地，他五岁的时候才离开，但这个城市同样对于主人公充满敌意，恶劣程度相比于布朗克斯有过之而无不及。在这一章刚开始，奥斯瓦尔德便因为和同学打架而挂了彩。其原因也颇值得深思，要么是因为他们觉得"他说话的方式可笑""像一个北方佬（Yankee）"，要么是因为他"乘公交时和黑人一起坐在最后面"。前者指向奥斯瓦尔德的他者身份。这与南北方的地域文化差异有关——讽刺的是，在纽约他就形单影只、难以合群，而重回出生和生活了数年的新奥尔良却被视为外乡人。而对于后者，叙述者给出的评价颇值得玩味："到底是出于无意还是出于原则，李拒绝透露。这也像他，一名错置的殉道士，让你认为他就是个傻瓜，或者全然相反，他知道实情而你不知道。"① 其实最可能的解释是，异乡人的自我身份定位使其对黑人这一20世纪50年代种族隔离制度之下最典型的边缘人群体产生认同。"书越难，他就越坚信自己同其他人拉开了距离。"② 这里的"其他人"所指的是处在新奥尔良这个实实在在的物理空间的其他人。与之相对，象棋是处在新奥尔良的少年奥斯瓦尔德为数不多的慰藉之一，正如之前在布朗克斯时一样。可以说在哪里下象棋并没有大的区别，尤其是考虑到他与棋友的关系并没有保持多久，多数时候还是自己跟自己玩。此外，象棋这

---

① Don DeLillo, *Libra*, New York: Viking, 1988, p. 32－33.
② Don DeLillo, *Libra*, New York: Viking, 1988, p. 34.

项运动本身就具有高度的象征性，离不开对于空间的想象——表面上只是棋子在有限的棋盘上的移动，实际上却象征着广阔的战场，一卒一车的移动都在改变战场的布局。而这个游戏的快感也植根于此：隐喻意义上的开土拓疆、杀敌擒王。于是，德里罗在小说中同时呈现出物理空间与精神空间对于个人主体性的影响。

从情节发展来看，"在厚木"这一章是奥斯瓦尔德美国公民的自我身份认同不断弱化、倒向苏联一边的过渡阶段。而从地理位置上来讲，厚木海军基地处于美国本土和苏联所在的亚欧大陆之间，属于美苏的中间地带。在这里，他开始反思自己的美国往事，并开始感到一切都失去了意义。"它们（日本的一切）夺走了他的美国空间。这并不重要。他的空间除了四处漂泊也别无其他，不过是一个由狭小的房间、电视机、他母亲的喋喋不休构成的谎言。"①

在海军服役时，奥斯瓦尔德向同伴提议，教对方下棋。这在《沃伦报告》中是有据可循的："鲍尔斯证实，在船上的时候，奥斯瓦尔德教他下象棋。他们下得很频繁，有时候一天超过4个小时。"② 德里罗在小说中想象了这个场景，给出了奥斯瓦尔德的动因："这是为了你好，莱特米尔。另外，我们也得想法子打发时间。"如果说通过下棋来打发海上时间很好理解的话，为什么奥斯瓦尔德认为教对方下棋是为了对方好呢？也就是为什么德里罗要在此处这样改写史实呢？且看他与此相关的想法："世界上最好的（象棋）运动员通常都是俄罗斯人。"③ 苏联既是共产主义的热土，又是出象棋大师的地方。这为他背叛美国、倒向苏联埋下了伏笔。当然，在这个过程中，外部力量的影响至关重要，是其最终完全倒向苏联一方的催化剂。这样的作用力主要来源于两处，一是亲苏联的日本人（也有可能是苏联在日本的特工）对于奥斯瓦尔德的诱导，二是其所

---

① Don DeLillo, *Libra*, New York: Viking, 1988, pp. 85 – 86.
② Don DeLillo, *Libra*, New York: Viking, 1988, p. 683.
③ Don DeLillo, *Libra*, New York: Viking, 1988, p. 93.

在的美国海军陆战队暴露出来的种种问题（包括制度和个人）。

苏联这个新的空间是由莫斯科和明斯克两部分构成的（第9章和第11章）。奥斯瓦尔德叛逃至莫斯科，试图通过出卖以美军的U-2侦察机为核心的情报来为自己的新生活赚取政治资本。然而经过反复的问询、审核，他还是没有获得苏方的信任，最后很大程度上是因为采取了自杀这样极端的表决心形式才得以留下来、被以无国籍人士的身份遣送至明斯克。在明斯克期间，表面上他像一个普通劳动者一样工作，实际上依然受到政府的监视。这一时期，他唯一一次被召回莫斯科，是在苏方击落了美军的一架U-2飞机、擒获了一名飞行员之后。在被派去确认这名叫作弗朗西斯·加里·鲍尔斯（Francis Gary Powers）的战俘身份的时候，德里罗给出了一个有趣的细节："奥斯瓦尔德好奇鲍尔斯下不下象棋。如果阿莱克让他进到牢房里和弗朗西斯·加里·鲍尔斯下一盘象棋，那会是很不错的一种表示。"① ——事实上并没有史料证明奥斯瓦尔德与鲍尔斯有过接触，而德里罗在小说中也只是让奥斯瓦尔德通过监视孔观察了鲍尔斯而已。那么，德里罗缘何要虚构出这样一个细腻的心理描写呢？细看之下会发现，这里采用的是自由间接引语（free indirect discourse），使得奥斯瓦尔德的视角和第三人称叙述者的视角变得难以区分。某种程度上这可以被视作主人公的认知逻辑和叙述者的故事逻辑的一个重合点：从小说主人公自身的逻辑出发，下象棋是他与人进行友好互动的一种习惯方式；从叙事的逻辑来看，鲍尔斯不是一名普通战俘，他身上突出的是美国身份，下象棋正是暗示奥斯瓦尔德向难得一遇的美国同胞投射身份认同，从而为他又一次重要的空间转换做出铺垫。

具体来看，明斯克的奥斯瓦尔德［他改名为阿莱克，也就是负责接洽他的克格勃（KGB）的名字］被安排到一家无线电设备制造厂工作，完成了美国海军陆战队一等兵到苏联一等金属工人的身份

---

① Don DeLillo, *Libra*, New York: Viking, 1988, p. 196.

转变。体力劳动的负荷和相对单调的生活并没有成为太大的困扰，毕竟他可以从同女生的约会和简单的娱乐生活中得到排遣，甚至他还保持了学习俄语的劲头。其真正面临的问题在于，"对于每个人来说，我现在就是一个完全意义上的美国男孩"，并且是这座城市中唯一的一个。就连他的女朋友玛丽娜（Marina）也"似乎是隔着一小段距离看他。他从来都没有完整在场"。连他向大学递交的入学申请也遭到了拒绝，"使他感到自己的渺小和无用"。① 如此，在他大费周折、几乎倾其所有试图同过去割裂，终于以市民的身份定居苏联之后，"美国"在其身份中的标识作用却变得前所未有的明显。离开厚木这个地理上的中间地带，他发现自己在苏联陷入更加尴尬的身份中间地带——他逐渐意识到身处在苏联的土地上，既不能获得政治层面的认同，也无法获得民间层面的认同；既无法直接参与到汹涌的历史潮流中，也无法过上普通人的生活。如此，恢复自己的美国公民身份倒成了更加现实的选择。"他每晚十点都调到'美国之音'的频道"，并且开始"给美国驻莫斯科大使馆写信，想要回自己的护照"。② 而正因如此，他也不再得到克格勃变相的津贴，甚至他当作朋友对待、以其给自己命名的阿莱克也断绝了和他的往来，断绝了他对于苏联的希望。

同样具有讽刺意味的是，在这个出象棋大师的国度，奥斯瓦尔德并没有找到和人对弈的机会——或者说德里罗没有给他这样的机会，唯一提及象棋是奥斯瓦尔德和女友约会时，"公园的某个长椅，靠近那些象棋玩家们，一切都普普通通，没有任何不寻常的地方"③。他只是一个旁观者，并非参与者：下棋在这里属于普通人的世界，而他并不是普通人，也并没有融入普通人之中。象棋对于他而言是奢侈品，就像巧克力之于明斯克人一样。这便是为什么他看

---

① Don DeLillo, *Libra*, New York: Viking, 1988, pp. 202 – 204.
② Don DeLillo, *Libra*, New York: Viking, 1988, pp. 202, 205.
③ Don DeLillo, *Libra*, New York: Viking, 1988, p. 202.

到鲍尔斯时第一念头是和他下棋。他们两人因为 U-2 间谍飞机联系起来，并且，虽然一个是主动叛逃，一个是被俘，但如今都在苏联的土地上。① 这样，鲍尔斯对于奥斯瓦尔德来说不是他者，而是"我们"。正如之前在其成长过程中表现出的那样，象棋是奥斯瓦尔德社交的一种重要方式。他对这个同胞产生亲近感，并试图向他示好，首先想到的便是下象棋。此外，象棋对于这个阶段的奥斯瓦尔德而言代表的是他的过去，代表的是他的美国往事——美国本土是他下过棋的物理空间，那里还有看着他或陪伴他下棋的人。事实上，除去这个细节，他还暗自为鲍尔斯叫好："你是对的；干得好；抗命不遵"，因为"我们不总是服从命令，是吧？有些命令需要思考"。② 这更加表明他正在试图同这样的过去重新建立联系，潜意识里期盼着恢复自己的棋子身份，恢复自己的历史参与者身份。这是促使他回到美国的重要因素。

第四节　从象棋玩家到冷酷杀手：刺杀，还是"将军"？

如果说橄榄球运动因为其对于暴力的强调，使得战争话语和体育话语的界限模糊不清，进而成为影响运动员身份认同的隐性动力的话，那么看似与暴力无关，甚至根本不发生身体对抗的象棋运动，则是因为其对策略的强调成为战争的隐喻。"从历史的角度来看，象棋必须被列入战争游戏的范畴。两名玩家导演了两方军队的一场对垒，它们实力相当，战场的区域被划定，任何一方都没有占一丝一

---

① 鲍尔斯后来通过美苏之间交换战俘得以重返美国，但却在国内受到了审判，被指在执行任务时渎职，被俘后既没有销毁情报，又没有按规定服毒自尽。可以说，这样的人生轨迹和奥斯瓦尔德不无相似。
② Don DeLillo, *Libra*, New York: Viking, 1988, p. 196.

毫的便宜。"① 象棋这项智力运动特别强调想象力，尤其是对于空间的想象力。学习下象棋的第一步便是认识棋子，了解不同棋子的不同走法，了解当一枚棋子处在一个具体的棋格上时可以移动到哪些位置。这其中包含着最基本的空间想象。之后，对于一个优秀的棋手来说，在每落一子之前，都要提前准备好自己的后手，还要根据对手可能的数种应变方式制定相应数量的预案。这一过程要求棋手在大脑中不断对棋子的走位、棋局整体的空间变化进行想象，同时兼顾"进取型思考"和"交互式思考"。② "要正确理解洞察性想象（perceptual imagination）如何在象棋中起作用，就要涉及我们理解这个世界的物理属性的一些基本方式。一个优秀的象棋玩家对于棋子位置在战术、战略方面的解读，离不开凭借想象来掌控各种空间可能"；"下象棋需要两样技能。首先是要精确计算每走一步的后续情形……第二种技能是要能对各种位置做出评估，然后选择最有可能获得那些明显更好的位置的走法"。③

我们不妨用下象棋的逻辑（主要是空间想象的逻辑）来重新解读一下奥斯瓦尔德的世界观和身份认同的变化。首先，棋局分为黑白双方，④ 在这个故事中可以置换为"冷战"期间美苏两大阵营的对峙，而主人公奥斯瓦尔德最初是美方的一枚棋子，并且最恰当的角色当属"小兵"——德里罗在访谈中也是这么指代的。那么，他从布朗克斯到新奥尔良，恰如象棋的开局，棋子并未远离本方半场的初始位置。而由新奥尔良到厚木，则如象棋的中局，小兵已进入

---

① H. J. R. Murry, *A History of Chess*, Oxford: Clarendon Press, 1913, p. 25.
② See C. D. Locock, *Imagination in Chess*, Ishi Press, 2015. See also Paata Gaprindashvili, *Imagination in Chess: How to Think Creatively and Avoid Foolish Mistakes*, London: Batsford, 2004.
③ Paul Coates, "Chess, Imagination, and Perceptual Understanding", *Philosophy and Sport Royal Institute of Philosophy Supplement*, Cambridge: Cambridge University Press, 2013, pp. 211, 212.
④ 有时也用"红方和黑方"区别双方，因为红墨水和黑墨水是最常见的两种墨水，方便手绘棋谱。

棋盘的中间地带，为接近对方的阵营做好准备。而最终叛逃至莫斯科，进而定居于明斯克，则完成了小兵到对方腹地的深入。不同的是，象棋中的小兵一旦走到对方的底线时，需要经历"兵升变"，即将其升级为"车""马""象""后"的一种。熟稔游戏规则的奥斯瓦尔德很可能也抱有类似的憧憬，以为自己一旦到达苏联也会完成升华。当然，他想完成的身份转换要更加彻底：对调阵营、反噬旧主。只不过事实是，正如这样的变节违背象棋规则一样，他也未能取得苏方的信任，没能完成这样的身份转换——他没有获得苏联公民的身份，而是被定性为一名无国籍人士，被分配到偏远地区，成为一名再普通不过的底层劳动者，全然没有投入自己浸染多年的马克思主义教育中提及的那种解放全人类的大业之中。可以说，苏联时期的奥斯瓦尔德变成了一枚没有身份标识的棋子，既不属于白方也不属于黑方；或者说他成了一枚弃子，被移除在了棋盘之外，不再是游戏的参与者。奥斯瓦尔德自然不甘心成为弃子，不甘于当"系统中的一个零"，毕竟他叛逃的目的是要"青史留名"（a man in history）。[1]

　　这样的身份真空终于使他对叛逃抱有的梦想幻灭。他开始寻求恢复自己的美国公民身份，无非是想重新回到游戏中来，成为一名战局的参与者而非旁观者，重新成为一名站在历史洪流的中心感受其涌动，继而寻求对其走向发生影响的"小兵"。只不过他虽然终究倒退回了美方的阵营（不像象棋里的小兵一样没有回头路），却难以再重拾信任。在这里，他依然是一枚难以登场的弃子。其实他应该明白，下棋的双方都无从接受任何一枚棋子进入失控的状态，更不会僭越游戏规则。但他是如此热爱着这项运动，如此渴望成为历史的弄潮儿，因此，既然黑白双方都无法接纳自己，那么他只能完全跳出这一局，寻找一个新的棋局重新开始。这就是为什么他会想到去古巴。他毕生所追求的，其实只是一个棋子的身份，而至于这枚

---

[1] Don DeLillo, *Libra*, New York: Viking, 1988, pp. 151, 149.

棋子是在为哪一方势力效力则无关紧要。美国也好，苏联也好，古巴也好，海军陆战队也好，叛逃分子也好，古巴革命军也好，只要能有一个身份，在历史中有一个自己的坐标，他就不会陷入伦理选择的困境。棋局于他而言无关国别，甚至无关道义，他要的只是参与其中。这也是为什么连古巴这最后一条道路也被封死时，他就默默接受了总统刺杀者的身份。于他而言，这是一个全新的棋局，在这一局里不仅有他的位置，而且是前所未有的重要角色，具有"将军"、左右战局走向的机会，而无暇去顾及他需要直面的"国王"、美方阵营的最高统帅肯尼迪总统是自己也曾为之效命过的对象这一事实。

这也是为什么《天秤星座》不仅显性的情节进程中有象棋元素存在，还有隐性的象棋逻辑串联着中心人物看似出于随机选择的人生轨迹和一系列看似出于巧合的历史事件。依照德里罗提供的线索，肯尼迪遇刺案的主谋是中情局的前特工，而其目的并非是要真的刺杀总统，而是要通过制造总统险些被古巴革命分子刺杀的事件引起轰动效应，从而使政府重新倚仗中情局对古巴采取行动。其选中奥斯瓦尔德作为杀手，正是由于其复杂的经历、游离的身份。然而，正是由于奥斯瓦尔德在意的只是自己有没有身份，而并非每一个身份本身的内涵，才致使他根本不关心自己的任务是不是真的要射中总统——当然，客观的原因是中情局对于下属行动势力的失控。他并不清楚自己的阵营是黑是白，自己到底是在为谁效命，究竟是谁站在总统的对立面：中情局特工？军火商？还是古巴革命分子？甚至他都不知道为什么要刺杀总统，他只知道自己既然已经被推到了这个位置，有将死对方国王，从而赢下这局棋的机会，绝对不应该错过——这是象棋，也是游戏、竞技运动最基本的逻辑。其实，象棋中要求的空间想象与身份认同不可分割：当打算走"兵"的时候，玩家就得站在兵的立场上去考虑，包括兵在当前这个位置上所有的走法、走到下一格后会面临的情况，而首先要考虑的就是会不会被对手吃掉。这一点在 J. K. 罗琳（J. K. Rowling）的小说《哈利·波特与魔法石》(*Harry Potter and the Philosopher's Stone*, 1997) 中表现得最为直观：魔法世界中的主人公和他的伙伴们需要分别扮演一名棋子的角色，赢下棋局才能闯关成功，其中罗恩（Ron）这个人物更是因为大局的需要牺牲了自己扮演的骑士（knight）。① 但当奥斯瓦尔德把自己认同为一枚棋子，在他将死对方国王的时候，其历史使命已经完成：这一局已经结束，已经被他定格在达拉斯这个最后的棋格。至于其个人之后的命运，那是棋局以外的东西，是另外一个世界的事，是在其认知范围之外的。

　　回到众多批评家关注的"偶然性"在《天秤星座》的肯尼迪遇刺案的历史书写中的作用。近来仍有批评家认为，"这部小说突显出奥斯瓦尔德是偶然卷入到这场复杂的政治事件中"②。毫无疑问，在小说的情节进程中，奥斯瓦尔德这个漂泊者最终转向枪手的身份具有偶然性。但是，如果依照贯穿小说始终、隐藏在情节发展背后的象棋逻辑来看，德里罗从一开始就将奥斯瓦尔德设定为游戏的参与者，而且还是全程的参与者，不管对弈的双方是否发生变化，不管其个人扮演的棋子角色是否发生变化。因此，尽管在情节发展中奥斯瓦尔德个人与这场政治阴谋中的每一个参与者只是偶然地发生联系，但是在小说的隐性进程中，很明显，奥斯瓦尔德这名"小兵"的使命从一开始就已经注定是要"将死国王"，不论在这个过程中他是否经历了身份的转变、外部环境的变化，甚至是换了对弈棋局的人，这个结局不会改变，是游戏规则使然。即德里罗的历史叙事中，棋局的发展具有不确定性，棋子之间发生的具体联系具有偶然性，但是这都是被限定在棋盘范围之内的；棋局的规则不会发生变化，个体棋子在这个过程中有可能牺牲掉，也有可能留到最后、擒王成功。

---

　　①　参见 J. K. Rowling, *Harry Potter and the Philosopher's Stone*, Bloomsbury, 1997。

　　②　Chi-min Chang, "'a real defector posing as a false defector posing as a real defector': The Historical Narrative in Don DeLillo's *Libra*", *The Wenshan Review of Literature and Culture*, Vol. 11, No. 1, December 2017, p. 60.

批评家也开始认识到身份认同与空间之间的重要联系。张期敏指出不同地点除具有物理空间意义外，还具有"文化、社会乃至历史的维度"，正是"一个地方的政治或社会条件使他能够与历史以及个人生活中的不同选择联系起来"。① 她认为，正是由于奥斯瓦尔德"无法融于地方（im-placement），即无法在一个特定的地方植根，导致他与外界不断发生断裂，又不断建立新的联系"，"在不同的地方之间摇摆使他不断偏离自己的生活计划。实际的情形总是与他的预期不符。他找不到出路，无法适应自己这种频繁的（空间）转换"。② 此外，她认为小说正是通过这样不断制造对于一个地方的逃离（flight），才打破了包括"小说与虚构、阴谋与偶然、个人与历史"这样的二元对立。德里罗构建的是一种"中间的"（in-the-middle）的历史位置，拒绝以"单一的逻辑或统一性"去阐释历史。③ 此外，也有批评家指出奥斯瓦尔德经历了"从寻求身份认同到构建主体自我、反抗强势他者的努力与挣扎"的过程，实际上是看到了个人能动性与历史进程的互动关系。④ 这些结论无疑是具有见地的，但如果加入象棋的逻辑，可以让我们更容易理解德里罗赋予个人与历史的这种辩证关系。在棋盘黑白空间的任何一个位置上，一枚棋子有数种走法，每一种都将使其与其他棋子的联系发生变化，为棋局带来变化。选择棋子的走位表面上看都是个体性质的，即为了保

---

① Chi-min Chang, "'a real defector posing as a false defector posing as a real defector': The Historical Narrative in Don DeLillo's *Libra*", *The Wenshan Review of Literature and Culture*, Vol. 11, No. 1, December 2017, pp. 78, 82.

② Chi-min Chang, "'a real defector posing as a false defector posing as a real defector': The Historical Narrative in Don DeLillo's *Libra*", *The Wenshan Review of Literature and Culture*, Vol. 11, No. 1, December 2017, pp. 78–79.

③ Chi-min Chang, "'a real defector posing as a false defector posing as a real defector': The Historical Narrative in Don DeLillo's *Libra*", *The Wenshan Review of Literature and Culture*, Vol. 11, No. 1, December 2017, pp. 85–86.

④ 李震红：《德里罗〈天秤星座〉中寻求认同的局外人》，《当代外国文学》2018年第2期。

全这枚棋子，或是让其占据一个更加有利的位置，但归根到底又都是历史性质的，即为了完成将死对方国王、赢得棋局。因此，隐藏的象棋逻辑（没有人可以存在于历史之外）与作者创作的逻辑是一致的，也符合由一个结果溯回源头的过程，即没有人是清白的，偶然中都有必然。

既然是棋局，那么除了奥斯瓦尔德、肯尼迪外，一定还有别的棋子。德里罗又是如何将象棋的逻辑投射到事件中其他核心人物身上的呢？他们和奥斯瓦尔德之间又有着怎样的联系？到底有没有人在操纵着奥斯瓦尔德这枚棋子呢？是中情局的前特工沃尔特·埃弗里特（Walter Everett）吗？

第五节 重开新局：双面人埃弗里特

在小说偏重空间转换与偏重时间变化的双轨叙事中，杀手奥斯瓦尔德以外的各方势力是用具体的日期串联起来的。在这条时间叙事轴上，埃弗里特无疑是最重要的一个人物。德里罗将其塑造成刺杀案的始作俑者、总策划师和指挥官。德里罗将其出场的背景设定在他的家中——一栋普通的民居，并且事实上自始至终都没让他脱离位于德克萨斯的家或办公室的有限活动区域，与在另一条线索中不断转换空间的奥斯瓦尔德形成鲜明对照。尽管关于他的情节以他一大早在厨房做早餐这一幕再寻常不过的家庭场景开场，但叙述者立刻点出在这个过程中"他一直在思考关于一个秘密的事"，并且"他在早餐时有重要的事情思考。在位于'旧主楼'的办公室午餐的时候也有要思考的。晚间坐在门廊时还是在思考"。[①] 事实上，小说情节毫不拖泥带水，作者在这一章（第2章，也是奥斯瓦尔德"传记"之外的第一章）就安排了埃弗里特同劳伦斯·帕蒙特

---

① Don DeLillo, *Libra*, New York: Viking, 1988, p. 16.

(Laurence Parmenter)的历史性会面——正是在这次会面中，埃弗里特提出了刺杀肯尼迪的计划。这样，尽管埃弗里特表面上过着与普通人无异的半赋闲生活，但其"双面人"的角色定位从一开始就被确定下来——无论是大学教师，还是家庭中的丈夫、父亲，都不符合他对自我的身份定位，无法满足他的历史使命感需求。

埃弗里特本来隶属于中情局一个"包括六名军事分析家和情报师的小组。这个团体是一个四阶委员会的一个组成成分，设立的目的是应对卡斯特罗的古巴问题"。也就是说，埃弗里特本身就是美国与古巴，实质上也就是美苏两大阵营对抗中的一颗棋子，可谓是"冷战"的直接参与者、也是历史的创造者。然而，"在猪湾事件之后，一切都变了"——肯尼迪政府的古巴政策发生变化，埃弗里特的小组被解散。在猪湾事件这一局部战争中，埃弗里特这枚棋子虽未牺牲，但在美方新的战术体系中不再被委以重任，实际上成了一枚弃子。和奥斯瓦尔德一样，他也无法接受这样的身份转变；并且，同奥斯瓦尔德这样的"小卒"相比，他本来扮演的角色要重要得多，于是更难以接受这样的身份落差。面临同样身份认同困境的不只他一个："对古巴难以撒手的有他们五个人。"①

相比在中情局叱咤风云的日子，赋闲在家对埃弗里特而言是灾难性的打击，像被"活埋"了一样。② 按照常理，到大学任教不失为从政坛隐退后的一个归宿。但"冷战"时代的政客，尤其是致力于情报工作、处在一线战场的人员，突然置身事外、失去历史的参与感，无疑不仅是事业上的挫折，也容易使其对人生意义、存在价值产生怀疑。这样，如果说象棋的游戏逻辑同样适用于埃弗里特的话，他能做的只有另起炉灶，重新找一个能够接纳自己的棋局。刺杀肯尼迪行动便是这个新的棋局——美国总统便是需要将死的"国王"。而在这个新的棋局中，他不仅赋予了包括自己在内的前任和现

---

① Don DeLillo, *Libra*, New York: Viking, 1988, pp. 19, 22, 23.
② Don DeLillo, *Libra*, New York: Viking, 1988, p. 19.

役中情局特工一系列新的角色，并围绕他们扩充出包括古巴革命分子、军火商等在内的不同兵种，而且将奥斯瓦尔德纳入其中——如此，这从未谋面的二人，都经历了从弃子的身份困境中依据能动性寻找新的身份可能的过程，最终加入了同一盘棋中，成了隶属于同一势力的两枚棋子。从象棋逻辑的角度来看，成为这桩历史事件的主要参与者，既不是奥斯瓦尔德和埃弗里特个人的选择（可以说他们二人要想留在游戏当中除了转变自己的身份别无选择），也并非偶然因素的作用。在德里罗的重新阐释中，其内在的逻辑可以从象棋的游戏法则中得到印证。这样，小说并不只是对杀手奥斯瓦尔德一生的文学性重构，其对埃弗里特的"双面人"生活（包括将他的家庭生活和他内心的秘密计划并置起来）也是不遗余力地呈现出来。如此，虽然小说显性情节的双轨叙事代表了两种刺杀理论，但在隐性叙事进程中，两名关键人物的人生轨迹都可以用象棋的逻辑得以解释，不再泾渭分明。

在情节进程中，奥斯瓦尔德偏离埃弗里特的原计划，真的杀死了总统，一方面要归咎于偶然性（没有人料到他能一击致命），另一方面要归咎于暗杀计划过于复杂，涉事人员过多，导致顶端的策划者的原意根本没有传达到末端的执行者那里。但如果继续抓住象棋这个点来深挖隐性进程的话，会发现这样的偏离根源在于，尽管共享一样的游戏逻辑，但埃弗里特和奥斯瓦尔德对"将军"这个细节的认识不尽相同。埃弗里特一开始就向帕蒙特澄清："但我们不击中他（总统）。我们（让子弹与总统）失之交臂"，而帕蒙特向下传达的也是"击中总统的加长车，击中道路，或是击中一个特勤人员"。[①] 也就是说，他既要展开一场新的棋局，又不想真的将死对方的国王。这其实并不算违背象棋规则：在象棋对弈中，通常只要将对方的国王逼入无路可走的绝境就算获胜，最后一步"吃掉王"的棋并不会真的发生。这一点在他为什么选择奥

---

① Don DeLillo, *Libra*, New York: Viking, 1988, pp. 28, 119.

斯瓦尔德作为计划的终结者这个问题上也得到体现：他之所以挑中后者，最主要的原因当然是看中了其摇摆不定的政治立场，但也有很大一部分原因是根据其在海军陆战队服役期间的资料显示，"他在步枪射击的分数并不稳定"，甚至"有点费解……总体而言他的分数很差。但他在资格考试那天拿出了最佳水平"。① 比数据更加直接的证据是，他被证明是不久之前枪击沃克将军未果的嫌疑犯：如果他连静态的沃克都打不中，又怎么能打中距离更远且处在行进的车队内的总统呢？换言之，在总设计师眼中，奥斯瓦尔德既具备成为一名棋子的资质，又不是一名在战斗能力上全然合格的棋子——这名"小卒"并不具备真的"吃掉王"的能力。但是，埃弗里特看重的是棋局这个大的层面上的胜负，而没有从具体的棋子的立场上出发——在真正的象棋运动中，自然只需要考虑胜败，不用去考虑无生命的棋子的感受。正如一位作家所言："一颗棋子想有自己的意志，不肯糊里糊涂被吃掉，岂不在发疯？"② 但是，可能连埃弗里特自己都模糊了真实的棋局和隐喻层面上的棋局之间的界限——这里的棋子是人，而只要是人就会具有主观能动性。这也是为什么"棋子"有可能失控：当奥斯瓦尔德迎来了"将军"的机会时，从小嵌入其世界观的象棋游戏逻辑会让他本能地拿出自己的看家本领，"吃掉"对手。纵然埃弗里特长于数据分析、逻辑缜密，但他算计不到奥斯瓦尔德作为一个有血有肉的人具有的能动性：他追求仪式的完满，渴望实实在在的历史参与感，比起棋局的胜败，他更关心的是个人价值的实现。此外，对于埃弗里特而言，"肯尼迪局"不过是一个跳板，他真正在意的是在其之后重开"卡斯特罗的古巴局"，并在其中被委以重任。因此，他只关心胜败，至于国王是否真的被吃掉并不重要——甚至在他最初的构想中究竟是以肯尼迪还是卡斯特罗作为刺杀的

---

① Don DeLillo, *Libra*, New York: Viking, 1988, pp. 82, 119.
② 高行健：《一个人的圣经》，台北：联经出版公司1999年版。

"国王"也并无差别。然而，对于奥斯瓦尔德而言，他知道这就是自己一生中参与的最重要的一盘棋，并且很可能也是最后一盘，他没有理由不全力以赴。

第六节　从局外到局内：奇兵鲁比

小说并未止于肯尼迪之死，事实上，"刺杀"只是构成肯尼迪遇刺案这一历史事件的一系列棋局中的一局。随着奥斯瓦尔德在达拉斯"将军"成功，新的棋局就此开启。这一次，奥斯瓦尔德的身份由"小兵"转变成了那个众矢之的的"国王"。

尽管奥斯瓦尔德被许诺在枪击事件之后会得到保护，并最终被送往他心心念念的古巴，但事实上，在埃弗里特的计划中，从来没有给他留有生路。"首先是肯尼迪要死。接下来是奥斯瓦尔德要死"，因为他们要造成一种是"卡斯特罗的特工召集、利用并杀害了他"的假象。[①] 就在他们假称与行动之后的奥斯瓦尔德接头的电影院里，一名杀手已经就位：若不是警察赶来抓捕，奥斯瓦尔德将命丧于此。因此，从枪击发生到抓获凶手这段时间，奥斯瓦尔德不仅是警方的目标，也是同伙的目标。这样，在刚刚结束的"刺杀局"中敌对的两方势力在这新开的"追捕局"中都成了白方棋子，共同的目标都是黑方的国王——奥斯瓦尔德。而这局棋虽然不像上一局那么错综复杂、旷日持久，但也不乏惊心动魄之处——"国王"奥斯瓦尔德在遭遇第一重挑战时没有束手就擒，而是吃掉了白子，击毙了试图拦截他的巡警。而被警方逮捕实际上让他躲过了直接的杀身之祸，从象棋规则来看，这时的国王只是被逼入了绝境，还没有投子认负——事实上，监禁期间的奥斯瓦尔德并没有认罪，仍然试图与警方周旋。真正将死国王、终结这局棋的是另一枚突如其来的棋

---

① Don DeLillo, *Libra*, New York: Viking, 1988, p. 388.

子——杰克·鲁比（Jack Ruby）。

作为肯尼迪遇刺案的另一个关键人物，鲁比枪杀奥斯瓦尔德的动机和后者成为刺客的原因一样成了未解之谜。他未来得及接受审判就因为癌症死在了狱中。尽管在此期间他声称自己是"受人利用"，并且愿意"说出真相"①，但究竟受何人利用、真相又为何都已经死无对证。根据小说的情节，直接利用鲁比的是一个名叫杰克·卡林斯基（Jack Karlinsky）的人物——他名义上是鲁比的投资顾问，实际上是埃弗里特庞大的暗杀计划中的一员。从二人的第一次对话中可以知道，鲁比负债累累、生意面临关张危机，卡林斯基试图充当其中间人帮助其举债。而当情节发展至肯尼迪遇刺身亡之后，他向此时已经走投无路的鲁比提出条件：只要能够除掉奥斯瓦尔德，债主不仅会免除他已有的债务，并且还会注入另一大笔资金，这样他的夜总会不仅能渡过难关，而且会随着他在刺杀成功后的声名大噪而走上复兴。②

这样看来，鲁比由一名商人转为一名刺客是出于商业利益的驱动，是别人抓住了他面临的债务危机这个软肋，煽动他走上了犯罪之路。枪杀奥斯瓦尔德是他在履行一份商业合同：以后者的性命（同时很可能搭上自己的性命）为筹码保住自己的事业。事实上，撇开最终举枪射杀的一幕，从鲁比成为小说的中心聚焦对象开始，围绕他的情节线索既和奥斯瓦尔德的人生轨迹无关，也独立于埃弗里特的暗杀计划。这也是为什么看上去鲁比由一名局外人变成了局内的关键人物具有偶然性。

那么，除了在财务困境中病急乱投医之外，还有不为人知的"真相"存在吗？且看小说中提供了哪些可能的隐情。作为达拉斯一家脱衣舞夜总会的老板，可以说鲁比既处在法律的灰色地带，又游走在道德红线的边界上。而德里罗从一开始就将鲁比塑造为一个亦

---

① Don DeLillo, *Libra*, New York: Viking, 1988, p. 443.
② Don DeLillo, *Libra*, New York: Viking, 1988, pp. 432–433.

正亦邪的人物：其道德观和法律观都处在一个摇摆不定的中间地带，自我身份认同具有不稳定性，很容易出现偏移。在员工的眼中，他是个色厉内荏的老板：虽然脾气暴躁，经常会对员工恶语相加，但当他们真的遇到困难时又会施以援手。尽管他手下的女员工从事的是跳艳舞这样的行当，他却见不得她们受欺负。拿一名女员工的话讲："你是知道杰克的，一旦有人欺负了他的女孩子，他会暴跳如雷。"小说随即举出实例：因为一名顾客抓了夜总会一名女服务员的臀部，鲁比把对方揪到了外面，打倒在地，"他追着他，不停用脚踢他，那动作很是夸张，就像试图把鞋上沾着的狗屎甩掉一样"。[1] 但为了与警方搞好关系，他又会卑躬屈膝地不时亲自买来夜宵给他们送上门。

另外，德里罗还刻意着墨于鲁比爱狗这一细节："他把自己养的狗称为家人。他自己带回家一条，其他都住在俱乐部里"；"他的狗啃掉了车座位的套子和垫子。它们吃掉了后座里面的填充物，露出弹簧。车窗上有爪印"，后备箱里也随时装有"狗玩具和狗饼干"。甚至还提到，"他会给街上的陌生人饮料喝，会把街上的流浪汉和流浪狗带回家"。[2] 作者似乎在有意展现鲁比身上善良、慷慨的一面，甚至认为他在某种程度上恪守着自己的原则——这也将他与一个历史级别的枪手形象最大限度地拉开距离。值得注意的是，在小说对于奥斯瓦尔德成长经历的重构中，也有类似的一幕发生。"他不介意打架。他愿意打架。他与一个小孩打过一架，因为后者冲他的狗扔石头。不仅打了，还赢了，把他好好揍了一顿，抽了他，鼻子也弄出了血。"[3] 如果我们比较这两处细节的话，会发现布朗克斯时期的少年奥斯瓦尔德和正常经营夜总会期间的鲁比具有惊人的相似之处：他们都具有暴力倾向，甚至在施暴过程中会进入一种癫狂状态，但

---

[1] Don DeLillo, *Libra*, New York: Viking, 1988, p. 264.
[2] Don DeLillo, *Libra*, New York: Viking, 1988, pp. 250, 265, 267.
[3] Don DeLillo, *Libra*, New York: Viking, 1988, p. 7.

他们又都爱护动物，具有保护弱势群体的使命感。在这样的类比之下，鲁比成为和奥斯瓦尔德一样的历史性枪击案的凶手就并非偶然了。

当然，如果继续挖掘鲁比与奥斯瓦尔德的相似之处的话，还会发现他们具有另外一个重要的共同特征：他们都是独行者。正如鲁比自己坦言，"我没法和别人一起工作"[1]，因此即便面临破产也不愿找人合伙经营。这既与他们二人的性格有关，也与他们自我认知中的"边缘人"身份有关。奥斯瓦尔德从小丧父，随着母亲漂泊不定，四处寄人篱下，无论在纽约的外乡还是在得克萨斯的故乡都不被接纳，因此甚至能对黑人产生认同；而鲁比则是犹太人，本身就属于美国的少数族裔。最终他们成了肯尼迪遇刺案中的两名枪手：奥斯瓦尔德杀了总统，鲁比杀了奥斯瓦尔德。可以说，德里罗赋予他们的是相同的杀手成长逻辑。换言之，鲁比急剧的身份转变并非出自单一的商人逻辑：其性格中的暴力倾向以及在法律、道德层面的双重边缘人身份早早埋下了伏笔。他注定不会只是局外人——事实上这里也没有真正的局外人。

当然，鲁比与埃弗里特的暗杀集团并非毫无瓜葛。在构建埃弗里特的家庭生活时，德里罗把他的女儿塑造成一个逐渐与父母疏离的少女，平时喜欢收听一个叫作"怪胡子"的达拉斯 DJ 主持的电台。而碰巧的是，鲁比也喜欢这个主播："他需要一个熟悉的声音帮助他镇定下来。"[2] "怪胡子"在小说中充当着一个神秘的预言家角色，就在肯尼迪总统到达达拉斯的前一天晚上，他说道："大达拉斯今晚很紧张。就要到时间了。注意一下人们是如何在谈论可怕的事情的。感觉一下，黑夜就要降临了……黑夜就要降临在大达拉斯之上了。"[3] 达拉斯就像一个巨大的磁场，明里暗里吸引着所有的人

---

[1] Don DeLillo, *Libra*, New York: Viking, 1988, p. 256.
[2] Don DeLillo, *Libra*, New York: Viking, 1988, p. 265.
[3] Don DeLillo, *Libra*, New York: Viking, 1988, pp. 381-382.

物,并终于在 1963 年 11 月 22 日这个历史时刻将其都聚合在了同一个空间。

而这种磁力有一个更加为人所知的名字:被害妄想症(paranoia)。① 在《达阵区》这部早期小说中,我们已经看到"冷战"的阴霾投射到美国社会的各个层面,精神病态普遍存在于大众之中。② 《天秤星座》中"怪胡子"的预言也体现了这一点:他是少数敢于公开说出自己的恐惧的人,这也是为什么他能拥有众多忠实听众。而理性、冷静的埃弗里特,也是每晚都要几次三番确认家里的"炉子关上了,他必须将这一事实登记在册。这意味着他们全家又能度过一个平安的夜晚"③。鲁比也深受这样的精神疾病之苦。他的这一烦恼的直接来源是他那在法律和道德层面都处在灰色地带的职业。与此同时,由于生意不景气,他已债台高筑;因为没有资质从银行贷款,他不得不面临借高利贷的危险。长久以来的身份焦虑也让他陷入虚无的状态:"这样的阴霾让他感觉自己是一个无名小卒。他是谁?别人有什么理由关心他呢?"④

而造成这种身份困境的另一重桎梏在于其种族身份认同。鲁比对自己的犹太人身份尤为敏感。他在成长过程中早早就体会到了自己这个族裔的弱势群体地位。"在这样一个地方、在得克萨斯这个州,身为一个犹太人会是怎样呢?你得告诉自己,永远别说出来,永远别站出来。"⑤ 得州位于美国的西南边界,地理上与墨西哥毗邻,在以白人和拉美裔占绝大多数的人口结构中,犹太裔微不足道。"他过去回到家的时候衣服上常常血迹斑斑,就因为他坚持与犹太人

---

① 又译为"偏执狂"。韦氏词典将 paranoia 定义为"一种严重的心理疾病,使人错误地以为别人总是试图伤害自己"(http://www.merriam-webster.com/dictionary/paranoia)。笔者认为"被害妄想症"的译法更能体现这种含义。
② 本书第三章会详细论述这一点。
③ Don DeLillo, *Libra*, New York: Viking, 1988, p. 364.
④ Don DeLillo, *Libra*, New York: Viking, 1988, p. 348.
⑤ Don DeLillo, *Libra*, New York: Viking, 1988, p. 350.

这个民族粘在一起",并且早早地就知道保护自己的姐姐和别的犹太女孩儿不受别人的欺负。正是在这样一个犹太人被边缘化、受到排挤的环境中,鲁比开创了自己的一番事业(尽管这样的事业饱受争议,并且正在陷入困境),这让他倍加珍惜。这也是为什么他不愿放弃经营权,仍然在想各种方法勉力支撑的原因。同时,他对自己能够在这座城市站稳脚跟心怀感激,尤其是对自己建立起来的与警方的熟络关系引以为豪:"当一个犹太人走进警察局,他听到的是'你好''还好吗''是杰克',这样的事情能在几个城市发生呢?"在这种包含了"冷战"、职业、道德、法律、地域、种族的混合逻辑作用之下,鲁比得出结论:"我的生命是(达拉斯)这座城市给的。"①如此,鲁比具备了由一名局外人进入"奥斯瓦尔德局"的动因——谁亵渎了这座城市,给这座城市抹了黑,谁便是他的敌人。

这其中还有另外的一重集体认同的逻辑在发生作用。正如犹大出卖耶稣让整个犹太民族长久地被钉在耻辱柱上,并成为一系列宗教迫害、反犹主义的由头,奥斯瓦尔德刺杀总统的行为在鲁比的眼中也是害群之马,会让所有达拉斯人民陷入耻辱、为他一人尝罪。特别是在纳粹针对犹太人的种族灭绝发生数十年之后,幸存、流亡的犹太人逐渐背负上了"受害者"的包袱,反倒与原罪联系在一起。枪击事件一发生,他便令自己的夜总会停业。而在之前的叙事中,即使是遭遇了重重困难,他都不愿意放弃自己的这项事业。这是因为,在他的认知中,"这一次有可能会成为比耶稣那次更加重大的历史事件……上帝啊,救救犹太人吧"②。这样,在达拉斯这个空间里的种族政治作用之下,在犹太人的眼中,奥斯瓦尔德的个人行为被上升到了达拉斯人的集体罪恶,然后又被置换成了犹太族群的又一次滔天大罪。这样,小说并没有把鲁比的行为归咎于过激的爱国主义,而是职业、种族、地域因素在其身份认同中共同作用的结果。

---

① Don DeLillo, *Libra*, New York: Viking, 1988, p. 350.
② Don DeLillo, *Libra*, New York: Viking, 1988, p. 428.

换言之，鲁比由局外人向局内人的转变，可以在其复杂的主体性建构中找到原因。

这一点在《达阵区》中也有所体现。小说主人公的室友阿纳托尔·布鲁伯格（Anatole Bloomberg）是犹太人，在他看来，"历史就是负罪"，而他正在"让自己脱犹（unjewing）"，因为他"厌倦了这种罪孽——身为无辜受害者的负罪感"。他提到，"他的母亲是被一个疯子枪杀的。一切都回来了：我是谁，过去与现在在哪里交汇，如何从一个人到另一个。又是一个无辜受害者"。① 和布鲁伯格一样，在鲁比的个人成长中，他也深切体会到了犹太人作为无辜受害者的历史依然在不断重演。这种集体身份认同之下的受害者定位同样成为他所背负的精神负担，而经营一份在法律、道德上都处于灰色地带的职业，可以将他与犹太人在历史上的孱弱形象，与犹太裔美国人参与的主流行当，以及得克萨斯州犹太人的弱势地位都最大限度地割裂开来，可以说是他的"脱犹"实践。而奥斯瓦尔德的行为打破了鲁比这种经过多年艰苦奋斗换来的，并且依然在小心翼翼维护的去犹太化状态，让他身上的犹太性（Jewishness）再次暴露出来。正如布鲁伯格没有去参加母亲的葬礼是因为他"知道自己将永远没法从那种难以言说的心碎和葬礼上的犹太性中恢复过来"②，鲁比也没法承受这样重新被放大的种群身份。

在显性的债务危机之外，卡林斯基抓住的隐性软肋正是鲁比遭遇的种族身份认同危机。他站在犹太同胞的立场上告诉鲁比，"当我想到我的父亲从波兰的一个不知名的小村庄来到芝加哥的木匠联盟，把一个孩子抚养成一个拥有自己事业的人。这就是我们需要捍卫的。我的老母亲说……'谢天谢地，这个奥斯瓦尔德不是犹太人'"③，实质上是要暗示对方，除掉奥斯瓦尔德能够使他成为犹太人的英雄、

---

① Don DeLillo, *End Zone*, New York: Picador, 2011, pp. 42, 43.
② Don DeLillo, *End Zone*, New York: Picador, 2011, p. 188.
③ Don DeLillo, *Libra*, New York: Viking, 1988, pp. 429 – 430.

一洗整个种族在历史上和当前遭受的耻辱。这样,别人的煽风点火只是鲁比转变为枪手的外因和导火索,其内因是多重话语作用下的自我身份认同。

概括地说,从象棋的逻辑来看,鲁比确实被当作一枚棋子利用。但是,他并非是偶然入局的。达拉斯是一个包括政治、种族、商业、法律、道德等在内的空间集合体,每一种力量都作用在鲁比身上。他既是空间的主体,也是历史的直接参与者。他卷入的这场棋局,不过是这一多维空间的又一个平面而已,除非彻底从整个空间中脱身,他迟早都会踏入其中。这便是他无法自知、更难以言说的"真相"。

综上所述,在《天秤星座》的情节之外,还有一个由一系列的棋局拼接而成的隐性叙事进程。肯尼迪遇刺案这一历史事件没有停留在 1963 年 11 月 22 日总统遇刺的那一刻,也没有定格在枪手奥斯瓦尔德被枪杀的那一刻,更没有随着鲁比在等待受审时病死狱中而终结。甚至即便与暗杀行动扯上关系的每一个人都差不多死于非命——德里罗在小说中给出了一系列具体的时间、地点和死亡原因——肯尼迪事件依然没有湮没在历史长河中。德里罗的笔下的尼古拉斯·布兰奇(Nicholas Branch)已经从事了十五年解密这一事件的工作,但依然有新的信息源源不断地来到他的案头。而作家本人创作《天秤星座》时已是 20 世纪 80 年代中期,足以证明这一事件在二十年之后依然具有生命力。而五十多年之后,这段历史依然没有盖棺定论,今天不时还会有打着"解密"这一事件旗号的报道出现。甚至只要读者还在津津有味地阅读着《天秤星座》这样旨在重构这段历史的小说时,从达拉斯的水面泛起的涟漪就依然在蔓延。

小说结尾,被捕之后的奥斯瓦尔德感觉到"他和肯尼迪是伙伴。人们透过窗子看到枪手其人时,没法将他与受害者以及其历史分割开来"①。同样,牢狱之中的鲁比感觉到自己"开始和奥斯瓦尔德融

---

① Don DeLillo, *Libra*, New York: Viking, 1988, p. 435.

为一体。他没法说出他们二人有何不同……杰克·鲁比不再是那个杀死暗害总统的刺客的人。他就是杀害总统的那个人"①。若只关注小说的情节进程(无论是两个还是三个分支),都很难找到他们三者人生轨迹实际的交集,因此最终他们的名字被联系在一起,甚至变得不可分割,只能被归结为历史的偶然性。但事实上这样的结论在隐性进程中是水到渠成的,因为他们本质上都是棋子,都是历史布下的棋局的参与者,没有真正的局外人。归根到底,奥斯瓦尔德也好,中情局的特工埃弗里特、帕蒙特也好,俄罗斯的克格勃基里连科也好,都是棋盘上的棋子而已,甚至连肯尼迪、赫鲁晓夫也不例外——他们有的是"小兵",有的是"国王",有的只参与了一局棋,有的连续作战,并且在不同的棋局中有不同的身份。这是一盘在历史的引擎驱动下一来一回的棋局,看不到对弈的双方。在棋局之外,一边站着的是冷眼旁观的作者,一边是读者。这就像在《地下世界》中,在那场历史性的棒球比赛之后,那记石破天惊的"再见全垒打"的击球手博比·汤姆森(Bobby Thomson)和投手拉尔夫·布兰卡(Ralph Branca)、获胜的巨人队和失利的道奇队,都变成这一历史时刻不可分割的元素。只不过后者是有形的棒球比赛,前者是隐喻层面上的游戏竞技。

　　巴赫金指出,一部叙事作品中并非只存在一个单一的时空体。比如在坏蛋、小丑、傻子这些典型的人物身上,可以看到他们各自的小世界。时空体互相吸纳,共存,替代或对抗,不同时空体间的互动的总体特征是对话性(dialogical)。② 具体到《天秤星座》这样一部历史小说,具体到对肯尼迪遇刺案这一历史事件进行文学重构的过程,作者围绕奥斯瓦尔德、埃弗里特、肯尼迪、鲁比这些关键人物分别建立了其各自的时空体,并基于此展开了多重情节线条,

---

① Don DeLillo, *Libra*, New York: Viking, 1988, p. 445.
② M. M. Bakhtin, "Forms of Time and of the Chronotope in the Novel", in Michael Holquist ed., *The Dialogic Imagination: Four Essays*, trans. Caryl Emerson and Michael Holquist, Austin: University of Texas Press, 1981, p. 252.

并最终让它们在一个具体的时间点上的一个具体空间交汇在一起——1963年11月22日的达拉斯就是这样一个时空体的集合。巴赫金所说的历史上不同时空体之间的对话关系，和新历史主义视角下的各种力量之间的互动关系类似，这便是"文本的历史性"（the historicity of text）。

此外，人物与时空体并非总是一一对应的关系（比如巴赫金指出，拉伯雷的《巨人传》由不同的系列构成，包括身体、饮食、性、死亡等，每一个系列都对应一个具体的时空体），不同时空体下的不同自我同样可以处在对话之中。在《天秤星座》中，不同时空体的对话性逻辑就并不仅限于有据可考的不同势力之间，小说家同样将人物置于一系列不同的时空体之中。然而，这种围绕自我建构的时空体并不一定要受到物理时间和物理空间的限制。

其实巴赫金在解读骑士罗曼司（Knight Romance）这一文类时，就指出这一时空体的根本特征是"神奇"（miraculous），即本来应当按照时间顺序先后发生的事件可以同时发生（synchronize diachrony）。① 他在但丁的作品中发现，故事时间不再严格受到物理时间的限制，故事世界与现实世界开始出现断裂。而在现代和后现代小说中，这样对于时间的主观掌控屡见不鲜，特别是在"内转向"的过程中，以意识流和内心独白为特征的现代主义作品中集中反映出心理时间与物理时间、心理世界与物理世界之间的交锋。而在更具实验性的后现代小说中，还出现了平行世界的建构。正如特丽莎·布里奇曼（Theresa Bridgeman）所言："现实主义小说中的空间是一个具体且稳定的现象，现代主义小说中空间和时间一样受到主人公意识的过滤，而到了后现代小说中，世界的概念变得不再稳定，不同的空间衍生、交融。"② 在《天

---

① M. M. Bakhtin, "Forms of Time and of the Chronotope in the Novel", in Michael Holquist ed., *The Dialogic Imagination: Four Essays*, trans. Caryl Emerson and Michael Holquist, Austin: University of Texas Press, 1981, p. 252.

② Theresa Bridgeman, "Time and Space", in David Herman ed., *The Cambridge Companion to Narrative*, Cambridge: Cambridge University Press, 2007, p. 56.

秤星座》中，下棋虽然是奥斯瓦尔德现实生活中的一部分，但当游戏、竞技体育的逻辑投射到他的认知层面之后，一个基于象棋的隐喻世界从此与他的存在不可分割，与他存在的物理世界不断发生着互动。同理，埃弗里特虽然已经被调离了一线，但是多年来以古巴为中心轴、以情报为基本单元、以秘密为串联逻辑构建的世界仍然在左右着认知，让其过上"双面人"的生活。而虽然鲁比的商业实践表面上让他脱离了犹太族裔的典型生存环境，但其犹太人的身份认同让他从始至终没有在精神实质上脱犹——他与出卖耶稣的犹大，与历史上屡遭屠杀的无辜犹太平民没有时间和空间的距离。这也是为什么《天秤星座》这样的小说是对历史事件的想象而非还原；沿用新历史主义的逻辑，这正是"历史的文本性"（the textuality of history）。在后一种情况中，不同时空体间的对话并非总是与显性的情节发展有关，但总是存在于小说的隐性叙事进程之中。

由此，《天秤星座》的情节发展和隐性进程呈现出互为补充的关系。《天秤星座》的情节发展沿着偶然性（个人刺杀论）和阴谋论两条不同的主题轨道向前运行，以往的批评家分别从这两个角度切入对情节的探讨，两者之间难以调和。但若能看到情节发展背后围绕象棋运动逻辑展开的隐性进程，就会看到个人身份认同与空间之间更加复杂的互动关系，也能更为全面地观察主体的能动性对于历史进程的影响。同时，这也再次体现出德里罗复杂的历史书写策略。《天秤星座》既有顺应官方历史的一面——通过对奥斯瓦尔德生平的追溯和性格的解剖探寻其刺杀动机遵从的是《沃伦报告》给出的建议，又有反官方历史，以小说家的权力挑战官方权力机构的一面——官方调查报告力图撇清关系的阴谋集团恰恰成为小说中另一条重要的情节分支。

总结而言，每个人都是历史布下的棋局中的棋子。但是，和真实的棋局不同，这里看不到对弈的双方，棋子的移动受到内外两种作用力的共同影响：外部势力就像是一只无形的手一样试图操控棋子的走向，而人所具有的能动性会与之抗衡。棋子的走向构成个人的人生轨迹，而整个棋局的发展构成历史的进程。具体来看，德里罗试图定位个人在历史中的位置，其实就是把历史视为坐标系，个人视为其中的一个点。他熟悉的象棋运动恰好满足了这样的需求：棋盘就如同一个二维的坐标系，处在不同格子上的棋子都有各自的横纵坐标；① 任意一枚棋子一旦发生移动就会具有新的坐标，只要记录下这些不同的坐标，就可以还原出其完整的运动轨迹。

虽然量变引发质变、外因通过内因起作用这样的道理具有普遍适用性，并且借用象棋游戏的虚构叙事并不罕见，但是，考虑到德里罗创作这部小说之时，正值围绕肯尼迪遇刺案的两种论断交替主导舆论、互相排斥的时代——官方报告难脱遮盖政治丑闻之嫌，而层出不穷的民间传闻、虚构叙事又难免受到猎奇的驱动——他以这样一部历史小说的方式昭示出肯尼迪案既不可能是一个孤胆杀手的个人行为，与此同时这样一个历史现象级别的杀手又不可能全然受到他人的摆布、完全丧失了自己的主体性，实际上是为达到一种拨乱反正的效果，引导民众回归到对案件的理性思考，用普适性的哲理辩证地看待个人与历史之间的关系。

---

① 棋盘共由 64 个黑白相间的方格构成，水平方向从 a 到 h 标记，垂直方向从 1 到 8 标记，因此每个方格都有自己的坐标，如白方左下角的第 1 格的坐标就是 a1，白方王所在的原始位置就是 e1，黑方后所在的原始位置就是 d8。

第 二 章

历史的拼图、时间的逆流：
《地下世界》中的棒球与小微叙事

国际象棋是在美国普及度颇高的大众体育运动，但毕竟处于体育运动的边缘。对于美国人来说，谈到体育很难绕得开棒球这一相对处于中心的运动。正如法国学者巴赞指出的那样，若要了解美国的心智，最好学习一下棒球，学习一下这项运动的规则和实践（见绪论）。德里罗自己正是一位资深的棒球迷。在他的处女作《美国派》中，他就将打棒球作为青年主人公寻找自我之路上的一课；他唯一的一部电影剧本《第六场》也是围绕棒球比赛展开。此外，德里罗还曾借棒球发挥，谈及当代作家的责任（同样见绪论）。这样，在《天秤星座》取得成功之后，我们有理由期待德里罗会写出一部以棒球为主题的小说。而令人不无惊奇的是，这部"棒球小说"——《地下世界》（*Underworld*，1997）——一鸣惊人，成了德里罗最重要的作品，也是最受批评界关注的一部作品。

如果说《天秤星座》是一部借用了象棋逻辑的历史小说的话，那么《地下世界》同样是一部结合了体育叙事与历史书写的作品。《天秤星座》围绕一个重大历史事件展开，对于个人与历史的关系进行了深入探索，但这里的个人是已经在官方历史中留下自己名字的人，并不是作家的虚构。而《地下世界》有所不同。首先，从宏观书写来看，其关注的是长达近半个世纪的冷战史（从冷战伊始到结束初期），涉及众多的历史事件。再者，从微观书写来看，尽管其中也不乏真实的历史人物登场，但其中心人物和绝大多数的次要人物都是作家虚构的产物，可以被视作是历史进程中的芸芸众生的代表。将历史书写的侧重点转向无名之辈，无疑可以缩小读者与小说人物之间的距离感，也有益于探讨更具有普适性的个人与历史的关系：普通人如何面对自己的过去和现在？如何在历史中定位自己？如何书写自己的历史？但这种叙事策略的转向也为作家的创作带来了新的挑战。其中亟需解决的一个问题是，和官方历史的宏大叙事相比，个人历史的小微叙事（petit récit）在形式上模仿记忆机制，一旦叙事时间跨度过大，势必会呈现出片段化、碎片化的个人生平。那么，该如何选取最有价值的记忆碎片，又该如何对其进行拼接？

学界针对《地下世界》的批评蔚为壮观。其中，就主题研究而言，讨论较多集中在"垃圾"这个元素[①]：垃圾世界是"地下世界"的一种所指，也和消费社会这一20世纪的热点话题紧密相连；另一类主题研究关注的是这部作品中的"冷战"[②]，其衍生的

[①] See David H Evans, "Taking Out the Trash: Don DeLillo's *Underworld*, Liquid Modernity, and the End of Garbage", *Cambridge Quarterly*, Vol. 35, No. 2, 2006, pp. 103 – 132; Mikko Keskinen, "To What Purpose Is This Waste? From Rubbish to Collectibles in Don DeLillo's *Underworld*", *American Studies in Scandinavia*, Vol. 32, No. 2, 2000, pp. 63 – 82; Todd McGowan, "The Obsolescence of Mystery and the Accumulation of Waste in Don DeLillo's *Underworld*", *Critique*, Vol. 46, No. 2, 2005, pp. 123 – 145.

[②] See Brian J. McDonald, "'Nothing you can believe is not coming true': Don DeLillo's *Underworld* and the End of the Cold War Gothic", *Gothic Studies*, Vol. 10, No. 2, 2008, pp. 94 – 109; Hans Ulrich Mohr, "DeLillo's *Underworld*: Cold War History and Systemic Patterns", *European Journal of English-Studies*, Vol. 5, No. 3, Dec. 2001, pp. 349 – 365.

话题包括"恐惧"①"被迫害妄想症"② 和"末日"③ 等——这些也是德里罗小说中反复出现的话题。由这些小说中的显性主题引发的另一种思考是小说的历史书写问题,批评家们普遍关注到了"科技"④"性解放"⑤"商品"⑥"军事"⑦ 等各种 20 世纪后半叶的热点话题,并且探究德里罗在小说中对这段当代史的"断代"问题。⑧ 最后,这部小说的复杂形式也成了各种批评理论的试金石——有众

---

① See, for example, Stephen J Mexal, "Spectacularspectacular!: *Underworld* and the Production of Terror", *Studies in the Novel*, Vol. 36, No. 3, Fall 2004, pp. 318 – 335.

② See Emily Apter, "On Oneworldedness; Or Paranoia as a World System", *American Literary History*, Vol. 18, No. 2, Summer 2006, pp. 365 – 389; Han-yu Huang, "Trauma, Paranoia, and Ecological Fantasy in Don DeLillo's *Underworld*: Toward a Psychoanalytic Ethics of Waste", *Concentric: Literary and Cultural Studies*, Vol. 35, No. 1, Mar. 2009, pp. 109 – 130; Robert A. Rushing, "Am I Paranoid Enough?" *American Literary History*, Vol. 18, No. 2, Summer 2006, pp. 390 – 393.

③ See, for example, Damjana Mraovic-O'Hare, "The Beautiful, Horrifying Past: Nostalgia and Apocalypse in Don DeLillo's *Underworld*", *Criticism*, Vol. 53, No. 2, Spring 2011, pp. 213 – 239.

④ See, for example, Jennifer Pincott, "The Inner Workings: Technoscience, Self, and Society in DeLillo's *Underworld*", *Undercurrents*, Vol. 7, Spring 1999.

⑤ See, for example, Laura Tanenbaum, "The Sex Bomb: Sexual Politics and the Historical Novel in the Postwar United States", *The Cold War as a Global Conflict*, International Center for Advanced Studies, New York University, 2002 – 2003.

⑥ See Molly Wallace, "'Venerated Emblems': DeLillo's *Underworld* and the History-Commodity", *Critique*, Vol. 42, No. 4, Summer 2001, pp. 367 – 383.

⑦ See, for example, Nicholas Spencer, "Beyond the Mutations of Media and Military Technologies in Don DeLillo's *Underworld*", *Arizona Quarterly*, Vol. 58, No. 2, Summer 2002, pp. 89 – 112.

⑧ See, for example, Phillip E. Wegner, "October 3, 1951 to September 11, 2001: Periodizing the Cold War in Don DeLillo's *Underworl*", *Amerikastudien/American Studies*, Vol. 49, No. 1, 2004, pp. 51 – 64; Johanna Isaacson, "Postmodern Wastelands: *Underworld* and the Productive Failures of Periodization", *Criticism*, Vol. 54, No. 1, Winter 2012, pp. 29 – 58.

多学者关注小说中的"联系"① 问题；另外，由于《地下世界》被公认为德里罗最重要的作品，所以不少学者基于小说的形式来讨论德里罗的创作风格问题，探究他与后现代主义小说的关系。②

也有不少批评家关注到了小说中的"棒球"元素。但是，学界现有的涉及棒球的讨论多数是将其作为其他主题研究中的附属品，③ 或者只是承认棒球是一条重要的情节分支，起到串联小说人物的作用，④ 鲜有批评家触及棒球在叙事结构层面更加重要的作用，⑤ 也没有看到棒球在作者和文本之间的纽带作用，即没有注意到德里罗本人的棒球"情结"，更无从谈及他在谋篇布局、人物塑造、历史书写中赋予棒球的作用。本书认为，若能从棒球这一体育运动的角度切入，来系统考察《地下世界》的叙事，将能够对上述三类现有的批评都有所助益。首先，棒球将丰富和深化现有的主题研究。因为棒球是一个重要的文化元素，与当代美国社会的方方面面相关联，因

---

① See James Annesley, "'Thigh Bone Connected to the Hip Bone': Don Delillo's *Underworld* and the Fictions of Globalization", *Amerikastudien/American Studies*, Vol. 47, No. 1, 2002, pp. 85 – 106; Marco Caracciolo, "Another Fusion Taking Place: Blending and Interpretation", *Journal of Literary Semantics*, Vol. 40, No. 2, 2011, pp. 177 – 193; Robert Castle, "DeLillo's *Underworld*: Everything that Descends Must Converge", *Undercurrents*, Vol. 7, Spring 1999; Peter Knight, "Everything Is Connected: *Underworld*'s Secret History of Paranoia", *Modern Fiction Studies*, Vol. 45, No. 3, 1999, pp. 811 – 836.

② See Philip Nel, "'A Small Incisive Shock': Modern Forms, Postmodern Politics, and the Role of the Avant-Garde in *Underworld*", *Modern Fiction Studies*, Vol. 45, No. 3, 1999, pp. 724 – 752; Timothy L. Parrish, "From Hoover's FBI to Eisenstein's *Unterwelt*: DeLillo Directs the Postmodern Novel", *Modern Fiction Studies*, Vol. 45, No. 3, 1999, pp. 696 – 723.

③ 如上面提到的 Molly Wallace, Damjana Mraovic-O'Hare, Phillip E. Wegner, Johanna Isaacson 皆是如此。下面在讨论具体问题时还将提到这类的批评家。

④ See Philipp Loeffler, "'Longing on a Large Scale is What Makes History': The Use of Baseball and the Problem of Storytelling in Don DeLillo's *Underworld*", *Nine: A Journal of Baseball History and Culture*, Vol. 23, No. 1, Fall 2014. 在本章后文中还将讨论这篇文章。

⑤ 或者虽然看到了这样的作用，但没有进一步阐释其运作机制。See Matthew Mullins, "Objects and Outliers: Narrative Community in Don DeLillo's *Underworld*", *Critique*, Vol. 51, 2010, pp. 276 – 292. 在本章后文中将继续讨论这篇文章。

此通过研究棒球叙事,不仅可以揭示出其自身的审美和文化价值,而且可以借助这一体育媒介,重新审视其他重要话题,如通过棒球比赛可以直观地看到消费主义、军备竞赛、新媒体崛起等带来的社会、生活以及认知革命。第二,关于批评家所关注的德里罗的历史书写的问题,从棒球这一全新的维度切入,可以丰富和加深我们对这一问题的认识,更好地把握个人与历史的关系这一主体性问题,这也是本章关注的一个重点。一方面,棒球在小说中本身构成了一个历史事件(传奇棒球赛);另一方面,棒球运动自身的特点(尤其是其运动轨迹的不确定性)与小说人物的生命历程形成对应关系,这使我们可以从一个新的角度,来找寻在德里罗的历史书写中占据主导地位的小微历史叙事的意义和联系。第三,我们可以从棒球这个全新的角度切入,来考察《地下世界》的碎片化叙述和逆序叙述——这两种叙述在小说形式的复杂性中占据了核心地位。这一新的观察角度,可以帮助我们更加全面和深入地认识德里罗十分复杂、多元的创作观。以往的批评家对于小说中最大的几块叙事碎片(包括纳入小说中的一部中篇小说、一部短篇小说、三段插叙等)之间的联系无法给出解释,往往将其默认为后现代小说的特有方式,但是若从棒球的角度切入,可以揭示出这些叙事碎片之间隐秘的关联。因此我们不仅可以看到德里罗身上的后现代实验派小说家印记,也能看到现实主义、现代派作家对他的影响。

具体而言,小说以纽约巨人队和布鲁克林道奇队的棒球锦标争夺赛开篇,占据50页的篇幅,算得上是德里罗小说中最集中、也是最著名的体育叙事——事实上,相比起象棋在《天秤星座》中以叙事暗流的方式存在,棒球在《地下世界》中的运作要更加惹人注目。而后,对于比赛最后时刻飞上看台的那一记棒球的追踪成为贯穿全书的一条情节线索。因此,在这部篇幅宏大、情节复杂、人物繁多、主题多元、可谓是对20世纪后半叶的美国社会的全景式表征的小说中,棒球既是叙事的起点,也是叙事的一条轴线(说成中心轴也不为过)。首先,本章将以作为起点(序言部分)的棒球为圆心,勾勒出一个棒球"社会"。在这个社会中,德里罗以一种超现实主义的笔触对于美国冷战初期的种族政治予以了表征,并且以此为范式继续构建出一系列的超现实主义空间。然后,本章将沿着失落的棒球这条叙事轴线,找到小说中各种"集合体"(communities)之间的联系,从而为将它们归入一个更大的集合体当中提供可能——一个以棒球为球心、统摄小说世界的叙事集合体(narrative community)。接着,本章从棒球运动的特殊性出发(特别是其运动轨迹的不确定性),探索德里罗在人物塑造和情节发展(特别是在勾勒众多人物的生命线方面)对于棒球逻辑的借鉴。另外,本章还将从德里罗赋予棒球的"前世"与"今生"中探讨他对"慢速美学"的运用,进而表明在这样区别于快节奏的后现代社会的慢速叙事中,个人获得了多重时间的体验,其与历史的距离以及在历史中的定位也因为多重自我的存在而不断发生微妙的变化。最后,以有线电视为代表的当代新媒体的崛起使普通大众对于包括棒球在内的体育、文化、生活有了新的"超真实"(hyperreality)体验,这种新的真实感,连同之前的魅化的超现实感和祛魅后的现实感,再加上作者赋予小说的自传性对于虚构叙事的消解作用,进一步丰富了文本中多种小微叙事之间的互动。

第一节 《地下世界》形式与内容的复杂性

《地下世界》共分为序言、主体(包括六个部分,每一部分又由若干章构成)和尾声,除此之外还穿插了三段以小说人物"曼克斯·马丁"(Manx Martin)为题的叙事——马丁有时作为全知叙述者的一个聚焦对象出现,有时成为聚焦者,叙述者通过他的有限视角来观察故事世界。从叙事时间来讲,序言和马丁三部曲以自然时序展开,故事时间从1951年10月3日纽约巨人队和布鲁克林道奇队比赛当天下午到次日凌晨;第一部分到第六部分则用倒叙的手法,在时间上层层递减，从 20 世纪 90 年代初期一路溯回到 50 年代初；最后的尾声则重新回到 90 年代。从叙述视角来看，小说采用了内、外结合的不同模式，其中使用最多的"外视角"是全知叙述，而使用最广泛的"内视角"包括变换式人物有限视角（像马丁一样成为聚焦者的小说人物有二十多个）和第一人称体验视角。其中一个特殊的案例是主人公尼克·谢伊（Nick Shay）①：他有时作为第一人称叙述者出现（第一部分、第三部分、第五部分、尾声），有时只作为一个第三人称叙述者的聚焦对象出现（第二部分的第九章、第六部分）。从叙事空间来看，其以美国本土为主，横跨东西海岸，其中主要包括纽约［特别是布朗克斯（Bronx）和哈莱姆（Harlem）］、亚利桑那州、得克萨斯州和加利福尼亚州；在尾声部分走向国际化，外扩至中亚的哈萨克斯坦——这也符合批评家所指出的，传统的历史小说叙述的是现代国家这一集中的、单一的空间的崛起，而德里罗的新现实主义（历史）小说关注的是刚刚成型的后冷战世界那去中心化的、混乱的景观。② 小说的"序言：死亡的胜利"（Prologue: The Triumph of Death）在小说出版之前就以名为"墙边的帕夫科"（*Pafko at the Wall*，1992，以下简称为"墙"）的中篇小说出版，另外一则短篇小说《天使埃斯梅拉达》（*Angel Esmeralda*，以下简称为"天使"）则在略加删减之后分解到了小说第一部分的第八章和"尾声：资本论"（Epilogue: Das Kapital）部分之中；而三段插叙可以被视为是对"墙"的续写。这几部分也成为整部小说中为数不多具有连贯情节的叙事，除此之外便是不计其数的叙事碎片，无论是叙事时间还是叙事空间都是割裂开来的——这一现象在小说的第五部分达到了顶点，其标题便是"20 世纪五六十年代的公众和私人碎片选

---

① 严格来讲，《地下世界》并没有一个传统意义上的主人公。但由于尼克占据的叙事空间最大，因此本书依然用主人公、中心人物或串线人物这样的概念定义他。

② Phillip E. Wegner, "October 3, 1951 to September 11, 2001: Periodizing the Cold War in Don DeLillo's *Underworl*", *Amerikastudien/American Studies*, Vol. 49, No. 1, 2004, p. 54.

集"（Selected Fragments Public and Private in the 1950s and 1960s）。那么，这样一部叙述视角多样、叙事时间和空间跨度巨大，既没有符合传统定义的主人公、又没有贯穿始终的情节发展主线，表面上看起来组织松散的作品，究竟是凭借什么成为一个叙事的集合体呢？诚如博克索尔所言，《地下世界》"最神奇的一项成就是在被遗弃的、随机的和隐藏的事物中找到价值、意义和联系"。① 但它究竟是如何做到的呢？从情节这个小说要素来说，这些围绕不同的个人生平展开、令人眼花缭乱的情节支线是如何联系在一起的？从叙事结构来说，这些碎片究竟是孤立的存在，还是可以拼接在一起呢？从历史书写这个主题来说，这些关乎个人的小微历史是否能被集合在一起，进而成为我们认识这整个国家宏大的冷战史的一个窗口呢？

然而，《地下世界》不只在形式上是后现代主义小说技艺的集大成之作，其内容同样具有超乎寻常的复杂性。其中，理解小说题目中"地下世界"所具有的丰富内涵就至关重要。从字面意义上讲，题目中的"地下世界"主要对应的是情节发展中的"垃圾世界"和"核试验场"。一方面，当代消费社会之下产生的海量的工业、生活垃圾需要被掩埋至地下；另一方面，冷战之中的美、苏双方都在进行着秘密的地下核试验。对于垃圾和核战争的关注也成为这部叙事时间跨度长达近半个世纪的小说的历史书写的两条重要线索。并且，二者最终交汇在一起：冷战结束后，那些因为具有剧毒而无从以掩埋的方式处理的垃圾被运至从前的地下核试验场，以引爆核弹的方式予以销毁。正如德里罗自己解释，"我觉得各种'之下'（under）都源于我所理解的这个词的物理意义，即它可以用在核废料的掩埋上"。② 从比喻意义上来讲，"地下世界"首先对应的是众多小说人物生活的物理空间：纽约的哈莱姆和布朗克斯。前者是非裔美国人

---

① Peter Boxall, *Don DeLillo: The Possibility of Fiction*, New York: Routledge, 2006, p. 197.

② Kim Echlin, "Baseball and the Cold War", in Thomas DePietro ed., *Conversations with Don DeLillo*, Jackson: University Press of Mississippi, 2005, p. 146.

（黑人）的聚集区，后者是美国少数族裔的聚集区，很大程度上都属于纽约的贫民窟，是"地下世界"一样的存在。① 其次，小说聚焦的人物中不乏美国联邦调查局（FBI）的局长埃德加·胡佛（Edgar Hoover），还有作者虚构出来的在纽约的地铁车厢上非法涂鸦的伊斯梅尔（Ismael）和"得克萨斯高速公路杀手"（Texas Highway Killer，以下简称"杀手"）这样对于公众而言神秘莫测的人物，他们都隐匿在见不得光的地下世界之中。

此外，还有一个小说元素同时在字面意义上和比喻意义上对应"地下世界"，这便是棒球。小说以1951年纽约的两支棒球队的锦标争夺战开篇，最终决定比赛胜负、飞上看台的那一记"全垒打"（home run, or homer）的下落成为贯穿全书最重要的情节线索。可以说，这个具有重大纪念意义而又在几十年间下落不明的棒球是在地下世界中不断被转手。而在主人公尼克重金购得之前，它被收藏在一个名叫马文·伦迪（Marvin Lundy）的球迷家的地下室中：一个摆满了各种各样的棒球纪念品的地下世界。此外，小说通过伦迪的视角还描述了一个贩卖包括棒球纪念品在内的旧货地下集市。

其实在文本中还可以找到"地下世界"的直接所指，这便是苏联导演谢尔盖·艾森斯坦（Sergei Eisenstein）拍摄的电影《地下世界》（*Unterwelt*）（德语的 Unterwelt 可以直译为英语中的underworld）。尽管艾森斯坦在历史上确有其人，而且小说中将《地下世界》描述成他在民主德国旅居期间拍摄、从未公映的神秘电影，但是并没有任何证据表明他真的拍过类似的电影。德里罗不仅虚构了电影名称，并且煞有其事地对其情节进行了详细描述。正是通过这样的虚实结合，德里罗同时呈现出以"地下世界"为题的电影和小说两个文本。从结构上来说，电影文本嵌套在小说文本之中，丰富了小说的叙事层次，也可以视为后现代小说跨文本性和拼接艺术的

---

① 史岩林在《论唐·德里罗小说的后现代政治写作》中将 *Underworld* 翻译为《底层世界》，应该正是出于这个层面上的考虑。

表现；从主题意义来看，电影文本中与小说文本中呈现出两种既有差别、又有重合的地下世界形态，可以互相观照。德里罗正是用这样一种独特的方式与艾森斯坦完成了一次跨大西洋的对话，也让小说与电影两种艺术形式进行了有效的互动。①

由此，《地下世界》不仅向作者的创作提出了挑战，也对读者提出了挑战——普通读者面对这样一部长达八百多页、看似结构松散、主题纷杂的作品，很容易陷入盲人摸象、只见树木不见森林的阅读困境。这也是为什么在德里罗的所有作品中，《地下世界》吸引的讨论和批评关注是最多的。针对这些由《地下世界》复杂的内容和形式衍生的问题，在本章中，笔者将紧扣棒球这一线索，就"超现实主义叙事""叙事集合体""慢速美学""超真实"等概念与之前的批评家进行对话，力求从新的角度进一步回答相关问题；同时，也将围绕体育（尤其是作者的叙事策略中对于棒球逻辑的借鉴）建立文本内部的联系（尤其是多重自我之间的联系）以及作者与文本之间的联系（自传性与虚构性的界限），从而为这部小说的叙事艺术，特别是其整合小微叙事的历史书写方式提供新的阐释可能。

第二节　棒球与超现实主义叙事：种族政治与空间表征的魅化与祛魅

有批评家指出，《地下世界》带有浓郁的哥特色彩，有大量的中世纪意象，包括"被迫害妄想症式的视界、鬼故事、中世纪式的废墟、天使的圣像、常见于小报的奇迹、脱口秀理论"，并且同时看到在小说中有一种"虽然半掩埋着却充满韧劲的冲动：用更具憧憬和希

---

① 有批评家指出《地下世界》中不只是在这部虚构电影中体现出艾森斯坦对德里罗的影响，小说的创作手法也借鉴了电影拍摄的诸多技巧。参见 Catherine Morley, "Don DeLillo's Transatlantic Dialogue with Sergei Eisenstein", *Journal of American Studies*, Vol. 40, 2006, pp. I, 17-34。

望的视角来抵制冷战之后的美国生活中难以舍去的哥特式恐惧和意象"。① 其实可以顺着这样的思路继续挖掘小说中的"超现实主义"（Surrealism）② 叙事，从而实现对于众多看似孤立的情节支线更好的整合。超现实主义源于弗洛伊德对于意识与无意识世界的划分，而作为小说题名的"地下世界"也隐含着地上和地下两种世界的对立。德里罗在介绍《地下世界》时谈道，"小说是对梦的释放，是现实的中止——历史需要从自身残酷的限制中挣脱出来"③，并在后来接受采访时解释到"这本书中的'下'（under）适用于受到抑制或打压的记忆，或者甚至是意识"④。如果说地上世界对应的是意识世界，地下世界对应的则是无意识的世界，二者在并置之下形成意识世界和无意识世界的统一，从而建构起超越于现实之上的"超现实"。

《地下世界》开篇的棒球叙事与种族政治密不可分。事实上，这是德里罗对于种族政治最为关切的一部作品。在 20 世纪 50 年代，美国国内日益尖锐的种族问题和核战争威胁之下的国际形势交错在一起，成为这一叙事时间中的双重关切。小说"序言"开篇就以黑人小孩科特·马丁（Cotter Martin）为聚焦对象，并且立刻强调其"他者"身份："他用你们美国人的嗓音讲话，他的眼睛里闪着一丝希望之光。"⑤ 这里使用两种不同的人称代词，将"他"和"你们"

---

① Brian J. McDonald, "'Nothing you can believe is not coming true': Don DeLillo's *Underworld* and the End of the Cold War Gothic", *Gothic Studies*, Vol. 10, No. 2, November 2008, pp. 107 – 108.

② 超现实主义"是于两次世界大战之间在欧洲的视觉艺术和文学领域兴起的运动"，"是一种将意识和无意识两个领域的体验全然统一起来的手段。由梦和幻想构成的世界将融入到日常的理性世界之中，形成一种绝对的现实、一种超现实"。见《大英百科全书》对于"超现实主义"的定义，https：//www.britannica.com/art/Surrealism。

③ Don DeLillo, "The Power of History", *The New York Times Book Review*, Sunday, September 7, 1997, p. 62.

④ Kim Echlin, "Baseball and the Cold War", in Thomas DePietro ed., *Conversations with Don DeLillo*, Jackson: University Press of Mississippi, 2005, p. 146.

⑤ Don DeLillo, *Underworld*, New York: Scribner, 2003, p. 11. 本书中涉及该小说的引文皆为笔者自译。

区别开来，实际上是将非裔美国人和美国人区别开来——由于"他"也是美国人，"他用你们美国人的嗓音讲话"就产生了陌生化的效果。从社会语境来看，20世纪50年代的美国社会对黑人的歧视以种族隔离这样的制度化方式被固定下来，黑人并不拥有完整的公民权利；① 而德里罗在这里放大了这样的他者效应，将美国人与白人对等，无疑带来强烈的反讽效果。从文本中涉及的具体的体育比赛语境来看，这一时期美国的一般黑人民众并不具备到现场观赛的消费能力——科特是逃票混进场内的，体育场是一个由白人占绝对主导地位的场域。这一点在"序言"中的一个细节中也可以得到印证——当一个黑人少年推着小车在看台上来回售卖零食的时候，科特觉得自己在人群中突然有了辨识度，因为现场只有他们两个黑人："他们共同的肤色跃过了他们之间的空间，这不是很奇怪吗？没人注意到科特，直到这个手黑得发亮的小贩出现。"②

试想一下，在这样的社会文化语境下，我们在"序言"中看到这样一幕：在棒球体育场的看台上，在或是西装革履、或是身着运动衫的白人丛中，一个瘦弱的黑人小男孩科特正在和旁边的一位名叫比尔·沃特森（Bill Waterson）的白人中年男子谈笑风生，且二人正在分食一袋花生。这样的画面，要是出现在20世纪50年代初期的美国，恐怕冲击力不亚于萨尔瓦多·达利（Salvador Dali）的画作，很可能会被视作是一件超现实主义作品。然而，这奇特的一幕就发生在"序言"之中：黑人男孩和白人男子一起看球、聊球、交换零食，像伙伴一样亲密。"他（科特）感觉自己正在接近被友好相待。这种感觉来自比尔那随和的声音、那富有亲和力的汗津津的运动员块头、当科特在说话时他聆听的姿态以及他赢得科特信任、让他相信他们之间具有的是一种长久的亲密联系的方式。"这一幕不

---

① 针对黑人的种族隔离制度是用 Jim Crow laws 确定下来的，从南北战争之后一直延续到 1968 年，将近一百年。尽管这些法令针对的是在内战中独立的南方州，但是北方地区在实践中也默许了这样的制度。

② Don DeLillo, *Underworld*, New York: Scribner, 2003, p. 20.

仅令作为当事人的科特"感到有点奇怪，和比尔交谈是一件不熟悉的事儿"，而且对于那个年代的任何一个人来说，黑人和白人之间这样亲密的关系也是难以想象的。① 那么，缘何会有这样超现实的一幕发生呢？

从科特的角度来看，能够冲破保安的围追堵截，顺利进入体育场无疑是一个幸运儿——这一伙儿逃票的小孩儿"共有 15 个人，根据坊间传闻，可能最后有四个人会成为漏网之鱼"②。而入场后，他发现这样一场重要的比赛竟然会有大片的观众席空着，让他可以拥有自己的位置，这是第二份幸运。接着，科特本来担心卖花生的黑人少年会向保安举报自己，但出人意料地是后者扔了一包花生给他，让他感到"这是一个甜心瞬间，让科特露出了这一周最灿烂的笑容，穿过这片区域送来的一波美好的祝福"③。在这样接二连三地意外收获幸运的背景之下，科特遇到一个热情随和的白人叔叔与自己寒暄，便自然而然地放下了戒心，主动与对方分享了自己的花生，也就此打破了黑白肤色的界限。当然，将他们联系在一起的除了一包意外得来的花生，更重要的在于他们都是主场作战的"巨人"队的球迷，都是被其这一年的优异表现吸引到现场，又都因为实时赛况中其一直处于落后局面而悬着心。比尔以自己的方式为球队祈福，并不断给科特积极的心理暗示，让他相信球队一定能逆转比赛，这是二人真正的纽带所在："科特喜欢这个男人目的的单一性和他坚守的信念。这是对抗怀疑的唯一力量。"④ 另一方面，主队在比赛中遭遇的逆境也不无影射含义。此时正值冷战伊始，没有人能够预见全球局势的走向，核战争的可能性笼罩在所有人心头。事实上，后来小说中论及为何这样的一场焦点赛事会出现上座率不足的情况时，给出的解释正是因为民众对核战争心存恐慌，害怕参与大规模的集会。因此，当比尔对科特说"我们是糟糕

---

① Don DeLillo, *Underworld*, New York: Scribner, 2003, p. 31.
② Don DeLillo, *Underworld*, New York: Scribner, 2003, p. 12.
③ Don DeLillo, *Underworld*, New York: Scribner, 2003, p. 21.
④ Don DeLillo, *Underworld*, New York: Scribner, 2003, p. 31.

的时代之下的哥们儿，必须同心协力"①，其实正是点出了除了球迷身份之外，二人具有另外一重共有的身份认同：他们都是冷战的受害者。这样，以棒球为纽带的球迷身份和以冷战为纽带的受害者身份取代了以肤色为基础的种族身份。其实，无论是热爱还是恐惧，都是人类共有的情感，是与肤色无关的，不像医院、学校、公共交通这些实体一样可以被人为地切分。

再试想另一幅画面，这一次我们将镜头由体育场内的观众席移到体育场外：夜色之中，体育场外的售票大厅前排起了长长的队伍，一眼望去几乎是清一色的白人男性，看起来像是在等待天亮之后开票；他们三五成群，有的带着小板凳，有的带着睡袋，有的手里拿着三明治在啃；队伍中有一个中年男子，身前站着一个睡眼蒙眬的小孩，像是一位父亲带着自己的儿子来排队买票；在他们身边站着一个黑人男子，正在面向白人男子交谈着什么，二人脸上都洋溢着笑容；并且黑人的手上拿着一个棒球，白人男子则正在将手里一个精致的威士忌酒瓶递给黑人男子。如果用镜头继续跟踪拍摄的话，我们会看到二人你来我往地拿起这瓶酒喝了好几口。这样的画面恐怕比上一幅更加具有超现实感。然而，它同样出自德里罗之手。这名黑人男子不是别人，正是科特的父亲曼克斯·马丁（Manx Martin），他正在出售科特幸运抓获的那只飞上看台、决定比赛胜负的全垒打。如果说比尔对于科特的善意可以从他们的年龄差异做出部分解释的话，曼克斯和查利（Charlie）之间的这种亲密关系则发生在两个中年男子之间、两个父亲之间。他们二人之间的纽带依然是棒球。不同的是，曼克斯并非球迷，看中的只是这个球的商业价值，查利则是像科特、比尔一样的巨人队的球迷，珍视这小小的一个球承载的历史意义。曼克斯选中查利作为潜在买家是因为看中了后者父亲的身份：在几次碰壁、没人相信他的故事之后，曼克斯意识到

---

① Don DeLillo, *Underworld*, New York: Scribner, 2003, p. 33.

"他应当寻找父子组合。让男人为男孩做这件事（买这个球）"①。而查利最终相信曼克斯所言，一方面是因为后者手中的棒球符合真品的几个特征，另一方面是因为后者在谈及自己的四个子女时流露出的真诚态度，这是无法伪装和编造的。可以说父亲这一共同的身份认同是促成这桩历史交易的最大推手。无论是对棒球运动的热爱，还是父子之情，都是不分肤色的，是无法受到种族隔离制度约束的。

然而，这样的亲密关系、这样魅化（enchanted）的种族政治都不过是昙花一现，超现实很快让位于现实。当棒球飞上看台后，科特和比尔都加入争抢的队伍中，并且最终演变为二人之间的徒手搏斗。这里模棱两可的地方在于，尽管在这个过程中钻到椅子下边的科特并不知道他的对手是比尔，但是由于这里采用的是科特的视角，我们无从得知比尔知不知道自己是在和谁争抢。如果说比尔像科特一样眼中只有球，并没有注意到对方是谁的话，那么他和科特短暂情谊的终结是出于偶然；如果他已经意识到对方是自己刚刚结识的这个小兄弟却依然选择不放手的话，那么便证明所谓的情谊不过是一戳就破的幻象。当科特成为这场肉搏的胜利者、成为棒球的拥有者的时候，当他回眸与比尔对视的时候，后者"露出狰狞的笑容"（a cutthroat smile）②。这样敌对的状态，也彻底宣告二人由魅化的超现实回归到冰冷的现实之中。事实上，若从比尔的角度来看，主动给予身边的这个黑人小孩儿善意、用体育消除世俗的偏见，很可能本身就是一种俯就的行为，即这样暂时的平等仍然是建立在双方不平等的权力关系之上的——白人既可以让双方之间的鸿沟暂时隐退，又可以瞬时回到凌驾于对方之上的位置，话语权在他那一方，超现实模式的开关在他手里。也就是说对于白人而言，建构这样的平等的幻象并不是为了消除"我"与"他者"之间的差异，而是更加突出"我"之于"他者"的优势地位，从而强化二者之间的差异性。

---

① Don DeLillo, *Underworld*, New York: Scribner, 2003, p. 643.
② Don DeLillo, *Underworld*, New York: Scribner, 2003, p. 49.

而科特也立即适应了这样的现实：当比尔追上前来，试图以"伙伴"的身份就棒球的归属进行协商的时候，科特不为所动，始终和他保持着距离；而当比尔气急败坏地试图抓住他的时候，科特更是以一种戏谑的方式摆脱了他的纠缠。可以说二人之间的情谊始于棒球，也终于棒球；德里罗以棒球为媒介构建了超现实，又通过同样的媒介让小说人物和读者都回到了现实。

而在另一幕中，科特的父亲曼克斯并没有和查利撕破脸皮，但是随着交易的达成，超现实的叙事也就此画上句号。可以说，在德里罗的笔下，体育场是一个具有魔力的空间，能够让人进入一种迷醉、魅化的状态，是超现实画作的理想背景。小说人物离球场远一分，离祛魅（disenchanted）的现实就更近了一分。正如科特回到哈莱姆的家中，立即要面对的是如何应对旷课一天的问题；曼克斯回到家中，他的手开始灼痛，意识到自己被烧得不轻——在球场边和查利攀谈的时候，他一时兴起把一旁的一个燃烧的汽油桶拉了过来——而他的妻子天不亮就已经起床，要为生计开始奔波。失去了棒球的父子二人，都回到了原来的生活之中：科特还要上学、逃学，很可能未来会像他的两个哥哥一样从军，或者像他姐姐一样加入民权运动的洪流；曼克斯应当还会为了生计重操小偷小摸的旧业，混迹余生。小说关于他们的叙事到此为止，因为从此他们和其千千万万的黑人同胞不再具有区别度。

超现实主义运动在发起之初是带有明确的政治意图的，这同样适用于对美国的种族矛盾的观照。其发起者安德烈·布勒东（Andre Breton）指出，"超现实主义的根基在于，相信从前被忽视的某些联系形式构成更高级别的现实，相信梦无所不能，相信思想不偏不倚地运行"。[①] 那么，在德里罗的笔下，涉及种族政治的两个例子也是如此。黑人和白人短暂的情感联结可以被视作是美梦与现实的结合，

---

① Andre Breton, *Manifestoes of Surrealism*, trans. Richard Seaver and Helen R. Lane, Ann Arbor: The University of Michigan Press, 1969, p. 26.

抑或是意识与无意识中的超我（superego）的结合，是带有超越时代的前瞻性和进步意义的。

除了上文探讨的科特·马丁和曼克斯·马丁这父子二人的神奇际遇之外，小说中另有一系列带有超现实主义色彩的叙事，并且这些场景都是围绕恐惧主题建构的。其中，最明显的超现实主义印记当属作为"序言：死亡的胜利"命名来源的那幅油画：老彼得·勃鲁盖尔（Pieter Bruegel the Elder）的《死亡的胜利》（*The Triumph of Death*，约1562年），同样与棒球叙事不可分割。这位尼德兰的画家以绘制乡野景观闻名，也被戏称为"农民勃鲁盖尔"。这幅画作描绘的是骷髅军团对人类的征服，惊悚程度和视觉冲击力十足。这样一幅极尽夸张和怪诞手法的画作，所要传达的核心主题可以被解读为人类对于死亡的恐惧。从另一个角度来看，这也可以被视为是对人类的无意识世界的描绘，是梦境与现实的结合体。这样，这幅画可以被视为超现实主义绘画的先驱。从《死亡的胜利》和画家同年创作的《疯女玛戈》（*Dulle Griet*）中可以看到将恶魔（evil）视为与人类生活不可分割的存在这样典型的中世纪世界观，但其很可能也是对距其200年前那场席卷亚欧大陆"黑死病"的想象，或者是对尼德兰当时爆发的宗教迫害这一现实的指涉。除去画作本身的内容，它出现在小说世界中的方式也同样具有超现实主义的色彩。在纽约巨人队凭借汤姆森的全垒打逆转取胜之后，主场观众陷入疯狂的庆贺之中，而他们表达自己的兴奋的方式之一就是将手头所有能够企及的纸制品撕碎抛到空中。其中有从某本杂志上撕下来的一页，上面印的正是《死亡的胜利》。这样集体式的狂欢，正是现场观赛体育（spectator sport）独特的魅力所在。而"纸片雪"这样看似荒唐幼稚的行为，在体育场这个空间中却被赋予了意义。每个人都在寻求历史的参与感，试图将自己与重大的历史时刻相连接。将几万人黏合在一起、使其形成趋同行为的是其集体的身份认同：个人的力量微不足道，只有加入群体中才能在历史中拥有可见的坐标。这一刻，狂欢化的身份打破了阶级、性别、种族的界限，在这个场域中不再有权力的不平等。

但画作的应景不止于此。它最终落到了位于贵宾区的美国联邦调查局局长胡佛身上。在整个体育场中，只有胡佛和自己的助手两个人获知了苏联刚刚引爆核弹的消息。因此，在整个比赛过程中，胡佛具有的是体育比赛和核战争的双重意识——这一点和《达阵区》的主人公不无相似。这一刻，他的主体意识不再受到物理环境的局限——尽管他所处的是体育场这个物理空间，但他的认知空间已经跨过国界，由美国东海岸来到亚欧大陆。而《死亡的胜利》让他的双重视界（vision）变得难以区分：明明核战争的威胁迫在眉睫，这几万名美国民众竟全然不自知地陷入狂欢；若从天而降的不是棒球，而是苏联人的核弹，那么，在这里上演的将不是体育比赛的胜利，而是又一场"死亡的胜利"，是现实版本的勃鲁盖尔式的鬼怪的狂欢——而且规模要更加宏大，毕竟无论是黑死病还是宗教迫害，造成的死难人数都没有办法和核战争相提并论。这样，胡佛与现场的体育观众群体是割裂开来的：比身边陷入狂欢的群体更加令他产生共鸣的是《死亡的胜利》中的那些无助的中世纪人。德里罗在谈及小说的创作灵感时提到，当他翻出 1951 年 10 月 4 日的《纽约时报》，他看到当天的头版新闻有两条：一是"巨人队赢得锦标"，二是"苏联人引爆核弹"。从这样的并置中，除了两种截然不同的冲突，他还看到了历史的力量。[①] 如此，通过胡佛这个真实的历史人物和《死亡的胜利》这个真实的历史物件，德里罗在自己的小说开篇用虚实结合的方式重现了这样的并置。

第三节　棒球与叙事集合体

德里罗不仅将棒球作为小说整体叙事的起点，而且围绕棒球开

[①] 参见 Don DeLillo, "The Power of History", *The New York Times Book Review*, Sunday, September 7, 1997。

启了小说的超现实主义叙事。"序言"及"马丁三部曲"其实是提供了一种范式,后文中一系列带有超现实主义色彩的情节支线(如对南布朗克斯这个贫民窟的空间表征、对嵌套在小说文本中的电影文本中的"地下世界"的表征、对核污染之下的村落的表征)其实都可以与之形成呼应。此外,棒球和其他众多的情节支线、小微叙事也具有关联。在这一节中,我们就来考察棒球如何在"飞"出"序言"之后继续成为小说叙事的一个中心点。

有批评家借用法国哲学家让-吕克·南希(Jean-Luc Nancy)对于"社会"(society)和"共同体"(community)的区分,将"序言"中棒球场内的观众视为一个社会,将通过离场的那个棒球串联起来的小说人物视为一个共同体,并进一步指出前者是有为的(operative)(即所有人都因为同一个目标被聚合在一起),后者是无为的(inoperative)(即并非所有人都意识到或关心棒球的存在)。① 这一二分法不乏洞见,对于整合小说中分散的小微叙事有所助益,但尚显粗糙:这个"叙事集合体"具体由哪些单元构成,又是如何运转的呢?这是需要进一步探讨的话题。

对于人类群体结合类型的二分法更早可见于社会学的经典之作、

---

① Matthew Mullins, "Objects and Outliers: Narrative Community in Don DeLillo's *Underworld*", *Critique*, Vol. 51, 2010, pp. 276 – 292. 南希的 *La communaute désœuvrée* 英译为 *Inoperative Community*(1991),日译为《無為の共同体》(1983),中译本有《非功效的共通体》(2005)(收录在《解构的共同体》中)和《无用的共通体》(2015)——二者出自同一批译者之手,在前一本书中,译者注释道:"oeuvre 是个多义词……我们建议翻译为'非功效'或'非劳效',主要是与'工作'或'功效''劳效'的意义共鸣。"[法]让-吕克·南希:《解构的共通体》,夏可君编校,郭建玲等译,上海世纪出版集团 2005 年版,第 1 页。在后一本书中,译者注释道:"我们思考了很久,建议翻译为'无用',以与庄子无用的思想,以及德里达与布朗肖已经展开的'无用'的思想相关,打通中西方哲学的通道。"[法]让-吕克·南希:《无用的共通体》,郭建玲等译,河南大学出版社 2015 年版,第 323—324 页。南希并不认同社会学中普遍接受的共同体先于社会出现、社会取代共同体的说法,而是倾向于将社会当作共同体的一种,依据功效、用途的不同对二者进行区分。笔者强调共同体在叙事中的作用,故而没有采用"非功效""无用"的译法,而是借鉴了日语译名中的"无为"。

第二章　历史的拼图、时间的逆流:《地下世界》中的棒球与小微叙事

斐迪南·滕尼斯（Ferdinand Tännies）的《共同体与社会》（*Gemeinschaft und Gesellschaft*, 1881）。滕尼斯认为，人的意志之间存在肯定或否定的相互作用，通过积极的作用形成社群：一种是拥有现实的、有机的生命的共同体；另一种是存在于思想中的、机械的社会。① 滕尼斯按照血缘、地缘和精神区分出三类共同体，并指出三者之间存在密切的联系。② 按照滕尼斯的界定，"序言"中的共同体同是因为地缘（所有人同处在体育场这个空间中）和精神（所有人关注棒球运动）而建立。其中，就观众而言，由于这是巨人队的主场，对同一支球队的支持和同一种结果的期盼使得绝大多数观众相互理解、达成共识（科特和比尔正是如此）。滕尼斯在区分精神共同体时，特别强调艺术和宗教的作用，而当代体育时常被比作是宗教——德里罗自己在《毛二世》的开篇就将体育与宗教进行了并置：纽约著名的扬基体育场成为大规模的宗教集会地。③

这样，"序言"和小说主体部分的联系可以用社会和共同体的二分法予以解释，二者都是以棒球为核心的。这也是为什么会有批评家指出"整部小说的每一条叙事分支都与棒球具有某种形式的关联"，就连"杀手"这条看似最不着边际的支线最后都与棒球发生了关系。④ 但是，无论是从故事空间还是话语空间来讲，后者的规模都要远远大于前者。前者是二维的，好比平面上的圆一样，每一个人物和事件都与棒球这个圆心直接关联在一起。后者则是立体的，好比一个圆球一样，尽管每个人物和事件也可以和棒球这个圆心相连，但是他们拥有自己的运行轨道，形成了多个叙事平面——滕尼

---

① ［德］斐迪南·滕尼斯：《共同体与社会》，林荣远译，北京大学出版社 2010 年版，第 1 页。

② ［德］斐迪南·滕尼斯：《共同体与社会》，林荣远译，北京大学出版社 2010 年版，第 9 页。

③ 参见 *Mao II*（1991）的第一章"At Yankee Stadium"。

④ Matthew Mullins, "Objects and Outliers: Narrative Community in Don DeLillo's *Underworld*", *Critique*, Vol. 51, 2010, pp. 282–283.

斯也把共同体比作球体，比如他指出"家庭由三个层次（或区域）组成，它们都围绕着同一个中心旋转"①。这样，"墙"这个中篇奠定了小说的基调，而"天使"对"墙"予以呼应；二者出现在一头一尾的位置，使整部小说笼罩在超现实主义色彩之中。在共同体之中，众多人物的生命线看似相互独立（具体的表现就是小说支离破碎的情节发展），实则聚拢在同一个球体之中。这样，如果说作为个体的超现实主义叙事仍然带有现代派艺术家的明显印记的话，那么将其作为同一集合体的子集则可谓出自后现代小说艺术的鬼斧神工，也反映出德里罗驾驭文字和小微叙事的非凡功力。

而在集合体逻辑之下，我们可以来考察一下分散在主体和尾声部分的"天使"是如何成为以棒球为核的这个叙事集合体的一个子集的。首先，德里罗通过"天使"完成了对南布朗克斯这个贫民窟的空间表征，并且带有鲜明的超现实主义色彩，这与其在序言和三段插叙中对棒球场这个空间的表征是一脉相承的，相互形成一种呼应。具体而言，"天使"中的故事时间来到接近德里罗创作小说的20世纪80年代末、90年代初，通过此时已经进入暮年的修女埃德加（Edgar）和格雷斯（Gracie）的视角，一个光怪陆离的地下世界一点点暴露在阳光之下："这两个女人望着眼前的景象：空地上经年累月的沉积物分出了'地层'——家庭垃圾时代、建筑废渣和报废车时代、日渐衰微的黑帮时代。草木杂生于废料堆之间。能看到成群的野狗，也能看到老鹰和猫头鹰。"② 埃德加和她的修女同伴每天冒着生命危险在这里进行着慈善救助工作：在几个僧人和涂鸦画家的帮助下，她们驾着车将采购来的食品分发给这里有需要的人，有残疾人、病人、妓女、精神病人，也有那些住在"地下室里的木板隔间、连监狱囚室都不如"的人——其中特别提到一个"把自己的

---

① ［德］斐迪南·滕尼斯：《共同体与社会》，林荣远译，北京大学出版社 2010 年版，第 13 页。

② Don DeLillo, *Underworld*, New York: Scribner, 2003, p. 238.

眼球从眼眶中割出来的男人,因为它带有魔鬼的标记"①,这与达利和路易斯·布努埃尔(Luis Bunuel)拍摄的超现实主义电影艺术的代表作《一条安达鲁狗》(*Un Chien Andalou*, 1929)中最为人熟知的用刀割开女人的眼球的那一幕几乎雷同。然而,正是在这里出现了"一辆观光车,车身是狂欢节的颜色搭配,挡风板上面的位置写有'南布朗克斯超现实'(South Bronx Surreal)的标识……约有30个欧洲人挂着照相机小心翼翼地下车来到人行道上、来到用钉板封起来的店铺和关闭的工厂前面"②。这不禁让人想到玛格丽特·阿特伍德(Margaret Atwood)的小说《使女的故事》(*The Handmaid's Tale*, 1985)中相似的一幕:一群日本观光者来到取代了当今美国的基列共和国(the Republic of Gilead),在这里的极权统治之下多数妇女沦为杂役或生育工具。③ 如果说阿特伍德笔下的基列代表着人权(尤其是女性权利)的噩梦的话,那么德里罗笔下的南布朗克斯则由精神层面转向了最基本的物质层面,是关于人类生存的噩梦。当阿特伍德笔下的日本人向生活在这样的超现实中的使女们抛出"你们幸福吗"这样的问题时,主人公回答道:"是的,我们很幸福。"④德里罗没有采用这样相对温和的反讽,而是借小说人物修女格雷斯直接发出怒吼:"这不是超现实的(surreal)。这是真的(real),是真的。你们的观光车才是超现实的。你们是超现实的……布鲁塞尔是超现实的。米兰是超现实的。这里都是现实的。布朗克斯是现实的。"⑤

而在尾声部分,小说叙事回到布朗克斯,继续加强这个空间对

---

① Don DeLillo, *Underworld*, New York: Scribner, 2003, p. 246.
② Don DeLillo, *Underworld*, New York: Scribner, 2003, p. 247.
③ Margaret Atwood, *The Handmaid's Tale*, Boston: Houghton Mifflin Company, 1986, pp. 27-29.
④ Margaret Atwood, *The Handmaid's Tale*, Boston: Houghton Mifflin Company, 1986, p. 29.
⑤ Don DeLillo, *Underworld*, New York: Scribner, 2003, p. 247.

于局外人而言的超现实主义色彩。在一个长期流浪于此间的小女孩被人强奸、杀害之后,她的"鬼影"闪现在夜色中的一块广告牌上。德里罗的镜头定格下这样一幅画面:

> 在布朗克斯最南端的公路上停满了车,不远处聚集着几百人,他们不约而同地抬头注视着一个地方——一块高高耸立在河岸边的广告牌。远方有一辆火车驶来,随着光打在广告牌上,板面的一角露出了一个小女孩的脸庞——他们相信这就是刚刚遇害的那个小姑娘。人群中汇集了男女老少各色人等,有的露出惊异的表情,有的做出祈祷的动作;有正在现场报道的记者,有正在救治受伤群众的医护人员,还有推着小车叫卖鲜花、零食的小贩。①

于是,小说以体育场内的狂欢开始,以南布朗克斯的另类狂欢收尾。"在黑色幽默中,死亡是最惯用的一个把戏。"② 如果说前者是"死亡的胜利",后者则变成了"消费主义的胜利"——一桩骇人听闻的谋杀案在媒体、广告的作用下成为一场消费的狂欢,这比"鬼影"事件本身更具有超现实主义色彩,这也是典型的德里罗式的黑色幽默。

埃斯梅拉达(Esmeralda)这个小姑娘被杀害前藏身在布朗克斯的垃圾堆里,修女埃德加发现了她,并试图抓住她、给予她救助和庇佑,无奈没有成功。埃德加年轻时候是教会学校的老师,其极度严苛的风格印刻在所有学生的心灵之上,之中就包括马特·谢伊(Matt Shay),也就是酷爱棒球的主人公尼克的弟弟。这样,以这一系列的人物为媒介,埃斯梅拉达最终也和棒球联系起来。除了这样

---

① Don DeLillo, *Underworld*, New York: Scribner, 2003, pp. 818–23.
② Michael Richardson, "Black Humour", in Krzysztof Fijalkowski and Michael Richardson, eds., *Surrealism: Key Concepts*, London and New York: Routledge, 2016, p. 207.

以人物"打点"构建联系的方式，埃斯梅拉达和棒球还有另外更加直接的联系。在南布朗克斯有一面墙，每当有一名儿童死于非命，涂鸦画家就会在墙上画一个天使。当以埃斯梅拉达命名的天使最终出现在墙上，这和"序言"中那个身体紧贴在球场的围墙上、望着棒球飞过头顶而无能为力的布鲁克林道奇队的"外野手"（outfielder）帕夫科具有同样的悲剧色彩——这也是为什么德里罗最初会将这部中篇小说命名为"墙边的帕夫科"。而当上千民众聚集在广告板下等待着"天使"埃斯梅拉达显灵的"奇迹"的时候，小说叙事由悲剧转为狂欢，由死亡转为消费主义的胜利，正像"序言"中几万人对核弹这个死神视若无睹，因为棒球比赛的"奇迹"而陷入狂欢一样。这样，在故事时间和话语时间上间隔都是最远的两段叙事建立起了联系，这证明"社会"和"共同体"也并非各自孤立的存在，它们统一于小说世界这个更大的空间，是《地下世界》这个叙事集合体的子集。

还是在小说的"尾声"部分，主人公尼克在考察完位于中亚哈萨克斯坦塞米巴拉金斯克（Semipalatinsk）的地下核试验基地之后，参观了当地一个医疗研究所——其更形象的名字是"异形博物馆"（The Museum of Misshapens）。这里陈列着各种各样的畸形胎儿，"有的有两个脑袋，有的脑袋有两个身子那么大，有的是一个正常脑袋长在了错误的地方——嵌在右肩上"，还有的是所有的器官的位置都发生了错置。[①] 但尼克的超现实之旅并未结束，随后他被带到一个诊所，这里可以见到各种各样触目惊心的由核辐射导致的畸形人——他们祖祖辈辈都生活在位于核试验基地下风向的村落中。正如形如鬼城的南布朗克斯一样，核污染之下的环境对于局外人而言是超现实的存在，对于当地人而言却是不得不面对的现实。在这样的悖论之中，小说将对核战争、核武器竞赛的批判推向了顶峰。如果说现代社会数量空前的工业、生活垃圾已然为人类的生存环境带来挑战

---

① Don DeLillo, *Underworld*, New York: Scribner, 2003, p. 799.

的话,那么核废料的泄露则将为人类带来灭顶之灾。如果说德里罗在以《白噪音》为代表的小说中试图揭示消费主义对于社会文化的负面影响,唤醒现代人对消费主义的警惕意识的话,那么他通过《达阵区》和《地下世界》则直接呈现了核战争的末日效应,尽显其反战的立场和社会责任担当意识。

这一段超现实主义叙事与棒球的关联何在?在序言中,德里罗用"全世界都能听到的一击"这样一语双关的方式完成了对棒球与核弹的并置,而那一次苏联的核试验正是发生在塞米巴拉金斯克。从这个角度来说,小说尾声部分关注到的这一"冷战"之后日渐浮出水面的核污染问题,也可以算是《墙》的续集——小说用主体部分记录了1951年的那场传奇棒球赛如何改变了不同人物的生命历程,用尾声揭示了同年的那次核试验对于当地民众的影响;并且,棒球和核试验仍然是并行的关系:对于核污染问题的揭示是通过主人公尼克的视角进行的,而尼克正是受那场棒球赛影响最大的小说人物。此外,有批评家借用人类学的概念,指出地下核试验场是一个"中间地带"(liminal zone),在这里"过去暂时被否定、中止或遗弃,但未来尚未开始",是"进入一个呼唤见证和交融的地方的门廊",[①] 实际上解释了这里为什么会存在超现实。同样的逻辑也适用于南布朗克斯,因为这里也可以被视为一个同过去割裂、百废待兴的中间地带。

其实小说中另有不少显性的共同体存在。有以血缘为基础的(尼克一家:母亲、两个儿子以及他们各自的妻子、孩子,马丁一家等),有以地缘为基础的〔以少年时期的尼克为代表的布朗克斯区的小混混们,以阿尔伯特·布朗兹尼(Albert Bronzini)为典型的意大利裔美国人社区的留守者〕,有以精神为基础的(包括克拉拉在内的艺术家群体,涂鸦画家团队等),也有混合类型的("天使"中由修

---

① Lee Rozelle, "Resurveying DeLillo's 'White Space on Map': Liminality and Communitas in *Underworld*", *Studies in the Novel*, Vol. 42, No. 4, Winter 2010, pp. 444, 443, 447.

女、僧人、涂鸦画家等组成的贫民区慈善救助团队）。它们各自受到不同的牵引力，作为独立的叙事单元存在。若要避免整体叙事陷入混沌无序的状态，就必须建立这些共同体之间的联系。只不过在这部小说中，对秩序的建构并非通过时空体的逻辑（或是用自然时序串联，或者强调空间的转换）实现的——这一点和《天秤星座》有所不同。从体育叙事的角度观察，我们可以说，德里罗用棒球作为核心建构起了一个更大规模的集合体，将这些小的叙事单元统统吸纳进来成为自己的子集。这样，德里罗在某种程度实现了其在早期作品《拉特纳之星》（Ratner's Star, 1976）中建立一个星际共同体的科学幻想——上一节中提到的欧洲游客眼中的南布朗克斯是恰如异星一样的存在。

其中，有一个以"失去/失败"（loss）[①]为内核/牵引力的共同体特别值得注意，因为它将小说中最重要的几个男性人物关联在了一起，也是我们理解棒球的特殊意义的关键。小说的"序言"中通过"全世界都听到的一击"将棒球与核弹予以并置，而在此之后，各个人物的命运都被失落的那个棒球串联起来。阿兰·马歇尔（Alan Marshall）看到"那些着墨最多的人物往往都受到'失去'的困扰"，"失去"主导着《地下世界》中的男性情感。他看到了科特因为自己的父亲而失去了心爱的棒球——"小说剩余部分的叙事留给了读者想象的空间：科特因为失去将蒙受怎样的痛苦（因为我们没看到他醒过来的样子）"；也看到伦迪和尼克都试图拥有遗失的棒球，是因为棒球代表着"失去/失败"，拥有棒球就相当于可以向那个罪魁祸首兴师问罪，而不是继续试图揭开触发这种"失去/失败"痛苦的情感根源。[②]但他没有进一步解释这个根源到底何在。尽管他们二人都是输球的道奇队球迷，但触发他们的"失去"之痛的并非只是一场球赛。和被妻子抛

[①] 英文中的"loss"有这两个层面的意思。
[②] Alan Marshall, "From This Point on It's All about Loss: Attachment to Loss in the Novels of Don DeLillo, from *Underworld* to *Falling Man*", *Journal of American Studies*, Vol. 47, 2013, pp. 3, 622–625.

弃的布朗兹尼一样,他们真正的问题也在于"人"而不是"物"。他们都不惜一切代价地去拥有棒球,是因为物丢失了还可能找得回来,但是人一旦失去了就回不来了。棒球为他们提供的只是一种表面的补偿——一个是自己的爱妻,一个是自己的父亲。

小说主人公尼克从小在单亲家庭中长大。关于他父亲吉米(Jimmy)的下落,尼克始终相信他是遭遇黑社会绑架、杀害。而在他母亲和弟弟看来,吉米是逃避家庭责任出走,抛下了他们母子三人。因此,吉米是一个至关重要的人物,对于主人公孤儿寡母一家具有重大的影响,尤其是像幽灵一样笼罩在主人公尼克一生之中。这个缺失的父亲是我们理解尼克的人生轨迹的重要切入点。然而,小说中通过不同人物的视角对于吉米进行了描述,却自始至终没有让吉米真正出场。可以说这一人物的塑造是由众多的故事碎片拼凑而成的,是一个"影子"式的人物。如果说包括尼克、马特、伦迪、布朗兹尼等在内的男性人物的主体性都是建立在"失去"之上,那么,吉米也不例外,只不过他的"失去"发生在话语(discourse)层面,他失去了成为聚焦者或小说众多叙述者中的一个的机会。

在采用多个人物视角的现代派小说中出现过类似的人物塑造现象,比如康拉德(Joseph Conrad)的《黑暗的心》(*Heart of Darkness*, 1899)中的库尔茨(Kurtz)和福克纳的《在我弥留之际》(*As I Lay Dying*, 1930)中的"我",都展示出缺席的力量。前者的叙述者马洛(Charles Marlow)在深入刚果的途中不断从各色人等口中听闻库尔茨的传说,并一路见证库尔茨在这片土地上留下的印记,但一直到最后才见到了库尔茨本人。在后一部小说中,对于"我"——阿迪(Addie)的塑造主要是通过她的丈夫、子女、邻里完成的,不过她最终在棺材中发出了"声音",成了一个超自然叙述者。在阅读《地下世界》的过程中,相信读者也不无这样的预期,那就是吉米最终会现身,成为小说的聚焦对象——尤其是考虑到德里罗最终将镜头对准小说中一度处在灰色地带的"杀手",记录下他作为平常人的生活细节,实现了对这个人物的去神秘化;并且从凶手的视角还原了小女孩埃斯梅拉达遇害的场面。然而，德里罗将这样的缺失保持到了最后：吉米既没有在主人公尼克的生活中出现，也没有为他设计的一个情节旁枝交代他的真实下落。

事实上，小说对尼克生平的追溯并不完整，并非是以他的出生作为终点。围绕他的故事都发生在他父亲出走之后，并没有用尼克的第一人称体验视角去叙述孩子眼中的父亲。相比而言，尽管伦迪在最初登场时已经失去爱妻，但之后的叙事不仅倒回至伦迪和妻子埃莉诺（Eleanor）一起在洛杉矶追踪棒球的场景，并且一路溯回到他们二人新婚之后去欧洲旅行的过往。这样，伦迪在晚年的时候实际上是以棒球作为寄托的，棒球在某种程度上是心爱之人的替代品。其实在他们的东欧之行中，棒球已然是伦迪生命中的要素。因此，棒球完整地见证了他和妻子一路的情感历程。然而，对于尼克而言，道奇队在最后时刻被巨人队逆转取胜，是在父亲一去不回之后的又一次重大打击，两个事件本质上是相同的。他甚至感觉自己像死过一次一样，从此不再关注棒球比赛。而在多年后他追寻那个传奇棒球的下落的动因在于，它是"厄运"的化身。由于他始终没有机会当面向父亲问清楚真相，他只能试图借助可以握在自己手心的棒球这个实体去探究个人命运的书写法则。

其实小说中还有一个重要的人物与"失去"有关，那便是尼克的弟弟马特。父亲的缺失之所以看起来没有在马特的人生轨迹中留下不可磨灭的印记，与他和哥哥应对这种"失去"的不同方式有关。尼克始终拒绝相信父亲是主动出走，实际上是拒绝将这种"失去"的责任归咎于父亲；相反，他编造了父亲是被黑帮绑架、杀害的谎言欺骗自己，这样，实际上将"失去"的责任转嫁给了"命运"。但是对于个人而言，命运是一种不可捉摸、更无法抓来问责的存在。这也是为什么他最后只能让布兰卡投出的那一记为道奇队和它的球迷带来厄运的棒球做替罪羊。而马特首先和母亲一样接受了父亲是主动抛弃妻子的事实，将"失去"的责任明确归咎给失去的客体。这样，马特可以寻求一种更加直接有效的补偿机制——找一个"失去"之物的替代者。幸运的是，他找到了这个父亲的代替者——他的国际象棋老师布朗兹尼。童年时候的马特是社区小有名气的国际象棋天才，因此在课余生活中开始接受布朗兹尼的指导。这个脾气温和的中学教师对自己的这个学生可谓如父亲般照顾有加：不仅花大量的时间耐心陪他练习（并且很有可能是无偿的），而且还要揣摩这个孩子的心性，在他遇到挫折的时候想办法让他振作起来。正因如此，马特没有像自己的哥哥一样度过迷失的成长期，成为街头的小混混。然而，马特最终放弃了国际象棋，因为当他开始在俱乐部里同高水平的棋手对弈时，他品尝到了输棋的滋味。尽管这在业余爱好者到职业选手的转型中再正常不过，但是"他没法接受输（losing）。这太可怕了。这让他感到身体虚弱，并且十分生气"①。这样，马特之所以能与国际象棋结缘，很大程度上在于他幸运地遇到了布朗兹尼这样的良师益友，从而弥补了父亲留下的空白；而他放弃国际象棋，则是因为在这项运动中的失败经历再次触发了他的创伤——他真正无法承受的不是自己棋艺不精，而是再一次的"失去/失败"；输棋抵消了布朗兹尼带给他的补偿效应。几十年后，尽管马特早已不再下棋，但他仍然会去看望这位自己童年时的老师，对这个一直留守在布朗克斯区的孤寡老人表示慰问（小说第二部分第 6 章）。此刻，在已经人到中年的马特身上，依然可以看到布朗兹尼作为一个替代父亲的补偿作用。这样，尽管尼克和马特各自选择了一种体育运动来应对父亲的缺失，但二者的补偿机制是截然不同的。

第四节 "地下史"：历史叙事中的棒球逻辑

我们已经看到棒球在小说情节发展中的作用以及主题意义。此外，德里罗在解释"地下世界"的题名时提到，"随着这个棒球从

---

① Don DeLillo, *Underworld*, New York: Scribner, 2003, p. 715.

一个人物传到另一个人物,它构建起了一种'地下史'(underhistory)"。① 有批评家相应地指出,《地下世界》的历史书写逻辑在于用"基于经验、具有独特性的历史记忆的理念取代了基于知识、具有普适性的历史真相",将"对个体具有纪念意义的时刻作为营造历史感的合法、可信的形式",而这样的"记忆话语"(memory discourse)是通过"将棒球嵌入小说中"、通过"棒球的文化逻辑"实现的。② 但这样的批评没有关注到棒球这项运动本身的竞技逻辑在小说中的作用。那么,德里罗在这部小说的历史叙事中,究竟是如何借鉴棒球运动的逻辑而构建"地下史"的呢(就像他在《天秤星座》中借鉴象棋逻辑那样)?

从棒球本身的逻辑来讲,这项运动的一大魅力在于其进程的不确定性。③ 首先是投手能否将球送到捕手那里,打击手能否击中球?然后若是球被击中,守垒者能否在空中截获球,与此同时打击手能否在此之前赶到相应的垒?其中最核心的问题在于球的飞行轨迹的不确定性。从击到界内的"安打"(hit)到击出场外的"全垒打",可以说上一秒钟还在投手手中的棒球可能会在与球棒的短暂接触后在棒球场这个立体空间中任意划出一条飞行轨迹。这一点和国际象棋不同——尽管每一步落子都有诸多的可能性,但因为64个棋格的数量终究有限,并非全然无法算计(这也是为什么国际象棋是人工

---

① Kim Echlin, "Baseball and the Cold War", in Thomas DePietro ed., *Conversations with Don DeLillo*, Jackson: University Press of Mississippi, 2005, p. 147.

② Philipp Loeffler, "'Longing on a Large Scale is What Makes History': The Use of Baseball and the Problem of Storytelling in Don DeLillo's *Underworld*", *Nine: A Journal of Baseball History and Culture*, Vol. 23, No. 1, Fall 2014, pp. 91, 92.

③ 每一项体育运动都有其独特的吸引力。拿北美四大体育运动的另外三项来讲,一般而论,橄榄球在于激烈的身体对抗性,冰球在于速度,篮球则是速度与高度、力量与技巧的平衡艺术。虽然这些体育运动也具有结果的不确定性,即比赛"悬念"是其一大魅力所在,但是,就运动轨迹而言,橄榄球和冰球的球门、篮球的篮板和篮筐使得这些球类的轨迹具有明确的导向性,不会出现太大的偏差。相比而言,在棒球运动中尽管可以根据球员的技术能力对于击球手能否击中投手抛出的球进行基于概率学的预判,但是无从判断球具体的飞行线路和飞行距离。

智能最早击败人类的棋类运动)。① 如果将一场棒球比赛中所有的棒球轨迹都记录下来（或者用计算机建立三维模型图），那么会发现这和小说的叙事框架不无相似：每一条情节支线就是一条棒球的飞行轨迹，线条长短、弧度各异，有的彼此交叉，有的相互独立；每条线上可以标示出具有不同空间坐标的点，每个点代表着一个小说人物。②

除去棒球在球场空间中的运行轨迹的不确定性，德里罗在小说中赋予了棒球以后世（after life）。在小说的主体部分中，飞出场外的棒球若隐若现，其几十年间的踪迹充满戏剧色彩：以巨人队的投手布兰卡为起点，以尼克为终点，其串联了不计其数的小说人物，而每两个点连接而成的轨迹都是一段故事。如此，或许可以说"序言"中的球赛是这个传奇棒球的"前世"，流散在民间的棒球才是它的"今生"（或者说是后世）——这样的区分也符合在整部小说中占据重要地位的消费主义的逻辑：棒球作为一种商品被生产出来，其使用价值在于体育运动本身，而其在脱离比赛进程、落入观众席之后的几十年间再没有被赋予实用功能，作为商品继续被不断交换是出于符号价值，本质上是一种炫耀性消费（conspicuous consumption）。这样，德里罗的历史书写并非镌刻在二维的平面之上，而是借用了一个立体的空间，将多元的个人生命轨迹以打点的形式记录下来，然后投影在小说文本这个屏幕上。这些虚构出来的小人物（区别于小说中以胡佛为代表的真实历史人物）正是他认为作家可以倚重的参与历史书写的方式："作家想要看到出自人类的作品的内

---

① 1997年，美国IBM的超级计算机"深蓝"（Deep Blue）战胜了当时排名世界第一的国际象棋大师卡斯帕罗夫（Garry Kasparov）。

② 诚然，在很多小说（尤其是后现代小说）中都有围绕多个人物建立的多重情节分支，并且在一些别的运动中（如排球、乒乓球等）也存在运动轨迹的不确定性，但鉴于德里罗本人对于棒球的深厚情感以及他在这部小说中把棒球置于如此突出的地位，同时由于我们已经看到了该小说与棒球千丝万缕的联系，那么，不无这样的可能，那就是德里罗在叙事策略上借鉴了棒球的飞行轨迹逻辑。

在，一直深入梦境和那些时常出现、如呓语般的思绪，这样才能找到连接他和这些塑造历史的男男女女之间的线条。"① 如此，德里罗正是用"反历史"（counterhistory）的方式完成了自己的历史书写："小说正是由这些丢失的历史编织而成的。小说就是使事物复活。这是我们的第二次机会。"②

此外，小说的叙事时间跨度长达近半个世纪，小说中的棒球也具有不同的类比和象征含义。在开篇的 20 世纪 50 年代初期，作者指出棒球和核弹的内核一般大小，而且通过"震惊世界的一击"完成了二者之间的并置。随着"冷战"的深入，航天竞赛取代核竞赛。小说中不仅记录了斯普特尼克（Sputnik）上天的历史时刻，而且描述了新的战争语境对于普通民众的影响：20 世纪 80 年代的一家公司开发出了"太空葬礼"（space burials）这样的项目，只要花重金，就可以将自己的骨灰发射到外太空："他们有众多轨道供你挑选。有一条轨道是绕赤道的。地球转动你也跟着转。不是你，是你的骨灰。"③ 从直观的角度不难看到发射卫星与棒球比赛中最重要的得分形式全垒打之间的相似：二者都对精确度有着至高要求，容不得出现一丝一毫的偏差；从空间的角度来说，二者都是用人为的方式使一个球体受力，进而抵消地心引力飞上天空。从叙事的角度来看，"序言"中汤姆森击出的那记全垒打为整部小说的叙事提供了一个核心；而如果用卫星的类比来看，击出场外的棒球就像进入太空的卫星一样，"序言"之后的叙事就像它环绕的地球，卫星可以与地球上的任何一个点之间建立远程联系。这样，无论是几何学上的球心、还是地理学上绕地飞行的卫星，都可以解释棒球在小说叙事结构中的作用。

---

① Don DeLillo, "The Power of History", *The New York Times Book Review*, September 7, 1997, p. 61.

② Don DeLillo, "The Power of History", *The New York Times Book Review*, September 7, 1997, p. 63.

③ Don DeLillo, *Underworld*, New York：Scribner, 2003, p. 225.

第五节　棒球与"慢速美学"

德里罗的晚期小说《欧米茄点》（*Omega Point*, 2010）以这样一个场面开篇：一个男子来到博物馆，发现一间陈列室的大屏幕上正在放映希区柯克（Alfred Hitchcock）的经典悬疑电影《惊魂记》（*Psycho*, 1960），但并不是以正常的速度在放映——原来不到 2 小时的电影被放慢到 24 个小时。事实上这个版本是苏格兰艺术家戈登（Douglas Gordon）最为著名的作品，名为《24 小时惊魂记》（*24 - Hour Psycho*, 1993）。马克·戈布尔（Mark Goble）指出，"正是这样难以想象的慢速，使得戈登这个人物成为救赎和补偿的代表——他用慢速来对抗主导我们当前生活各个角落的灾难般的快速度"，并且"德里罗把戈登的电影作为一种美学时间（aesthetic temporality）的标志"。① 他还指出，"在科技文化主导的当代生活中，快速被视为是理所应当的，'慢速美学'② 从定义上就是对这种默认的速度和搭建在速度之上的经济形态的抵制"。③ 另一位艺术批评家卢茨·柯普尼克（Lutz Koepnick）也指出，"德里罗将慢速作为一种当代美学，用诗性展现出时间作为有限而脆弱的矢量的存在，以此对抗社会和技术时间压迫式的、不断加速的逻辑"。④ 此外，在德里罗的小说中，"慢速可以确保主体重新获得最强烈的体验：感知时间的混杂性

---

① Mark Goble, "How the West Slows Down", *ELH*, Vol. 85, No. 2, Summer 2018, p. 307.

② "慢速美学"并非是一个业已被接受的美学概念，因此在使用中加上引号，表明其修辞性。

③ Mark Goble, "How the West Slows Down", *ELH*, Vol. 85, No. 2, Summer 2018, p. 308.

④ Lutz Koepnick, *On Slowness: Toward an Aesthetic of the Contemporary*, New York: Columbia University Press, 2014, p. 457.

(heterogeneity),抵制一切将时间的多样性破坏为自我封闭的整体"。① 那么,在《地下世界》这部代表作中,是否德里罗已经有过这样对于"慢速美学"的实践呢?

我们同样从小说的开篇入手。棒球场因其扇形的结构又被称为"钻石",一般由场地(playing field)和环绕在其四周的观众席两部分构成。场地又分为泥土构成的内野(infield)和草坪构成的外野(outfield)。大多数球场的外野边缘设有铁丝网围墙,将场地和观众席隔开。《地下世界》开篇的"序言"以外视角为主,既有全知视角(其中偶尔借用了人物的内视角),又有客观观察和记录人物言行的摄像式视角。在后一种模式中,更像是有多台摄像机同时作业,或者说不断改变同一台摄像机的位置,对处在不同空间位置的故事人物、场景进行了全面覆盖。加之"序言"中采用的是一般现在时,而非主体部分中的一般过去时,这样,小说家在用文字叙述这一场传奇体育比赛的过程中借鉴并模拟了现代媒体(特别是电视媒体)对体育赛事的直播手段——位于不同位置的摄像机既可以记录下场内各个角落的不同情况,又可以为同一事件提供出自多重视角的画面;小说家就像坐在转播车内的导播一样,面前的大屏幕上有不同摄像机传送回来的不同画面,他需要从中做出选择,在不同的时段选定不同的画面呈现给观众——既有场地内的赛况(包括攻守双方运动员、教练员、官员的活动),又有观众席上的情况。其中,观众又可以分为普通观众和具有身份辨识度的嘉宾。前者占绝大多数(分布在各个区域,座位之外还有站票席),后者一般拥有特定的就座区域(如贵宾席、包厢)。在小说中,前者以科特和比尔为代表,后者包括政、商、娱乐各界的明星:联邦调查局局长胡佛、脱口秀主持人杰基·格利森(Jackie Gleason)、歌星弗兰克·辛纳屈(Frank Sinatra)、餐饮业巨头托茨·沙尔(Toots Shor)。另外,还有

---

① Lutz Koepnick, *On Slowness: Toward an Aesthetic of the Contemporary*, New York: Columbia University Press, 2014, p. 486.

一类人介于观众与工作人员之间，如转播商、记者和解说员。小说不时将镜头对准解说员拉斯·霍奇斯（Russ Hodges）这个介于场内和场外的人物，他既像大多数观众一样有着自己的立场、见证着比赛的进程，又负责用自己的声音向那些不在现场、守在收音机前的球迷传递比赛实时的状况。

可以说，这样全景式的"直播"放慢了小说的叙事节奏。从篇幅上看也是如此：尽管这一部分的故事时间仅由一场棒球赛的几个小时构成，但占据了 50 页的篇幅（全书的故事时间长达近半个世纪，共 800 多页）。而这样的慢速叙事又集中体现在了对于比赛最后阶段的呈现中。"序言"中对棒球赛的"直播"并非是从比赛之初开始的。这和开篇采用的叙述视角有关：作为聚焦对象的科特是在比赛开始之后才逃票入场的。事实上，直到比赛最后那记戏剧性的全垒打出现之前，作者对于赛况进程本身着墨并不多，叙事的重心更多落在了观众席上。但当比赛来到最后一局，叙事节奏骤然放慢，从投手布兰卡到击球手汤姆森及其身边的队友，从解说员到贵宾席都获得了特写镜头。从画面感来说，与其说最后的这一幕是被用全景镜头直播下来的，不如说是用慢镜头回放出来的。这不仅是完整记录一个重要历史事件的需要，而且给予现场所有人充分的时间成为历史的见证者。用巴赫金的对话理论来看的话，慢速叙述为小说声音的混合性（heteroglossia）创造了必要的空间：只有让这"一投""一击"两个动作构成的历史时刻慢下来，才可以将更多的人物纳入叙事空间之中——故事发生的 20 世纪 50 年代初尚没有电视转播，德里罗用增加叙述时间的方式实际上达到了现代体育比赛电视转播中慢镜头回放的效果。

和超现实主义叙事一样，小说开篇的棒球叙事同样为后文中的"慢速美学"叙事提供了范式。比如第二部分第 1 章有这样一个慢节奏、"场景"式的叙事：一个小女孩在车里摆弄摄像机，从而无意记录下"杀手"作案的过程。从小女孩的操作，到被害司机与她的互动，再到司机中枪之后的反应、车子的运行情况都得到了完整的表征。然而，和汤姆森击出全垒打的场景不同，这段枪击影像被电视台反复播放，而作者也不厌其烦地一次次描述整个过程。可以说，这样的"重复叙述"（repeating narrative）突出了电视媒体作为一种文化力量深刻地改变着生活，也改变着个人记忆与历史书写之间的关系。汤姆森的全垒打之所以能成为一个传奇、一个历史的标杆，与20世纪50年代电视传媒尚未崛起是分不开的——这一幕永远定格在了人们的记忆（视觉或听觉记忆）中，而不会因为在当天晚上和第二天被反复回放几百次而变得索然无味。然而，在有线电视的时代，再重大的历史事件也可能经历"祛魅"，个人记忆在历史书写中的作用会被大幅消解。有线电视带来的另一项变革是更多的个人可以与一个具体的历史事件发生联系。汤姆森的全垒打和纽约"波罗体育场"（Polo Grounds）的几万名现场观众，以及用收音机收听赛事直播的听众联系在一起，成为这些观众和听众个人历史的一个标示性的节点——这也是为什么德里罗的小说人物会交流"汤姆森击出全垒打的时候你在干什么"这样的问题。① 但是，除了在那一凶杀案的案发现场拍下视频的小姑娘之外，千千万万的家庭都通过电视见证了"杀手"的作案过程，每个人间接获得了那个小姑娘的体验，与一个神秘的杀手擦身而过。这就像肯尼迪遇刺案对20世纪后半叶美国人的集体心智产生了无可估量的影响，与这是一个电视直播的事件不可分割。《地下世界》有一个与《天秤星座》的互文性场景，就是克拉拉来到一面电视墙面前，上百个屏幕上播放着肯尼迪遇刺过程的各个细节。② 视频传媒力量介入了人对历史的感知和判断，从而影响着人对于"我"与他人、"我"与世界的认识。

在小说"序言"中的棒球比赛里，有一位特殊的观众，那就是

---

① Don DeLillo, *Underworld*, New York: Scribner, 2003, p. 94. 德里罗曾回忆道，当时他正在看牙医，是和一诊室的人通过收音机、跟随霍奇思的声音来见证汤姆森的历史性一击的。参见 Don DeLillo, "The Power of History", *The New York Times Book Review*, September 7, 1997。

② Don DeLillo, *Underworld*, New York: Scribner, 2003, pp. 494–495.

联邦调查局的局长胡佛。我们在对第 1 章的讨论中已经看到，胡佛受到多重时空体的作用：他虽然处在棒球场这个现实空间之中，但由于与此同时苏联进行第二次核试验的消息传来，大洋彼岸的亚欧大陆进入他的认知空间；此外，勃鲁盖尔画作中的中世纪时间和乡野场景也让他感同身受。这样，德里罗通过一个青史留名的大人物初步完成了对于个人与历史关系的探讨。然而，由于《地下世界》的重点在于历史进程中的无名之辈，因此有了"杀手"这条支线——从这个角度来看，它和开篇的棒球叙事同气连枝，构成个人与历史互动关系的两个方面。这样，"杀手"这条看似与棒球最不沾边的支线也能归入棒球共同体。具体来看，在枪杀视频这个案例中，作为电视机前的观众，如小说中的马特，会同时体验到至少三重时间的作用——这和棒球叙事中的胡佛是完全对应的。首先是凶案发生的时间（也就是视频拍摄的时间）：凶手是何年何日何时在行进的车辆中射杀了旁边车道的司机？然后是视频本身的时间：视频从头到尾长度有几分几秒？具体的时间点上对应的是什么具体的场面？作为高潮的枪杀瞬间出现在什么时候？最后还有现实的钟表时间：现在是什么时候？"我"的日常生活进展到了哪一个阶段？其实与多重时间对应的还有多重空间的作用——之前提到的两位批评家戈布尔和柯普尼克注意到了速度在时间维度上的意义，但没有继续讨论速度与空间转换的对应关系——分别是案发现场的空间（得克萨斯州的某条高速公路）、视频发生的空间（电视）和现实空间（人物活动的地方）。

而多重时空体对应的其实是作为主体的小说人物的多重自我（多重身份认同）。在第一类时空体中，人物既可以认同为小女孩，用旁观者的视角体验这一事件；又可能认同为驾车的受害人（"冷战"中荼毒美国社会的被害妄想症加剧了这种可能）；甚至还有可能认同为那个镜头之外的凶手，等待时机给予镜头中驾车的男子以致命一击（类似《达阵区》中沉湎于核屠杀想象的主人公）。在第二类时空体中，人物可以认同为一个电视观众："我"虽然不是事件的直接参与者,但它却进入"我"的存在空间,出现在近在咫尺的屏幕上,与"我"的生活发生了间接的关联——这和电视中通常播放的那些虚构叙事不一样。在第三类时空体中,人物回归到最稳定的那个自我身份认同:视频中讲述的是"他者"的故事,"我"有"我"自己的现实生活要面对。在这三种不同的主客体关系中,个人与历史的距离(即个人的历史参与感)各不相同:当个人认同为历史事件的中心人物时(相当于个人走进了电视,成了电视中的人物),主客体发生交融,个人与历史的距离为零;当个人认同为观众,但同时意识到正在见证一个不同寻常的事件时,作为主体的个人与作为客体的历史之间有一定的距离,双方以电视为纽带相连接;当个人认同为现实中的经验自我时,电视随即变成了一个实物,取代了历史的客体地位,个人与历史的距离最远。这也符合莱斯特所说的"对于人类主体和科技客体存在主义式的解读是德里罗最显性和连贯的一个主题",主人公与另一个"电视自我"(teleself)的对话因此不只发生在《白噪音》当中。① 这样,在电视媒体(加上慢速叙事)的作用下,个人与历史的互动方式更加多样化,个人的历史体验感也更加丰富,也为个人参与到历史书写中,用小微历史拼接国家历史、用碎片化叙事代替宏大叙事提供了可能。

从情节和人物的角度,也能找到"杀手"与棒球之间的联系。根据小说人物伦迪的追踪记录,汤姆森击出的那记全垒打后来几经转手落到了一个叫作劳赫(Genevieve Rauch)的女人手里:这是他前夫的遗物,而他正是在驾车途中死在别人的枪下。尽管没有直接证据表明他也是死在"杀手"理查德(Richard)的枪下,更没法证明恰好被拍下来的视频中的受害人就是他,但不无这样的可能性。此外,小说中另有一个重要的枪击场面,那就是主人公尼克举枪"误杀"曼扎(George Manza)的一幕,这也将理查德与尼克联系起

---

① Randy Laist, *Technology and Postmodern Subjectivity in Don DeLillo's Novels*, New York: Peter Lang, 2010, p. 13.

来。而在此之前，尼克之所以会走上混混青年的道路，与布兰卡最后时刻让汤姆森击出了全垒打，帮助巨人队打败道奇队，逆转取胜不无关系：尼克将这一戏剧性的转折与自己的个人命运（尤其是他早年丧父的这一变故）连接起来，将它们共同归咎于厄运当道。① 这样，理查德这条支线再次和棒球联系在一起。

在这部小说中，很难区别何为情节的主线，何为情节的支线——如果把尼克视为小说的主人公，把对尼克个人历史的书写视作是小说的情节主线，那么围绕着众多次要人物的个人历史延展出的众多情节支线无论从叙事篇幅还是从主题意义上来讲都不逊于前者。如此，《地下世界》没有遵从"一对多"这一在德里罗的小说中最常见的人物塑造模式，次要人物与主人公之间存在着叙事空间的竞争，多条情节支线与主线也呈现出分庭抗礼的状况，支线不断对主线的进程形成延宕。这样，虽然《地下世界》的故事时间跨度长达40多年，但整部作品实际上呈现出了"慢速美学"的特点。

第六节　文本内外的棒球：现实、超现实与超真实

在小说中，与慢速联系在一起的还有一系列的老年人物——在沙漠中喷绘飞机的克拉拉，整日对着电视、讲着老故事的尼克的母亲，与满地下室的棒球纪念品为伴的伦迪，在布朗克斯老旧的意大

---

① 《地下世界》的主人公尼克举枪射击曼扎的情节安排让他加入了《白噪音》的主人公杰克（Jack Gladney）、《天秤星座》的主人公奥斯瓦尔德、《大都会》的主人公帕克（Eric Packer）的行列，成为德里罗笔下又一个开枪的主人公——尤其是要考虑到前三部通常被视为德里罗最重要的作品。尽管这些人物的性格各异，开枪的对象、情境、动因与结果也截然不同，但开枪的一幕无一例外地出现在叙事的末端，构成情节发展的高潮部分，并且都成为各自主人公个人命运的重要转折点，因此仍然可以从中找到德里罗在人物塑造和情节设置中的相通之处。

利人社区踽踽独行的布朗兹尼,拖着病体、裹着黑纱走在布朗克斯的贫民区的修女埃德加,始终克制着自己的私欲、偶尔戴上面具以求从权力的负担中解脱出来的胡佛,还有那个站在书架前、手握着传奇棒球、试图与记忆、历史建立联系的老年主人公尼克。并且,围绕这些重要人物的个人叙事都是多重时间的,即老年只是其多重自我中的一种形态。但是,由于小说采用的是层层倒叙的手法,这些人物都是以其各自的老年自我登场的,比如在第一部分就是以57岁的尼克和72岁的克拉拉时隔40年后的再次会面开篇的。这样,《地下世界》不同于一般线性、顺序发展的小说,① 老年不是小说人物的叙述的终点,而是叙述的起点。② 因此,从叙述时间安排来说,这可以被视为一部"逆成长小说"③。德里罗在这里挑战的是传统叙事中对"终点"(成年/老年)和"起点"(童年/青少年)厚此薄彼的观念。在这样的逆序叙述之下,老年自我是小说人物的基础形象,若要继续填充这个形象使之更加丰满,必须进入另一种时间,回到人物的上一个生命周期。

如果说作者在"序言"之后赋予了棒球以"后世"的话,那么,他赋予各个小说人物的则是"前世"——从"现在"到"过去",使得"过去"成为"现在";再从新的"现在"回到"过去",以此类推。尽管每个人的生命轨迹各不相同,但当其各自沿着自己的时间轴不断倒退,所有的轨迹将最终归于一点——1951年10月3日,更精确地说是这一天巨人队的汤姆森击中道奇队的布兰卡投出的球的那一刹那。小说的第三人称叙述者就人与时间的关系予以了讨论:

---

① 其实也不同于采用倒叙、由一个老年的叙述者追溯过往的回忆录式的小说,因为其主体叙事仍然是从某一个时间点上开始按照顺序展开的。

② 当然,由于《地下世界》的"尾声"部分又回到了"现在"(20世纪90年代),包括主人公尼克、修女埃德加在内的少数人物再次以老年形象出现。

③ 这是笔者创造出来的一个概念,强调话语时间的逆序性及其相对正常的生理成长过程正好相反。这不同于"反成长小说"(anti-Bildungsroman)。

不管怎么说，我们最终并不依赖于时间。这里有一种平衡，连续的时间和人这个实体（胞体和心智的脆弱组合）之间是一种僵持的关系。我们最终将向时间投降，这没错，但是时间也依赖我们……我们是唯一重要的钟表（我们的心灵和身体）、是分配时间的站点。①

德里罗在创作中正是以个人的记忆为时间的度量衡，取代了连续、线性的钟表时间。其中，1951年10月3日这个同时在棒球史和"冷战"史上具有不可磨灭的意义的时刻②被选作了叙事时间的起点，以棒球为核心的叙事集合体就此诞生。这也符合有批评家所指出的，德里罗在《地下世界》中对于"冷战"史的"断代"（periodization）是通过政治化（politicization）和去政治化（depoliticization）共同完成的。③

一方面，德里罗之所以会采用这样的逆序书写，很可能是借鉴了侦探小说惯用的创作手法。他通过倒置因果关系来设置悬念，并且在多重时间维度层层递减的过程中不断融入新的悬念，这样最大限度地延长了感知、审美的过程、将悬念的揭晓留到最后，使事件

---

① Don DeLillo, *Underworld*, New York: Scribner, 2003, p. 235. 这是借小说人物布朗兹尼之口说出来的。值得注意的是，布朗兹尼的名（first name）和爱因斯坦相同，都是阿尔伯特（Albert），因此这样的时间观也是对于工业革命后科学理性主导的时间度量衡的一种挑战。小说中也明确地指出了这样的挑战，布朗兹尼道："好好想一想吧，爱因斯坦，我亲爱的阿尔伯特。"

② 韦格纳引用哲学家齐泽克的观点，指出1951年10月3日苏联的第二次原子弹试验标志着"冷战"时期的真正开始："只有当一个事件第二次发生的时候，才能说它标志着一个新的事物的开端——文类、机构或历史时期皆如此。第二次发生的事件确立了原初事件的历史必要性，重新对其进行书写，这是在事实之后的第一次。" Phillip E. Wegner, "October 3, 1951 to September 11, 2001: Periodizing the Cold War in Don DeLillo's *Underworl*", *Amerikastudien/American Studies*, Vol. 49, No. 1, 2004, p. 60.

③ Johanna Isaacson, "Postmodern Wastelands: *Underworld* and the Productive Failures of Periodization", *Criticism*, Vol. 54, No. 1, Winter 2012, p. 29.

的起因（而非传统小说中的结果）成为戏剧性结尾，使读者达到"延迟的满足"（deferred gratification）。① 比如主体部分以尼克和克拉拉的重逢开篇，但在接下来的几部分中，尽管他们二人轮流出现，但在各自的叙事中都找不到对方的痕迹；这样，围绕他们往事的悬念的揭晓被不断推后，他们二人40年前的婚外情一直要到最后一部分，到尼克"逆成长"到青少年时期才会出现；又如在第三部分尼克透露他杀过人，在第五部分以碎片的形式记录了他在少管所的生活，但具体的枪杀场景一直到最后一部分的最后几页才被还原。

另一方面，这样的逆序书写可能源于小说的自传色彩。小说主体的第一部分时间设定在1992年，主人公尼克此时57岁。据此推断，德里罗在创作之这部小说时有意将主人公塑造成了自己的同龄人——德里罗出生于1936年。同时，不难发现，尼克和德里罗一样也出生、成长于纽约的布朗克斯区，并且同为意大利移民后裔。这样，虽然《地下世界》是一部虚构作品无疑，但其带有一定程度的自传性质。② 正如德里罗自己所说，尽管他没有把在汤姆森的全垒打发生时自己在看牙的情景写进小说，但是"其他的事情会（被写进小说）。地铁上闪光的草席座椅，在窗户上敲着硬币召唤小孩儿回家的女人，夏夜骑着单车奔向正在喷水的水泵的女人，朋友们的声音，还有全然不认识

---

① 用经济学的逻辑来看，延迟的满足其实适用于资本的原始累计阶段，与强调快餐式消费、（用信用卡）提前消费的后工业社会的消费逻辑是相悖的。因此，可以说德里罗在叙事结构中内嵌的"慢速美学"是他对快节奏的现代消费社会的一种反抗。

② 其实德里罗笔下的不少主人公与作家创作时的年龄相仿，并且带有不同程度的自传色彩。如在他36岁（1971）出版的第一部小说《美国派》中，主人公贝尔（David Bell）同样正值盛年，并且和德里罗一样从事的是与媒体相关的工作——德里罗从前在广告公司做文案，而贝尔本来在电视台工作，后来转为自己拍纪录片。而他在旅居希腊的时候创作的《名字》（1982），故事背景第一次设置在美国之外，主人公同样是一个旅居欧洲（并且大部分时候在希腊）的美国中年男子。在德里罗48岁时出版的《白噪音》中，主人公杰克及其妻子的"死亡恐惧"未尝不是此时人到中年的作者自己的恐惧。而在他55岁时出版的《毛二世》中，主人公是同样进入老年阶段的一名著名小说家，而他面临的创作灵感的枯竭、新作品的难产未尝不是这个时期的德里罗所未雨绸缪的。

的人做出的不常见的手势"①。尽管德里罗的小说几乎都以纽约为背景，但没有哪部小说像《地下世界》一样给予了他从小长大的布朗克斯的意大利移民社区如此详尽的表征——事实上这也算得上是唯一一部体现德里罗的族裔作家身份的小说。在被问到个人经历与小说创作的问题时，德里罗表示："《地下世界》当然体现了我自己的经历、我自己的历史。"② 其中，以老年时候故地重游的尼克（第二部分第 5 章）以及一直留守在那里的布朗兹尼（第二部分第 7 章）为聚焦者的叙事可谓承载着同样步入老年的德里罗对这个空间的情怀：跟随着他们的足迹，可以看到尽管这里的建筑都已变得老旧、破败，但仍然依稀可见意大利人特有的生活方式印记。然而，当时间倒回到四十年前，当少年尼克成为聚焦者（第六部分），德里罗重新点亮了自己的成长记忆——商铺、酒馆、饭店、学校、游戏厅、街道，所有的地方都焕发着鲜活的生命力；家庭、邻里、师徒、帮派，构成社区的众多小单元都在正常运转。用他自己的话说："第六部分中关于布朗克斯的情景是特别出自一种亲密的知识。"③

同时，德里罗也将自己对棒球运动的热爱投射到了主人公身上。德里罗回忆在纽约布朗克斯区的童年往事时提到："在我还是个小男孩的时候，我总是假装自己是广播里的棒球解说员，每次都会一连几个小时沉浸在比赛中。"④ 这和童年时候的尼克如出一辙。而且，棒球在德里罗的创作中也具有重要意义。正如本书绪

---

① Don DeLillo, "The Power of History", *The New York Times Book Review*, September 7, 1997, p. 63.

② Maria Moss, "'Writing as a Deeper Form of Concentration': An Interview with Don DeLillo", in Thoams DePietro ed., *Conversations with Don DeLillo*, Jackson: University Press of Mississippi, 2005, p. 163.

③ Gerald Howard, "The American Strangeness: An Interview with Don DeLillo", *Conversations with Don DeLillo*, in Thoams DePietro ed., *Conversations with Don DeLillo*, Jackson: University Press of Mississippi, 2005, p. 126.

④ Wikipedia, "Don DeLillo", https://en.wikipedia.org/wiki/Don_DeLillo#cite_note-dumpendebat.net-14.

论中所说,德里罗认为,棒球将几万人聚合在一起,并令其形成集体心智的力量应该是当代小说家关注的对象——这也证明当代伟大的美国小说需要关注到体育这样重要的社会文化力量。他本人写过的唯一一部电影剧本就是以棒球为题材的《第六场》(Game 6,1991)。[①] 这样,棒球不仅是连接小说人物的纽带,也是连接作者和文本之间的纽带。从这样的联系中,也可以解释主人公尼克在小说中为何会拥有第一人称叙述者和第三人称叙述下的小说人物这两种身份:老年尼克和作者同处在"现在"这个时间维度中,距离最近,并且在有些时候是重合的,因此是"我";而由于尼克在"逆成长"的过程中切换到了不同的时间维度,这些不同的自我不仅是主人公老年自我的他者,也与作者渐行渐远,因此由"我"转为了"他"。

有不少批评家注意到小说中透露出一种对过去(特别是对 20 世纪 50 年代)的怀旧之情,并试图从不同的角度予以解释。如有批评家从商品拜物教(commodity fetishism)的角度,指出"《地下世界》做出评价的不仅是商品在历史建构中的作用,还有历史被当作商品生产出来";对于 20 世纪 90 年代的美国人来说,50 年代是一个"失去之物","对于 20 世纪 50 年代的怀旧一方面在于对那个年代商品的怀念,另一方面在于对作为商品的 50 年代的怀念"。[②] 还有批评家从认知的角度,指出"冷战"之下的受迫害妄想症的悖论在于"尽管生活在核弹的阴影之下意味着恐惧和不安,但基于这种深刻的共有的体验,'冷战'带来了一种共通(commonality)和国家感"[③];"(过去)近在眼前的世界末日似乎使得人们眼中的全球秩序稳定下

---

① 剧本被拍成电影是在 2005 年。
② Molly Wallace, "'Venerated Emblems': DeLillo's *Underworld* and the History-Commodity", *Critique*, Vol. 42, No. 4, Summer 2001, pp. 369–371.
③ Brian J. McDonald, "'Nothing you can believe is not coming true': Don DeLillo's *Underworld* and the End of the Cold War Gothic", *Gothic Studies*, Vol. 10, No. 2, November 2008, p. 95.

来",而"历史条件发生改变后的现在给他们带来生存的不安"。①其实,如果联系小说的自传色彩,可以为这样的怀旧情绪提供另外一种解释,那便是当人迈入迟暮之年时对于童年、青春的怀念。即使德里罗是在用冷静、客观甚至批判的眼光审视小说世界中回到过去的那个年轻的、仍然在成长中的主人公,但当他动用作家的特权,凭借自己的记忆施展魔法,让这个美国的"庞贝古城"的一切重新复活,这本身就是一种怀旧的体现。

这样的自传色彩(尤其是主人公与作者以棒球建立的纽带)使得这部小说中的"真实/现实"(truth/reality)问题变得更加复杂。作为一部(后现代/新)历史小说,《地下世界》和《天秤星座》一样,体现出历史事实与文学想象的混存状态。而今,还要再加上真实的作者个人生平与文学虚构在小说人物身上的融合。此外,在本章的第二节和第三节,已经讨论过小说在种族政治和空间表征中魅化的超现实和祛魅的现实这二者的并存。其实,在小说中还存在着另一种"真实"。

在"慢速美学"的讨论中,我们已经看到"序言"中的棒球比赛与"杀手"这条支线之间同气连枝,构成探讨个人与历史关系的上、下篇章的关系。事实上,这两者还有着平行叙事的关联,或者说互为镜像。在小说"序言"中,德里罗从不同观众的视角来观察棒球比赛,尤其是突出了黑人科特和政治家胡佛的体验。而在"杀手"作案被拍下来的这一章中,德里罗同样不断切换到读者/观众的立场上看待这段录像,其中提到:"你认为这比你身边的任何东西都要更加真实,更加忠于生活。你身边的事物看起来有一种彩排、隔膜和化妆的感觉。这段录像是超真实的(superreal),或者你想说它是低于真实的(underreal)","你想让你的太太也来看看,因为这次是真实而非幻想出来的电影暴力——层层粉饰的洞察力之下的真实

---

① Damjana Mraovic-O'Hare, "The Beautiful, Horrifying Past: Nostalgia and Apocalypse in Don DeLillo's *Underworld*", *Criticism*, Vol. 53, No. 2, Spring 2011, pp. 213–214.

感（realness）……你想告诉他这比真的还要真，但那时她会问这是什么意思"。① 这样，"序言"中呈现出"超现实"体验，而"杀手"中相应地提出了"超真实"（hyperreality）的概念。后者是法国学者让·波德里亚（Jean Baudrillard）提出的概念。早期的波德里亚将仿像（simulacra）分为三个等级（序列）：仿造、生产和仿真（simulation）。② "在第三阶段，既不再有第一阶段那种对原件的仿造，也没有第二阶段那种产品的系列化，在这个阶段一切都是根据符号的差异原则复制出来的。"③ 而超真实是仿真阶段的产物。④ 波德里亚认为"真实的定义本身是：**那个可以等价再现的东西**……在这个复制过程中，真实不仅是那个可以再现的东西，而且是**那个永远已经再现的东西：超真实**"⑤。

波德里亚的理论被广泛应用于后现代主义文学批评之中，也有

---

① Don DeLillo, *Underworld*, New York: Scribner, 2003, pp. 157 – 158.

② ［法］让·波德里亚：《象征交换与死亡》，车槿山译，译林出版 2006 年版，第 67 页。波德里亚又译鲍德里亚，本书正文采用"波德里亚"这一译法，注释遵照原出处译法。

③ 仰海峰：《超真实、拟真与内爆——后期鲍德里亚思想中的三个重要概念》，《江苏社会科学》2011 年第 4 期。

④ 需要注意的是，"在鲍德里亚后期作品的领域中，给人的一种感觉是其超越了之前所建立的拟真的第三序列……鲍德里亚把拟真的第四序列级称为'碎片阶段'，因为在这个阶段，一切指涉意义都遭到了消解……能够进入第四序列的唯一方式就是产生一种鲍德里亚称之为的'激进思想'"。参见［加］理查德·J. 莱恩：《导读鲍德里亚》，柏愔等译，重庆大学出版社 2013 年版，第 156—157 页。也有学者认为鲍德里亚在《透明的恶》中谈到的仿像的第四个阶段就是超真实。参见孔明安《物·象征·仿真——鲍德里亚哲学思想研究》，安徽师范大学出版社 2010 年版，第 100—102 页。

⑤ ［法］让·波德里亚：《象征交换与死亡》，车槿山译，译林出版 2006 年版，第 107 页，粗体为原文所有。超真实的概念相对复杂，还可参见波得里亚后期的一些著作。如在《仿像与仿真》中，他将美国的迪士尼乐园视为比美国社会更真实的存在。在《透明的恶》中，他用"价值的碎片阶段"来说明超真实世界的变化。周小仪在《唯美主义与消费文化》中对"符号价值""象征性交换"等概念进行了形象的阐释。此外，也可以参见汪德宁的《超真实的符号世界：鲍德里亚思想研究》、程小牧的《消费社会与仿真文化研究——鲍德里亚当代文化理论分析》、石义彬的《单向度、超真实、内爆：批判视野中的当代西方传播思想研究》等国内学者的著作。

过将德里罗小说中的后现代现实统归为"超真实"的尝试。① 虽然沿用这样的理论框架对于挖掘德里罗小说的后现代主义风格有所助益，但很难将德里罗与其他的后现代作家相区分，也无法揭示德里罗在漫长的创作生涯中对"何为真实/现实"这一问题的思考的变化——《白噪音》中集中呈现了"超真实"的各种形态，②但是在《地下世界》这样一部涉及各类后现代性问题的集大成之作中，对于这一问题的探讨是多视角和多维度的，并且不同的真实/现实之间存在着丰富的互动，这也正是这部小说的复杂性所在。从另一个角度来看，德里罗并没有否认现实的存在——汤姆森的全垒打和苏联的第二次核试验都是真实的存在。而无论是伦迪还是尼克，在他们将那个传奇棒球握在手中的时候，很大程度上正是以这个实物为媒介与当年那个真实发生过的历史事件建立联系，同时也是在以个人记忆代替官方历史的实践中找到一个现实的依托点——尽管这个球在几十年间已经失去使用价值，成为一个不断被交换的符号，但至少在它飞离球场之前是真实存在的，是与几万人的记忆联系在一起的。甚至如果换一个角度来看的话，德里罗给"序言"写的三段续集（即曼克斯·马丁的三段插叙）其实延续了它作为现实的一个参数（perimeter）的作用——在第一次交易发生之前，它成为哈莱姆的一个普通黑人家庭的一部分，与以"贫穷""种族隔离/歧视""失语"等为标志的20世纪50年代黑人生存现实紧密联系在一起。

小说用800多页的篇幅讲述了发生在20世纪50年代初到90年代初的40多年间的故事，其中"序言"加马丁三部曲的故事时间只有

---

① 参见沈非《超真实——唐·德里罗小说中后现代现实研究》，博士学位论文，北京外国语大学，2015年。

② 莱恩对比了德里罗的《白噪音》和波德里亚的《美国》，指出"《白噪音》是一部对'真实'突然侵入超真实（如真正的灾难干扰了灾难模拟），以及对超真实突然侵入'真实'（如主角收到死亡的困扰意味着某种在真实世界的事物）充满恐惧的小说"。［加］理查德·J. 莱恩：《导读鲍德里亚》，柏愔等译，重庆大学出版社2013年版，第148页。

几个小时,但在小说的叙述中却占了超过百页的篇幅。这样的时距无疑证明了"慢速美学"在德里罗创作中的作用。而这部分内容正是小说中现实主义和超现实主义叙事最为显性的结合体——和其他部分相比,这部分几乎没有受到消费主义和现代电子媒介力量的浸染,而这两者正是"超真实"的存在土壤。若诚如波德里亚所说,"超现实主义仍然与现实主义有关联,它质疑现实主义,但它却用想像中的决裂重复了现实主义。超真实代表的是一个远远更为先进的阶段,甚至真实与想像的矛盾也在这里消失了"①。或者如有学者总结的那样:"超现实主义是现实主义的反题,他们共同构成了这个世界的两极",而"超真实"正是对于超现实主义的批判,是要彻底打破这种"传统哲学中'真'和'假'的区分"的话,②那么这样的关联、矛盾、区分对于德里罗而言依然重要,并且这三者也不是在时间序列上按照顺序出现,不是取代与被取代的关系——后现代现实不应该只有"超真实"这一种主导形态,而应该是一种多元现实的共存。③ 这与后现代普遍意义上的多重自我、后现代主体性的多维度化也是相对应的。从录像这条支线中,"超真实"的体验与多重自我身份认同是分不开的。而小说的碎片化书写也将人物分割为时间维度上的多重自我:20世纪90年代临近退休的主人公尼克和20世纪50年代的街头小混混尼克是截然不同的两个自我——这也很可能是为什么前者还是第一人称叙述者,后者变成了第三人称聚焦对象。

---

① [法]让·波德里亚:《象征交换与死亡》,车槿山译,译林出版2006年版,第105页。

② 仰海峰:《超真实、拟真与内爆——后期鲍德里亚思想中的三个重要概念》,《江苏社会科学》2011年第4期。

③ 威廉·詹姆斯(William James)认为现实感(sense of reality)是一种信念(belief),与人的情感(emotion)紧密相关,并且在此基础上将现实分为不同的序列(order)——他称之为亚宇宙(sub-universe)或亚世界(sub-world),共区分出七类。詹姆斯将现实解释为一种主观感觉,这就为多元现实的共存、现实有真假之分提供了可能和理论依据。参见 William James, *The Principles of Psychology*, Cambridge and London: Harvard University Press, 1981, pp. 913–923。

有批评家指出，《地下世界》中的人物体验到的"失真"（unrealness）感很大程度上来源于对于科技的敬畏，即小说对于具有破坏性的能量（尤其是以核弹、B52 轰炸机为代表的军事科技）的审美化使其获得了"崇高"（sublime）的地位。面对如此崇高的客体，作为主体的个人（如马特、克拉拉、修女埃德加）会因为自身力量的微不足道，因为难以承受的责任（如核屠杀、核污染）丧失自主性，进而不自觉地自我认同为国家、艺术这样大的主体。这种本质上基于"政治的审美化"（aestheticization of politics）和恐惧形成的共同体本身是不真实的幻象，也会使个人在面对具体的生存环境时产生不真实感。① 这一基于主体性的阐释证明，《地下世界》中的"真实"（realness）问题涉及多种维度、多种形态、多种力量之间的互动，绝不仅是媒介力量和消费文化的物化力量助推之下的"超真实"。相应地，应该看到，包括德里罗在内的当代作家的创作可能受到多种艺术、哲学思潮的影响，其小说中触及的重要话题并不一定总是可以用"后现代主义"一言以蔽之，还是要根据具体的文本做出具体的判断，否则就可能忽略掉其中的复杂性。从真实这个话题本身及其背后的"慢速美学"中不仅再次表明现代派作家、艺术家对德里罗的影响（正如他自己反复提到包括乔伊斯、贝克特、福克纳等在内的作家对他的影响），而且可以看到早期的小说家（如斯特恩）对小说形式的探索。这样，无论《地下世界》算不算得上是"伟大的美国小说"，其都应该被视为一部小说艺术的集大成之作。

《地下世界》是德里罗的巅峰之作，也是其后现代主义艺术手法的集大成之作。通过考察小说中的棒球叙事，我们可以再一次看到，体育在德里罗的小说中不仅是表征当代美国社会文化全貌必不可少的一个要素，也是小说家叙事策略中的重要因子。通过从棒球的角度切

---

① Yoshihiro Nagano, "Inside the Dream of the Warfare State: Mass and Massive Fantasies in Don DeLillo's *Underworld*", *Critique*, Vol. 51, 2010, pp. 241-256.

入这部作品，首先可以让我们看到消费主义、新媒体、高科技等历史的驱动力在 20 世纪下半叶美苏争霸的格局之下对美国普通大众的文化、生活中的直接影响，深化我们对这些在德里罗的创作生涯中反复出现的重要话题的理解。其次，关注作者在谋篇布局方面对于棒球逻辑的借鉴，可以在一定程度上厘清看似混乱、分散的个人历史小微叙事，从而为解释德里罗的历史书写策略增加一个全新的维度——正如用象棋运动的逻辑为《天秤星座》中个人能动性与历史进程互动关系的阐释助力一样。最后，对于小说中的碎片化叙事，从前的批评家大多将其默认为后现代小说创作的一种常见策略，但是，若以棒球为媒介，似乎也存在打破这种表面彼此孤立的状态，看到其隐秘关联的可能。这样，在德里罗的小说中同样可以看到现代主义、现实主义的创作手法。这其实更符合对于像德里罗这样的重要作家的评价——对于其作品流派的归属和作家的创作观切不可一言以蔽之，必须调动文本内外的证据充分挖掘其复杂性和多元性。

德里罗将种族隔离、核武器竞赛、贫穷与犯罪、核污染等一系列美国当代社会乃至当代全球的尖锐问题置于自己的历史叙事框架之中，并且通过借用超现实主义的艺术手法将这些分散的情节线索联系起来。而他用聚焦普通个人的小微叙事取代官方历史，则是通过在人物之间构建不同类型的共同体的方式，并且最终将它们一一纳入以棒球为核心的统一的叙事集合体之中。在棒球的主题意义之外，德里罗也将这项运动自身的特殊规律投射到了叙事结构之中。统摄小说叙事的还有一种特别的"慢速美学"：这在小说的内容层面体现为多重时间、多重自我的互动，而在小说的形式层面体现为在最大程度上制造和维持悬念。此外，对于"真实/现实"问题的思考也能成为从整体上考察这部小说的一个工具：除了现实和超现实，媒介文化作用下产生的"超真实"也是德里罗关注的对象，三者之间的互动正是小说的一大叙事动力所在。最后，小说的自传色彩、小说家围绕棒球对于主人公和故事空间的情感投射，可能正是作者与自己的艺术作品之间的那根纽带。

第 三 章

渗透与抗衡：《达阵区》中橄榄球与双重战争话语的互动

德里罗之所以能够在 20 世纪 80 年代中期进入创作的黄金时期，并在 1997 年出版的《地下世界》中达到巅峰，与其前期的大量积淀，尤其是其在众多早期小说中的探索是分不开的。这样的探索既包括小说形式，又包括重要的小说话题。其中，《地下世界》中的"冷战"主题早在德里罗的第二部小说《达阵区》①（*End Zone*，1972）中已经出现——其通过主人公的视角对于核战争给予了持续关注。《达阵区》也是德里罗第一部以体育为主题的小说，关注的是全美第一运动——美式橄榄球，围绕一个赛季的大学橄榄球联赛展开故事情节。此外，《天秤星座》考察个人与环境（物理空间、精神空间）的关系，《地下世界》探讨个人如何在历史中定位自己的问题，都显示出了德里罗对于主体性问题的关切。

"主体性"是个复杂的概念。唐纳德·E. 霍尔（Donald E. Hall）将主体性与身份进行了区分：主体性兼有社会性和个人性，

---

① 书名为笔者自译。目前这本小说并没有中译本，国内也没有专论这一本小说的学术论文。一些论文在兼论 *End Zone* 时将其翻译为《球门区》，其实并不恰当。在美式橄榄球运动中，end zone（有时也写作 endzone）是球场两端底线与得分线之间 10 码（9.1 米）宽的区域，国内一般称为"达阵区"，又称"底线区"或"端区"。

在与广阔的文化定义和我们自身理想的对话中存在。① 英国学者雷吉尼娅·加尼尔（Regenia Gagnier）曾对主体性这一术语在多个维度上予以了精确说明。首先，主体是自身的主体，是在自身经验范畴之内的"我"；第二，主体对于他者而言总是"他者"，这一认识反过来会影响主体对于自身的认识；第三，主体是知识的主体，最常见的可能是环绕其存在的各种社会机构话语的主体；第四，主体是与其他人类身体分离的身体，紧密依赖于它生存的物理环境；第五，主体性与客体性相对；第六，主体依赖于语言或主体间性（如文化）。②

相比《天秤星座》和《地下世界》，主体性问题在《达阵区》中更加突出。德里罗在这部早期小说中关注的是青年主人公在体育、战争的语境下不稳定的身份认同。战争作为体育的隐喻由来已久，

---

① 参见 Donald E. Hall, *Subjectivity*, New York: Routledge, 2004, p. 134。

② Regenia Gagnier, *Subjectivities: A History of Self-Representation in Britain*, 1832 – 1920, New York and Oxford: Oxford University Press, 1991, pp. 8 - 9. 在近代西方思想史上，主体性这一话题可谓长盛不衰，关于这一话题的论述可谓浩瀚无边。笔者无意在这里做主体性研究的文献综述。正如同样在博士论文中研究主体性问题的余凝冰所言，"'主体性'的词义在无边无际的互文性中无尽地'延异'着，甚至于几乎不可能原原本本地客观中立地勾勒出一个清晰的主体性的思想谱系"。（余凝冰，《弥尔豪泽三部小说的主体叙事研究》，博士学位论文，北京大学，2013 年，第 12 页。）之所以在涉及主体性的众多理论中选择加尼尔的定义，是因为她的多维阐释准确提炼出了构成这个复杂术语的要素，因此本书在涉及主体性问题时主要借鉴了她的界定。而涉及具体的女性主体的问题，本书下一章还会引入朱迪斯·巴特勒（Judith Butler）对于女性主体消解的论述等予以阐释。如以加尼尔的第三个和第四个维度反观《天秤星座》，可以看到，"布朗克斯"和"新奥尔良"让少年主人公在物理环境的迁移中感受到了自己与他人之间的距离，起到唤醒其主体意识的作用；他对于象棋知识的掌握，尤其是当他步入青年阶段之后对其领悟的加深无疑进一步促进了其主体性的建构。关于主体性问题的学术史梳理，可参见查尔斯·泰勒（Charles Taylor）的《自我的源头——现代身份的形成》（*Sources of the Self: The Making of the Modern Identity*, 2001）。关于批评家通过具体的主体性问题（而非系统的主体性理论谱系）解读文本的实例，可参见史蒂芬·格林布拉特（Stephen Greenblatt）的《文艺复兴时期的自我塑造：从摩尔到莎士比亚》（*Renaissance Self-Fashioning: From More to Shakespeare*, 1980）、黄梅的《推敲"自我"：小说在 18 世纪的英国》（2003）等。

而体育话语也受到战争话语的深刻影响。因此,"冷战"时期运动员的身份认同实际上受到双重战争话语的影响——以核战争为标志的现代战争话语和渗透在体育运动中的传统战争话语。核战争不仅是对传统战争定义的颠覆,造成认知的混乱,也带来了全社会性的恐慌。在这部早期小说中,历来受到批评家关注的一些体育叙事可以看作是德里罗对于古典战争语境的重构,实际上也是他对于治疗这种泛滥于"冷战"之下的美国社会的病态恐惧做出的初步尝试。

《达阵区》的情节围绕第一人称叙述者,同时也是小说主人公的加里·哈克尼斯(Gary Harkness)展开。加里凭借体育天赋被招徕至位于西得克萨斯州的逻各斯学院(Logos College),成为校橄榄球队的明星跑卫(running back)。小说分为三部分,完整记录了加里所在的球队一个赛季的情况。无论从名字还是情节判断,这部小说都很容易被划入"体育小说"的类别。[①] 有批评家将其视为"反映橄榄球重要的文化意义的最好的两部小说之一"[②],或称之为"关于(橄榄球)这项运动的第一部严肃小说"[③]。这固然是对这部小说很高的评价,但又无意中掩盖了其多重主题和复杂性。[④] 其实,倘若联系"冷战"背景在作者早期创作中的重要地位,仔细考察小说中与橄榄球主题交错在一起的对于核战争的持续关注,就会发现"体育小说"只是德里罗打的一个幌子。杜瓦尔反对将任何单一的标签类

---

① 事实上,正如绪论部分提到的那样,《达阵区》出现在彭斯的体育小说目录中,也是各种以体育为视角的文学研究中的常客。

② William Burke, "Football, Literature and Culture", *Southwest Review*, Vol. 60, 1975, p. 391.

③ David Cowart, *Don DeLillo: The Physics of Language*, Athens: University of Georgia Press, p. 18.

④ 笔者认为,正是由于《达阵区》的多重主题和复杂性很容易被其题目和情节掩盖,在美式橄榄球普及度低、更没有橄榄球职业联赛的中国,德里罗这样一位热门作家的这样一部重要的早期作品才会受到冷遇。

别贴在德里罗的单部作品之上,《达阵区》也不例外;① 伦特里亚齐则认为《达阵区》只是"借用了体育小说这个体裁"②。德里罗自己在评价这部小说时也明确指出,"《达阵区》不是关于橄榄球的。这是一部相当模糊的小说。对于我来说,它对于极端地点和极端思想状态的关注胜于任何其他东西"③,并在几年之后进一步指出"《达阵区》关注的是游戏——战争、语言、橄榄球"④。更加值得一提的是,德里罗认为自这部小说起,"语言既是他作品的工具,也是主题"⑤。

事实上,学界对《达阵区》的讨论从来没有局限在体育小说的层面。在学界第一篇研究德里罗的文学批评《文学,足球,文化》中,威廉·伯克(William Burke)就指出,"虽然橄榄球似乎是小说的主题,但显然德里罗的核心关注点在于语言"。伯克试图将语言与战争联系起来:"语言已经对战争无能为力了。讽刺的是,唯一能够理解现代战争的方式是(文字)游戏。"⑥ 另一位早期批评家阿妮

---

① 参见 John N. Duvall, "Introduction", in John N. Duvall ed., *The Cambridge Companion to Don DeLillo*, New York: Cambridge University Press, 2008, p. 5。杜瓦尔反对将德里罗的小说归入单一的文类。他指出:"将《达阵区》称为体育小说,《拉特纳之星》称为科幻小说,《玩家》和《走狗》称为惊悚小说,都如同把《白噪音》定位为一部学院派小说一样狭隘。"

② Frank Lentricchia, "Introduction", in Frank Lentricchia ed., *Introducing Don DeLillo*, Durham: Duke University Press, 1991, p. 8.

③ Anthony DeCurtis, "'An Outsider in This Society': An Interview with Don DeLillo", in Thomas DePietro ed., *Conversations with Don DeLillo*, Jackson: Univeristy Press of Mississippi, 2005, p. 65.

④ Adam Begley, "The Art of Fiction CXXXV: Don DeLillo", *Conversations with Don DeLillo*, in Thomas DePietro ed., *Conversations with Don DeLillo*, Jackson: Univeristy Press of Mississippi, 2005, p. 94.

⑤ 参见 Thomas LeClair, "An Interview with Don DeLillo", *Conversations with Don DeLillo*, in Thomas DePietro ed., *Conversations with Don DeLillo*, Jackson: Univeristy Press of Mississippi, 2005, p. 5。

⑥ William Burke, "Football, Literature and Culture", *Southwest Review*, Vol. 60, 1975, pp. 395–396.

娅·泰勒（Anya Taylor）指出，"这是一本关于语言在热核战争术语轰炸之下凋零的书"。和伯克一样，泰勒也试图探索语言与现代战争之间的关系。她认为这本小说提醒我们"新的知识是伴随新的文字而来的"，"战争的文字和广告的文字已经陈旧、变得空洞、早就不再与它们所指的东西联系在一起"。① 而在学界评论德里罗的第一本专著中，勒克莱尔视《达阵区》为"一部解构性的寓言"，是对"逻各斯中心主义"的解构：主人公加里对于体现在教练克瑞德身上的逻各斯中心主义一面接受，一面反抗；一面打比赛，一面寻求结束之道。② 由此可见，以伯克、泰勒和勒克莱尔为代表的早期批评家都看到了旧的语言系统已经无法适应现代战争的需要。但是，他们仅看到了现代战争以橄榄球为媒介对于旧的语言系统的解构，而忽视或低估了渗透在体育运动中的传统战争话语体系依然在发挥的作用，没有看到小说中的橄榄球运动和运动员的身份认同其实是受到新旧两股战争话语力量的共同作用。直到21世纪初，依然有批评家在比较《地下世界》和《达阵区》时指出，"战争与体育共享一种语言：对立球队和阵营的划分、侵略性和取胜欲以及胜负之别代表一切和一无所有之别……战争与体育共享一种结构：二者都以平衡开端，以失衡收尾。对于获胜和失利者都是如此"③。事实上，这里所谈到的战争还是传统战争，是未经现代核战争解构前的战争。

学界现有的批评至多只是对这两种战争同时加以关注，或者加以区分。譬如，博克索尔将橄榄球和核战争视为《达阵区》的"孪生关切"，并指出"橄榄球和大规模杀伤性战争都是目标驱动（goal-driven）——它们驱使我们持续、混沌地冲向达阵区，冲向一场炽热

---

① Anya Taylor, "Words, War, and Meditation in Don DeLillo's *End Zone*", *The International Fiction Review*, Vol. 4, 1977, p. 68.

② Tom LeClaire, *In the Loop: Don DeLillo and the Systems Novels*, Urbana and Chicago: University of Illinois Press, 1987, p. 68.

③ Jesse Kavadlo, *Don DeLillo: Balance at the Edge of Belief*, New York: Peter Lang, 2004, p. 115.

第三章 渗透与抗衡：《达阵区》中橄榄球与双重战争话语的互动　　133

的胜利的终端，而这也可能是历史的终端"。① 在此，博克索尔看到了橄榄球和核战争的共通点，因此不再将橄榄球单纯与传统战争类比。在其之后，埃莉斯·A. 马图奇（Elise A. Martucci）也在其专著中注意到了体育隐喻的战争语境与实际的核战争语境，注意到主人公"哈克尼斯事实上清楚过往战争与现代战争之间的区别——一个是在局部地区直接造成破坏，一个能够带来大规模、长期性的破坏"②。但她的目的仅在于引出现代核战争对于人们环境意识的影响这一话题，并未进一步阐释这两种话语如何共同作用于小说人物的身份认同，推动小说的叙事进程——事实上由于马图奇的关注点在于环境问题，在这本专著中她只是在结论部分对《达阵区》这部相关度相对较低的作品予以了简要分析。

综上可知，语言问题是讨论《达阵区》绕不过的话题。本章也不例外，对于战争话语与体育话语如何共同作用于身份认同、推动小说的叙事进程给予了重点关注。本章试图揭示，区别新旧两套战争话语体系对于厘清小说中运动员的身份认同至关重要，也能够帮助我们辩证地看待德里罗对于逻各斯中心主义的解构——过往那些将后现代主义等同于解构主义的批评家并没有充分看到德里罗这位被贴上"后现代派"标签的小说家在建构方面的努力。而本章要力图证明的是，一方面，现代战争颠覆了传统战争概念，解构了经典战争和体育运动承载的语言系统；另一方面，新的战争话语带来新的精神困境，因此同样面临挑战。小说中的体育叙事从某种程度上来说是对于经典战争语境的重构和再现，有助于参与者摆脱陷入死循环的解构性文字游戏，形成更加稳定的身份认同，这也是德里罗提供的若干种针对新的核战争语境滋生的病态恐惧的治疗方案中最可行的一种。

---

① Peter Boxall, *Don DeLillo: The Possibility of Fiction*, New York: Routledge, 2006, p. 40.
② Elise A. Martucci, *The Environmental Unconscious in the Fiction of Don DeLillo*, New York and London: Routledge, 2007, p. 151.

第一节 "这是唯一的游戏":战争话语、暴力美学与身份认同

战争与体育的类比关系在《达阵区》一开篇就建立起来。球队①在赛季准备期日复一日的艰苦训练,教练对于比赛阵型和战术的演练、对于球队纪律的严格要求,特别是对于球员获胜心和荣誉感的培养,无不与传统的军事训练契合。同时,考虑到橄榄球这项运动的特性,这既是一项强调个人身体素质、对抗强度大、传统意义上被认为彰显男性气质的运动——伯克称这是一项"配得上'富有攻击性'(aggressiveness)和'竞争'(competition)这样的字眼的活动"②,唐纳德·L. 笛尔道夫(Donald L. Deardorff)认为逻各斯学院的这群橄榄球运动员处在"男性征程"(masculine journey)③中——又是一项考验整体战术设置、讲究团队配合和执行力的运动,就不难理解军事化训练和管理对于这项竞技体育运动的适用性。运动员们"被迫服从于由不通情理的人发出的野蛮命令","被隔离于我所知道或学习过的所有类型的文明之外","被迫过着一种简单的

---

① 美国的大学体育兴起于19世纪70年代,大致与组织化体育的产生年代保持一致。大学橄榄球运动最早出现于现在的"常春藤联盟"高校,是综合了足球和英式橄榄球(rugby)的一项学生体育活动。但随着橄榄球运动吸引了越来越多的参与者和观众,大学之间的对抗赛的频率和强度也越来越高,大学橄榄球逐渐变成了"制度化、官僚化、由非学生运作的一项生意冒险"。参见 Jeffrey Montez De Oca, *Discipline and Indulgence: College Football, Media, and the American Way of Life during the Cold War*, New Jersey: Rutgers University Press, 2013, p. 7。

② William Burke, "Football, Literature and Culture", *Southwest Review*, Vol. 60, 1975, p. 391.

③ Donald L. Deardorff, "Dancing in the End Zone: Don DeLillo, Men's Studies, and the Quest for Linguistic Healing", *Journal of Men's Studies*, Vol. 8, 1999, p. 74.

生活"。① 事实上,除了橄榄球运动对于男子汉气概的内在要求之外,小说中主人公的父亲从小教育他的口头禅即"苦水都吞肚里,再硬气点";此外,他父亲从前在大学也打过橄榄球,加里认为他培养自己当橄榄球运动员是因为"这是男人的传统:自己没法当英雄,必定要求儿子证明不是种子不行"。② 这种子承父志的传统在各行各业都屡见不鲜,但英雄主义教育却多见于军事领域:历来有"将门虎子"的说法。难怪主人公加里觉得来到这个新环境的自己像一个"勇士"(warrior),而教练好似"枭将"③——由于全篇叙事皆出自加里的视角,这也代表了球队众人集体性的身份认同。④ 根据加里的队友杰克明(Jackmin)总结,他们其实是无意识地践行着对"古代勇士精神"的崇拜:"我们在赛场上做的一切都是追忆。"⑤ 当球队的一名队员死于车祸后,大家觉得他是"一名倒下的勇士",并且"自然而然地唤起了我们对自己命运的思考"。⑥ 事实上,球队总教练克瑞德是飞行员出身,并有过实战经历,退伍后才转向体育领域。

以美式橄榄球为代表的接触性运动集中体现了体育中的身体崇拜和暴力美学。且看主人公加里与球队王牌塔夫特·罗宾逊(Taft Robinson)的初次见面。在此之前,加里只是听说过罗宾逊的大名,知道其以速度见长。"塔夫特走进来……我立刻估算出身高和体重,差不多1.89米,95(千克)。肩膀不错,窄腰,脖子也过得去。乡

---

① Don DeLillo, *End Zone*, New York: Picador, 2011, p. 5. 本书中涉及这本小说的引文皆为笔者自译。

② Don DeLillo, *End Zone*, New York: Picador, 2011, pp. 16 – 17.

③ Don DeLillo, *End Zone*, New York: Picador, 2011, pp. 35, 5.

④ 身份(identity)和身份认同(identification)是一对需要区分的概念。简单来说,身份是"建立了标识的自我"(the Self that identifies itself),而身份认同是产生自我认可的心理机制。参见 Diana Fuss, *Identification Papers*, New York and London: Routledge, 1995, p. 1. 也就是说,身份是一种外在的、面向公众的存在,而身份认同更加私密,更加受保护,更加捉摸不透。

⑤ Don DeLillo, *End Zone*, New York: Picador, 2011, p. 36.

⑥ Don DeLillo, *End Zone*, New York: Picador, 2011, p. 70.

村集市上的上等牛肉。"① 德里罗在《达阵区》中几乎没有对人物的五官做出过描述。对于橄榄球运动员来说，单有身高、体重足矣。塔夫特完美的橄榄球运动员身体赢得了其他运动员的欣赏和敬畏。之所以身高和体重会成为对身体的审美标准，是因为其与橄榄球运动强调的力量和速度息息相关。塔夫特的身体就像一个标杆一样，而其他人则没有这么完美。拥有两条"飞毛腿"（quick feet）是运动员的身体美学的精华。加里的新室友布鲁伯格则受困于自己的体重——教练令其从136千克减到124千克，以期提高其敏捷性；而加里也希望自己可以更快一些。② 我们不禁想起《伊利亚特》中对于阿喀琉斯也总是用"飞毛腿"来修饰（Achilles the quick feet），可见速度是古典勇士的一项重要身体素质。小说第一段即道出"他们招揽他来是因为他（塔夫特）的速度"，后来加里甚至戏谑塔夫特为无处不在的上帝。③ 可以说塔夫特在运动员群体中被认同为战神般的存在。从小说的前两章判断，《达阵区》好似是要叙述塔夫特的传奇故事一般——就像《伊利亚特》以阿喀琉斯为主人公一样。而叙述者加里很快就用第一人称回顾视角点出，塔夫特后来并没有成为传奇英雄，倒像是为增加这个人物的悲剧色彩。

　　速度之外，橄榄球运动强调的另一项身体素质是力量，对应到身体上就是身高和体重的数值。因此加里才会说橄榄球是语言的游戏。加里的女友米尔娜（Myrna）放任自己的饮食，丝毫不顾忌自己的肥胖问题，因为她不愿意承担"美丽的责任"。而这里的美丽，按照现代人的普遍标准，自然是要身材苗条——加里与她初次相识后，曾夸她面容姣好；米尔娜随即明白这不过是一般人假意找话奉承一个肥胖女生的方式。橄榄球运动中的位置划分很大程度上基于不同的身体类型——在双方对垒之时，涉及具体位置的运动员之间的身

---

① Don DeLillo, *End Zone*, New York: Picador, 2011, p. 7.
② Don DeLillo, *End Zone*, New York: Picador, 2011, p. 47.
③ Don DeLillo, *End Zone*, New York: Picador, 2011, pp. 1, 8.

体对抗，双方的块头一定不能悬殊太大，即"各司其职"这一团队运动要旨其实很大程度上意味着各人发挥个人的身体优势。而一旦双方体型差距悬殊，一方就会占据压倒性优势。比如在与西集中交换学院的关键一战中，对方身背 77 号的一个大块头就让加里一方吃尽了苦头，不得不派出几拨球员轮番上阵抵挡。

如果说赛季前的集训使这些以橄榄球为主业的体育生长期置身于战争语境之下的话，那么，他们在训练之余的日常生活中又是一种什么状态呢？我们不妨通过他们的娱乐方式一探究竟。小说第 5 章描述了一个在球员中风靡开来的叫作"叭！你死了"（Bang You're Dead）的游戏。游戏规则很简单："你用手摆出枪的形状，然后朝着任意一个经过的人开火。你尝试用自己的方式发出打枪的声音，或者仅仅喊出这几个字：'叭！你死了'。另一个人抓住身体的一个要害部位倒地，假装死亡（从来不是受伤，总是死亡）。"如此幼稚的一个游戏能在一群大学生中风靡开来可谓令人称奇。正如加里坦言，他最初觉得"即便是对于一帮无聊又孤独的运动员来说，这个游戏也过于愚蠢"；但很快他发现这其实是一个颇为复杂的游戏，"能不断进阶升级，富有阴暗的快感，与那些最令人困惑不解的梦境相呼应"。①

连日艰苦的训练与军事演习具有极高的契合度——事实上，小说在着力模糊球场与战场界限的时候，已经模拟过死亡的场面。且看这样的描述："他试图站起来，但已是做不到了"；"他在第二圈跑到一半时瘫倒在地。我们任其留在达阵区中，趴着身子，一条腿轻微颤动"。② 那么为何在下"战场"之后这样一群"勇士"还要用打仗游戏来打发时间呢？从规则来看，这个游戏的顺利进行取决于模拟开枪和模拟死亡者双方的配合，缺一不可。那么是什么样的参与者才会形成这样的游戏共识而默契配合呢？根据加里的叙述，虽然不知道这股游戏风潮从何时兴起，但它随着九月份新学期的到来而告终，似乎自

---

① Don DeLillo, *End Zone*, New York: Picador, 2011, pp. 31 - 32.
② Don DeLillo, *End Zone*, New York: Picador, 2011, p. 11.

始至终仅涉及橄榄球员这个群体，甚至都没有扩展到其他项目的体育生。其实，当训练或比赛结束，高校中的体育生是有私人空间的，能够在一定程度上像普通大学生一样生活。但德里罗笔下的这些橄榄球员们不同。他们被安排到专门的宿舍楼居住，除了极个别人都是两人一间寝室，因此，在球场上形成的橄榄球团体在日常生活起居中依然没有被打散。此外，从加里和球队顶梁柱塔夫特的入校经历推断，这些球员应该大部分属于体育特招生，① 即因为自身的体育天赋被招徕入校，来自全国各地，在假期里融入当地社群、找到文化认同并不现实②——加里认为球队里尽是些生活简单的人，再有就是"遭社会遗弃的人""遭放逐的人"和几个"疯子"。③ 同时，从女校长重金聘请来人品饱受争议的新教练，甚至破例招黑人体育生入校来看，在全国橄榄球联赛中取得佳绩扩大学院影响力——"使她那孤独的小学校的名字出现在地图上"④ ——的目的昭然若揭，对球员的文化课自然也不会有过多要求，这也进一步将橄榄球体育生与普通大学生群体剥离开来。这样，完成训练和比赛任务的球员依然很难走出相对封闭的体育生圈子——要么就是像加里一样只能选择在沙漠里自我放逐。而从之前对于橄榄球运动的特性和竞技体育的客观要求的分析中可知，这个团体除了"体育生"还有"勇士"这一共有的身份认同。因此，他们对于自身的主体性认识会继续受到体育话语的影响，即继续受到隐喻层面上的战争话语的影响。正如教练向他们灌输的那样，"这只是个游戏，但这是唯一的游戏"（"It's only a game, but it's the only game."）。⑤ 橄榄球是唯一的主题，训练、比赛、生活、游戏皆不例

---

① 这里所说的特招生是指学校对于他们之前除橄榄球之外的履历和条件完全不作要求——加里之前已经被四所院校劝退，可算作典型的问题少年；塔夫特是一名黑人，而这所院校之前从未招收过黑人。

② 加里和塔夫特都来自纽约，属于东部发达地区，而逻各斯学院地处西南一隅、不毛之地；除物理环境外，南北方文化也存在巨大差异。

③ Don DeLillo, *End Zone*, New York: Picador, 2011, p. 4.

④ Don DeLillo, *End Zone*, New York: Picador, 2011, p. 10.

⑤ Don DeLillo, *End Zone*, New York: Picador, 2011, p. 15.

外。也正是因为如此，这个看似幼稚的打仗游戏"通过变态和恐惧将他们拉得更近"①，实际上起到了稳定和延续这些球员的集体性自我身份认同的作用。

此外，虽然这些体育生在球场上被置换于战争语境之下，但是依然无从经历终极的战争维度，即死亡。虽然伤病是竞技体育的一个关键词——在《达阵区》中也不乏对于球员们各种伤病情况的描写，但是死亡事件还是大学橄榄球赛场上极为罕见的。这也是为什么这个游戏会给参与游戏的双方都带来满足感——"开枪"的一方会享受免于惩罚的杀戮，而被"枪杀"的一方会享受中弹倒地的过程。小说在交代主人公加里背景时，曾提到他在来到逻各斯之前辗转于其他数所院校的经历，其中最近一次是他刚刚在新的球队找到位置，就因为在一场比赛中间接造成一名对方球员的死亡而被劝退——包括加里在内的三名球员同时扑倒了对方的一名球员，造成了后者的不治身亡。这也是为什么他会强调游戏的魅力在于"杀人而免于惩处"。而乐于被人"枪杀"，乐于"用向经典致敬的方式"死去，体现的正是这些"战士"们对于未能在"战场"上体验死亡的缺憾的弥补。正因如此，当游戏风潮过去，加里"想起它的时候会满怀爱意，因为它的场景是破碎的美，因为它通过人们的变态和恐惧将他们拉得更近，因为它使我们假装死亡可以是一次温柔的体验，因为它打破了长久的寂静"②。换言之，战争从定义来说必然要涵盖死亡；没有死亡的战争不算是真正的战争。因此，在无法亲历战争的语境下，对于战争的想象一定是要以死亡为终点的——制造死亡或者承受死亡都是必不可少的战争要素。

若将死亡视为定义战争的要素，那么，并未在美国本土造成大规模人员伤亡的"冷战"对于美国民众而言就是不完整的。处在这一历史时期的美国民众有理由相信美苏之间的核武器竞争最终会催

---

① Don DeLillo, *End Zone*, New York: Picador, 2011, p. 34.
② Don DeLillo, *End Zone*, New York: Picador, 2011, p. 34.

生核战争,即"冷战"最终会转变为"热战",带来实体性的破坏和伤亡。这也解释了为什么对于核战争的灾难性后果的想象会成为小说中体育叙事之外的重要线条。这样,"End Zone"这个题名实际上一语双关,既可以按照体育话语理解为橄榄球运动中的"达阵区",又可以根据战争话语理解为终结区、末日区,即全球性的核战争将使地球成为终结人类的火葬场。①

加里对于核战争的兴趣始于他在迈阿密大学读书时:

> 问题很简单也很严重——我喜欢这本(讨论核战争的各种可能性的)书。我喜欢看数千万人死亡。我喜欢停留在大城市毁灭的地方。五百万到两千万人死亡。五千万到一亿人死亡。百分之九十的人口损失……我把一些章节读了两遍。冥想数百万人将死和死去时的快感(pleasure)。②

沉湎于想象核战争的灾难性后果,即所谓的"核屠杀"(nuclear holocaust)的主人公显然是病态的,而从中获得的快感无疑也是扭曲的。事实上加里自己也意识到了这一点:"我这是怎么了?我疯了吗?其他人也和我有一样的感觉吗?我变得极度抑郁。"③ 值得一提的是,"大屠杀"(holocaust)一词来源于希腊文中的 holókauston,指将动物作为祭品献给神灵,意为动物的"全部"(olos)被"烧毁"(kaustos)。英文中的 holocaust 保留了希腊文中祭奠神灵的含义,另外一层含义是"造成广泛的生命损失的彻底性破坏,特别是

---

① 杜伊将《达阵区》视为"末日的焦虑",将《拉特纳之星》视为"焦虑的末日",认为这两本书共同反映了德里罗的"末日反讽"(apocalyptical satire),但并没有对于书名"End Zone"的这层含义进行阐释。此外,泰勒认为作为书名"End Zone"与贝克特的"Endgame"寓意相似,奥斯提(Mark Osteen)认为"End Zone"代表的是加里试图找到一个能够使核屠杀的复杂含义不复存在的"终结区",事实上这些阐释也没有超出体育和战争的双关性。书名用汉语翻译过来很难保留这种双关意味。
② Don DeLillo, *End Zone*, New York: Picador, 2011, p. 20–21.
③ Don DeLillo, *End Zone*, New York: Picador, 2011, p. 21.

通过火的形式"①。核屠杀中的"屠杀"取的是第二层含义。如果说对核屠杀的想象源于民众基于史实对战争形成的认识,那么为何加里会从中获得乐趣而欲罢不能呢?事实上,不仅是加里,在后来的情节中出现的痴迷于核战争模拟游戏的斯坦利少校(Major Stanley)也是如此。斯坦利虽有教职在身,但其教学实践仍然围绕战争话题展开,因此无论是外界对他,还是他自身的身份认同依然维持在空军少校,他的乐趣来源于他对于自身职业的热情和投入。而加里从核屠杀的想象中获取快感,实质上与他对打仗游戏的热爱一脉相承——橄榄球运动实际上将他置于战争话语之下,造就了他对于男性话语的认同;他无意识地试图从游戏中的模拟死亡以及对现代核战争导致的末日场景的想象中弥补死亡经验的缺失,从而弥补自己身份认同中的缺失。② 然而,面对新接触到的一连串的核战争术语,幻想其表征的破坏场面,"从前那些世界大战的语言变得可笑不已,连这些战争自身也显得幼稚了"③。如此,无论是家庭教育之下的英雄身份认同,还是后来基于橄榄球—古典战争类比形成的勇士身份认同,都变得可笑起来。短暂的快感之后,长久的精神危机接踵而至。又该如何应对?加里一度陷入精神瘫痪,大半年赋闲在家,虚度光阴。但后来得到克里德的召唤,终于找到了答案:自己离不开橄榄球。身份的困局还需要从橄榄球中解开。

　　核战争的影响甚至反映在主人公的感情生活上。米尔娜最初吸

---

① 详见韦氏大辞典对于 holocaust 的全面定义:http://www.merriam-webster.com/dictionary/holocaust。

② 黛安娜·富斯指出,身份认同"是对丢失的心爱之物(love-objects)的补偿",是"用替代品填补我们想象之中心爱之物留下的空缺位置的过程"。参见 Diana Fuss, *Identification Papers*, New York and London: Routledge, 1995, p. 1。具体而言,运动员(体育生)是小说主人公的一种外在身份,而对勇士的身份认同是在其内部涌动的一股暗流。一方面,橄榄球运动与战争具有很高的相似度,"勇士"是运动员的理想模版,另一方面,运动中"死亡"这样的要素的缺失(即心爱之物的丢失)需要弥补。

③ Don DeLillo, *End Zone*, New York: Picador, 2011, p. 21.

引他眼球的即是其身着的一件橘黄色、身前镶有一朵蘑菇云的衣衫，在加里看来"就像沙漠之上的一次爆炸"①。肥胖的体形加上这件现代战争意义上的"军装"成为这个女孩的身体标示。乍看之下，加里的审美匪夷所思，但若联系占据其生活中心地位的橄榄球和占据其首要兴趣点的核战争，即可看到暴力对其审美、认知层面的影响。

其他球员身上也反映出对于核战争与世界末日想象的沉湎。康威（Conway）收集了各种各样的昆虫，向众人讲解其特性之一是"对于放射的抵抗力特别强"，"一旦发生类似核泄漏的事件，它们将很可能最终接管整个世界"。② 这样对于世界末日、后人类世界的想象植根于占据其认知中心的核战争恐惧。

第二节 "橄榄球不等于战争"：古典战争与现代战争

《达阵区》分为三部分，共30章，但各部分的篇幅并不平衡。第二部分仅由第19章构成，即主人公所在的球队与西集中交换生物技术学院（West Centrex Biotechnical Institute）③ 之间的关键比赛，即"虚构作品中对于美式橄榄球比赛最激动人心的再创作"。④ 小说情节发展至此，在名帅克瑞德的带领下，经过一个夏天艰苦训练的

---

① Don DeLillo, *End Zone*, New York: Picador, 2011, p. 68.

② Don DeLillo, *End Zone*, New York: Picador, 2011, p. 206.

③ West Centrex 显然是德里罗虚构的地名。Centrex（central exchange）为通信术语，一般指集中用户小交换机，又称"虚拟用户交换机"，是诞生于20世纪60年代的一项通信技术。此处的 West Centrex 显然一语双关，同时还可理解为西方中心。而逻各斯学院（Logos College）中的 logos 也可谓是20世纪60年代哲学和语言学领域的热词。这两方碰撞在一起即为逻各斯中心主义（logocentrism），正是20世纪60年代解构的对象。颇为讽刺的是，小说开篇不久即交代，逻各斯学院的创始人是个哑巴。

④ Nelson Algren, "A Waugh in Shoulder Padding", in Hugh Ruppersburg and Tim Engles, eds., *Critical Essays on Don DeLillo*, New York: G. K. Hall & Co., 2000, p. 36.

逻各斯学院队成为大学生联赛的黑马，连连收获大捷，真正的对手只剩下西集中交换生物技术学院，因此这一战将决定球队整个赛季的成败。本章一开篇就点出了比赛的火药味："这两支特殊的球队交锋起来，身体蜂拥在一起互相砰砰撞击，小型战斗（small wars）遍布全场，抱摔、头破血流，一个头盔在华美的草坪上闪闪翻滚，两方毁灭之师带来令人窒息的效果，颇具看头。"①

可以说情节发展至此，小说中的体育话语已经和战争话语不可分割，也可以说以体育隐喻战争已经成为一种常规的叙事手法。但恰恰就是在叙述这样一场最具代表性的橄榄球战役时，体育与战争之间的关系发生了微妙的变化。在第19章开篇对于比赛的激烈程度予以概括之后，紧跟着的是一段括号内的长文，其中有这样一句关键性的话："正如阿兰·泽帕勒克（Alan Zapalac）后来所言：'我反对将橄榄球说成是一种战争形式（warfare）。我们不需要替代品，因为我们是有真品的。'"② 阿兰是加里的外太空生物老师，也是一名普通的体育观众。他真正说出这句话是在小说的第23章。那么，此处为何要采用预叙（prolepsis）呢？仔细读来，这一段正是对体育、战争和语言三者关系的集中探讨：

[总之，（橄榄球）这项运动是以其攻击技术主题（assault-technology motif）著称的，无数的评论员在对橄榄球和战争的相似度进行公共讨论时都不惜以死捍卫二者之间的类比。但这种类比对于典型观众而言是索然无味的……他需要的是细节——印象、颜色、数据、类型、秘密、号码、习语、标志。橄榄球比其他运动更能满足这种需求。它是一项被语言、文字符号引导的运动……作家总是试图把比赛局限在语言和行动的基本单元中……体育的吸引力很大程度上来自其对于优雅地扯淡（ele-

---

① Don DeLillo, *End Zone*, New York: Picador, 2011, p. 111.
② Don DeLillo, *End Zone*, New York: Picador, 2011, p. 111.

gant gibberish）的依赖。]①

但此时的主人公—叙述者，即加里正在比赛之中，从故事逻辑来看不可能有时间思考这些抽象的问题。因此，看起来叙述视角在此由内转外，由第一人称体验视角转为第一人称回顾视角，即加里有意识地以叙述者的身份与受述者进行交流。但从具体所述内容来看，加里是一名体育生，受其职业、知识的限制，虽然有可能会站在观众的角度换位思考，但不大可能会考虑作家应该采取何种体育叙事策略这样的问题。因此，对这段长达3页、并不影响故事进展的片段我们可以这样理解：隐含作者在借叙述者发声，对故事做出评论——这也解释了为何这一段要用括号括起来。约瑟夫·杜威（Joseph Dewey）在评价这段文字时也认为"德里罗本人介入了叙事之中"。②

但德里罗本人在此"介入了叙事之中"意欲何为？是否如有的批评家所言，这一有意被凸显出来的"体育不等于战争"的论断是对之前确立的体育—战争隐喻关系的颠覆呢？隐喻成立的基础是本体与喻体之间存在的相似性，但这不代表可以将它们完全等同。对于这里所说的以阿兰为代表的"典型观众"而言，体育就不等同于战争。这样的论断看似是要维护观众所看到的体育比赛的纯粹度，实际上更重要的作用是要对下文中作者用极尽细致的文字、以"场景"（scene）③的方式向读者直播这场比赛的合理性予以正名——正

---

① Don DeLillo, *End Zone*, New York: Picador, 2011, p. 112.
② Joseph Dewey, *Beyond Grief and Nothing: A Reading of Don DeLillo*, Columbia: University of South Carolina Press, 2006, p. 30.
③ 热奈特在《叙述话语》中论述时距（duration）时根据叙述时间和故事世界的关系区别了四种叙事运动，分别是"停顿"（pause）、"省略"（ellipsis）、"场景"（scene）和"概述"（summary）。其中，场景的叙述时间基本等于故事时间。参见 Gerard Genette, *Narrative Discourse*, New York: Cornell University Press, 1983, pp. 94–95。也可参见申丹、王丽亚《西方叙事学：经典与后经典》，北京大学出版社2010年版，第118—124页。

第三章　渗透与抗衡：《达阵区》中橄榄球与双重战争话语的互动　　145

是因为体育不等同于战争、有其自身的特质，并且体育的魅力很大程度上来源于语言的表征，才有必要花几十页的篇幅完整地直播一场比赛的进程。但是，对于故事世界中包括主人公在内的体育比赛的直接参与者，赛场依然如同战场——攻方依然要冲破对方的防线，不断推进以求最终"到达"对方"阵地"，① 这依然是一场血腥、惨烈、需要生死相搏的遭遇战。在比赛的进程中，无论是双方队员之间的贴身肉搏，还是对于赛况走向的叙述，其实仍然是橄榄球术语与战争话语的混合。且看一下克瑞德如何在场边训斥队员："我要你开火，小鬼。你没把他们给炸出去。你没劈劈啪啪炸起来。"再来看一下当教练在中场休息时决定调整战术，换人防守对方的一个狠角色时加里做出的评价："他杀了（killed）塞西尔（Cecil），不是吗？他会把你也杀了。"②

但是，当加里有机会接触真正的战争，不再只是在隐喻层面上参与战争的时候，他却予以了排斥。出于对核战争的兴趣，加里选修了逻各斯学院的空军预备役军官训练营（Air Force ROTC）开设的课程。斯坦利曾竭力劝加里加入美国空军，甚至不惜打出感情牌让加里为了他而入伍。但加里表示自己对于核战争的兴趣仅限于局外人的角度："我不想向爱斯基摩人（Eskimos）③或别的什么人扔氢弹。但我对这件事纯粹的推理性不一定反感——那些假说性的领域。"④ 在此，如果重新思考小说中战争与体育的关系，会发现德里罗从来没用"战士"（soldier）来隐喻过运动员。情节开端出现的"勇士"（warrior）在英文中指"战斗中以富有勇气和能力著称的人"⑤，并且通常用来形容过去的人。⑥ 因此，体育生对于"勇士"

---

① 橄榄球比赛中，"达阵"（touch-down）是重要的得分方式。
② Don DeLillo, *End Zone*, New York: Picador, 2011, pp. 120, 127.
③ 现在一般称因纽特人。
④ Don DeLillo, *End Zone*, New York: Picador, 2011, p. 157.
⑤ 见韦氏大辞典，http://www.merriam-webster.com/dictionary/warrior。
⑥ 见朗文大辞典，http://www.ldoceonline.com/dictionary/warrior。

的身份认同是基于对传统战争而非以核战争为主导的现代和未来战争认识的——这一点从他们在游戏中模仿经典的战争死亡方式也可以得到印证。而斯坦利劝说加里加入的是美国空军这一与核战争紧密联系在一起的兵种——第二次世界大战中，正是美国空军执行了向广岛和长崎投放原子弹的任务，从而"羞辱"了"战争艺术"，颠覆了战争传统。包括加里在内的橄榄球员所认同的是秉承几千年战争传统的勇士，并非现代战争中执行核屠杀的刽子手——事实上，即便是在加里对于核屠杀的想象中，他也从来没有以参与者的身份出现。明确这一点，是理解深受战争语境影响的加里为何拒绝从军的关键，也是理解为何"橄榄球不等同于战争"的关键①——橄榄球是古典的战争形式，而非现代核战争。

在"打仗游戏"中有这样一个细节："我们没有滥用这个游戏中内嵌的权力。唯一的大面积杀戮发生在游戏的前一两天，那时一切还没有成形，潜力尚待挖掘。"② 即游戏经历了一个演化的过程，从最初的盲目枪击、群体性野蛮互殴进化为有选择性的杀戮。这与人类的进程是吻合的。考古学证据表明，生活在几百万年前的原始人，其狩猎模式已经呈现出"壮年居优型"（prime-dominated pattern）的特征，即有选择地猎取动物种群中的最优个体，③ 而非嗜血嗜杀成性。而农耕文明以来的人类战争，也不会波及绝大多数的人口。试想，若非人类的核武器实践止于第二次世界大战末的广岛、长崎，若美苏几十年的核武器竞赛最终引发全球性的热核战争（如斯坦利的核战游戏预言的那样），人类是否会经历集体的灭种都未可知。这就是为什么核战争会如此强烈地冲击着以主人公为代表的成

---

① 正是由于有的批评家没有厘清这一点，才会误以为德里罗在此处真的要推翻橄榄球—战争的隐喻。比如 Jesse Kavadlo, *Don DeLillo: Balance at the Edge of Belief*, New York: Peter Lang, 2004, p. 115。

② Don DeLillo, *End Zone*, New York: Picador, 2011, p. 32.

③ Mary C. Stiner, *Honor among Thieves: A Zooarchaeological Study of Neandertal Ecology*, New Jersey: Princeton University Press, 1994, pp. 279 – 281, 307 – 308.

长于"冷战"期间的一代人的认知。

在 1938 年出版的文化人类学著作中，荷兰学者约翰·赫伊津（Johan Huizinga）指出，在古代"游戏"和"战争"两个概念混杂在一起，比如决斗就是一种游戏形式。而"体育"从属于"游戏"，一直到 19 世纪末，随着有组织的体育运动的兴起，体育才从游戏中分离出来。① 这一方面佐证了为何现代体育话语中会融入了如此多的战争语言，另一方面解释了为何小说人物会模糊体育、战争、游戏之间的界限，形成多重身份认同。此外，赫伊津认为游戏和战争都看重荣誉和高贵的概念。② 而核战争只有毁灭性的后果，没有个人的荣耀，因此是对这些传统认知的解构。在另一本人类学著作中，德斯蒙德·莫利斯（Desmond Morris）指出，"物种内部的攻击性在生物学水平上的目的，本来是击败对手，而不是杀死对手；因为敌手或是逃亡或是屈服，所以就避免了物种生命被毁灭的末日"。但是，"现代的攻击战中，对手之间的距离太远，结果导致大规模的杀戮，这在其他物种的生活中是闻所未闻的"。③ 值得注意的是，莫利斯写作的年代正是美苏"冷战"持续发酵的年代。可以说，他从人类学的角度表明，现代核战争是违背人的动物性的，并不是正常的动物的攻击性的产物。这再次证明了现代核战争对于传统战争内涵的颠覆，同时暗示这样的战争方式不仅是反人性的，也是反生物性的。

加里并不孤独。他的队友也在经历这样双重战争话语之下的身份困局。正如杰克明对他坦言："加里，这是 20 世纪下半叶。（训练场上的）那些东西早就随角斗士而去了。我们使用的是陈旧过时的

---

① Johan Huizinga, *Homo Ludens: A Study of the Play-Element in Culture*, London, Boston and Henley: Routledge & Kegan Paul, 1949, p. 220.

② Johan Huizinga, *Homo Ludens: A Study of the Play-Element in Culture*, London, Boston and Henley: Routledge & Kegan Paul, 1949, p. 114.

③ ［英］德斯蒙德·莫利斯：《裸猿》，何道宽译，复旦大学出版社 2010 年版，第 183 页。

程序，而我们竟然都不知道这一点。"① 球队的管理模式是，克里德作为总教练统领全局，而具体的训练工作由几位助理教练负责。布鲁伯格评论这些助教都是"一根筋"的"半人半猪"，却又对其表示敬佩："我认为这绝对是一个现代特征。系统规划者。管理顾问。核战略家。都是无与伦比的一根筋。这是我真心佩服的。"② 克里德也向加里训导，唯有专注于这项运动，才能有所突破。

这些助教向球员不断灌输的是暴力的原则。在与西集中交换学院的关键比赛前，他们如是动员："我认识凯利。我认识他很多年了。他腿上有几颗疣我都知道。他恶劣得很……他的队员也恶劣得很……他们喜欢打人……除非你爱打人，否则凯利是不会让你上场的……我们能帮你们准备，但没法替你们打比赛。我们能一直把你们送到开球的地方。然后你们就全靠自己了。"而在比赛过程中，他们如是督战："你太他妈的与人为善了。"③ 这些人以橄榄球教练为生，在其认知中，使用身体暴力是这个行业的必备要素，是值得提倡的；即施暴是橄榄球的职业道德中所容忍甚至提倡的，不再与传统的社会道德规约相关；人品恶劣反而是这项运动的优势所在，值得学习。这也是为什么这些教练员满嘴粗话：对其而言，语言暴力和身体暴力都是这项运动的一部分，因而对自己这些无法一根筋地接受这样的"新伦理"的队员们颇有恨铁不成钢之意。甚至一旦不能主动施加暴力，自己的男子汉气概便会受到挑战："那人在强暴你。他在任意摆布你。咬他啊，操蛋的。咬他。咬他。"④ 基于此的勇士身份也会受到冲击。另一方面，这种暴力美学、示威逻辑与"冷战"的语境也脱不了干系。

在这样的暴力逻辑之下，受害者反而承担着沉重的心理压力。布鲁伯格是犹太裔，因为自己族裔长期以来的受害者形象使其产生

---

① Don DeLillo, *End Zone*, New York: Picador, 2011, p. 63.
② Don DeLillo, *End Zone*, New York: Picador, 2011, p. 49.
③ Don DeLillo, *End Zone*, New York: Picador, 2011, p. 120.
④ Don DeLillo, *End Zone*, New York: Picador, 2011, p. 120.

负罪感。"历史是不同的现实交汇形成的角。"① 依照他的逻辑，那么在故事时间所在的20世纪六七十年代之交，犹太人的历史同时受到第二次世界大战时的纳粹大屠杀与"冷战"之下的美苏核武器竞赛的影响。潜在核战争意味着又一轮大屠杀的到来，不过这一次是全球范围内的浩劫，遭殃的不仅限于某一个种族。也就是说，在这一时间节点上，作为近代——尤其是第二次世界大战以来受害者形象的一张名片存在的犹太人遭遇了身份认同的尴尬——当"冷战"阴霾、核战威胁已经不分种族地指向全球的大部分人口时，犹太人觉得自己不该再独享受害者的定位。另一方面，现代核战争的破坏力度已经远非集中营的毒气熔炉可比，若是真的爆发新一轮的世界大战，遇难人数绝不会止于六百万。

"冷战"带来的还有对于国民身份、国家认同的思考。如小说中加里的生物老师阿兰所言："这个国家最奇怪的是什么？是当我明天，或者任意哪天早上醒来，我最先产生的那部分恐惧并不是来自我们国家的敌人，我们传统的'冷战'或者随便什么种类的战争的敌人。我一点都不害怕那些人……我害怕我自己的祖国。我害怕美利坚合众国。"②

第三节 "治愈雪"：被害妄想症、身份困境与自疗方案

从加里对于核屠杀想象的难以自拔、斯坦利少校对于模拟核战争游戏的热衷，可以看出美苏之间的核武器竞赛带来了波及面极广的社会恐慌，或者毫不夸张地说，"被害妄想症"在"冷战"时期的全美社会泛滥开来。有批评家指出，"'冷战'文学的轨迹可以视

---

① Don DeLillo, *End Zone*, New York: Picador, 2011, p. 46.
② Don DeLillo, *End Zone*, New York: Picador, 2011, p. 159.

为是将被害妄想症由一种精神疾病移位为一种社会状况"①。还有批评家这样概述："德里罗的作品全面涵盖了 20 世纪晚期的各种美国文明，其中包括精神萎靡（spiritual enervation）、被害妄想症的残毒、对于体育、娱乐和名人的执迷。"② 如果我们纵向思考一下德里罗成名作《白噪音》中主人公自始至终生活在对死亡的恐惧中，以及他们一家坐在电视机前目不转睛地观看灾难纪录片的情景，不难发现其与《达阵区》一脉相承的关系——事实上《达阵区》一定程度上预示了以"死亡恐惧"（fear of death）为主题的《白噪音》的出现；此外，"《地下世界》中的核焦虑主题是对《达阵区》中同一主题的重新想象"③。从这个意义上讲，研究《达阵区》这部德里罗的早期作品不仅能够帮助我们梳理贯穿他创作生涯的体育叙事，也有助于我们理解他笔下其他重要作品的复杂主题和丰富内涵。

虽然从东部发达城市（纽约）来到西部一隅，但物理环境的巨变和校橄榄球队奉行的极简主义生活信条依然无法驱散加里对核屠杀想象的执迷。来到新学校之后，他养成了一个人在学校周围的沙漠里赤脚绕圈的习惯。在这个过程中，他每天都想象一个具体的城市陷入火海（即核战争的灾难性后果）之中。"这种实践让我对自己充满了厌恶，为的是最终能将我从想象数百万人死亡的快感中解放出来。我觉得自己的这种厌恶终将变得泰山压顶，那时就再不用受对全球性大屠杀的各种意识所累了。"但是这样以毒攻毒、试图通过放任对于核屠杀的想象来激发自己的良知，从而使被害妄想症让位于愧疚的自疗法并没有奏效——"我依然期盼着每一个新的破坏

---

① Alan Nadel, "Fiction and the Cold War", in John N. Duvall ed., *The Cambridge Companion to American Fiction after* 1945, Cambridge: Cambridge University Press, 2012, p. 178.

② David Cowart, *Don DeLillo: The Physics of Language*, Athens: University of Georgia Press, 2002, p. 7.

③ David Cowart, "'Shall These Bones Live?'" in oseph Dewey, Steven G. Kellman, and Irving Malin, eds., *Under/Words: Perspectives on Don DeLillo's Underworld*, Newark: University of Delaware Press, 2002, p. 60.

坑的出现"①。殊不知，既然核战争是对传统战争定义的颠覆，必然伴随着对于战争伦理的颠覆；而在"冷战"背景下，新的战争伦理作为一种文化力量作用于美国社会的各个层面，必然会导致传统道德观和社会伦理的动摇，使其无法形成有效的制约力。

我们不妨再关注一下"核屠杀"这一情节线条中的另一个重要人物——斯坦利少校。斯坦利由军队来到高校任教，从熟悉的环境中脱离出来，甚至主动进行自我隔离，远离老婆孩子一个人住在快捷酒店里，由直接参与战争进程转变为试图用语言重新定义战争、想象战争。

> 在核战争里有一种神学在起作用。核弹是一种天神。随着他力量的增长，我们的恐惧会自然增加……我们总说，让天神随心所欲去吧。天神要比我们强大太多。无论他有何降谕，就让它来吧……我们将屈服于一种无法避免的感觉，而后开始在全球各处扔泥巴，这是极其危险的。②

体育成为当代世俗宗教的一种已成共识，因此，斯坦利以宗教逻辑向加里这名体育生解释核武器的威慑力颇为形象。宗教的覆盖面是跨越国界的，而这里的"我们"也如此。传统意义上的战争莫不是在有限的空间进行，并不会造成波及全人类的恐慌。如果如斯坦利所言，"长崎是对战争艺术的羞辱"，那么，在故事发生的20世纪70年代初，美苏两方囤积的核弹头已经足以毁灭地球数十次，核战争一旦爆发将是对战争艺术乃至战争概念的彻底颠覆。因此，以宗教话语消解核战争并不可行。此外，斯坦利力图把核战争定义为现代科技进步的产物——他通过罗列精确的数据来预估核战争的后果，并将其视为"现代科技的终极实现方式"，试图以科学话语代替

---

① Don DeLillo, *End Zone*, New York: Picador, 2011, p. 43.
② Don DeLillo, *End Zone*, New York: Picador, 2011, p. 80.

战争话语。"你没法知道自己的技术有多棒,直到它走上战场,直到它以终极的方式得到检验";"武器技术是极其专业化的,因此没有人应当感到丝毫愧疚"。① 其实在第二次世界大战中,那些为集中营设计熔炉的工程师、建筑师,所想的不过是发挥自己的专长,不会有愧疚之心。但这样解构性的文字游戏并没能让他在战争的语境中进退自如。少校在和加里模拟美苏两方阵营的核战争游戏结束后,会对突然响起的电话铃声惊恐不已,盯着电话不敢接起来,仿佛即将传来的是新的紧急军情,仿佛又有城市被夷为平地。这表明他对于核战争的恐慌已经模糊了想象与现实的界限。同样,当加里结束沙漠中的核屠杀想象之旅回到宿舍之后,看到房间内的陈设和室友依然如故,自己也仍然是自己时会不禁自语,"密尔沃基幸免于难"②。从这个意义讲,斯坦利和加里一样也深受被害妄想症之害,而且也有意识和无意识地尝试纠正自己的病态,但也一样无能为力。

但是加里并未被少校说服。他认识到:"三千万人死亡是没法表达的。没有字词。所以才召集了一些人重新发明语言。"③ 加里对于核屠杀的恐慌和对于自己病态地执迷于核战争想象的厌恶也没有因为少校对于战争定义的解构而消除。在他离开少校的旅馆穿过沙漠之时,他试图找到之前遇到的一块被染成黑色的石头,因为"在此刻重要的是能看到一个只能用单一的认识定义的东西,一个既不可能又不可变的东西,一个就是它自己不会变化的东西"④,即"能指与所指的最终联姻"⑤。而随后看到的一坨粪便让他心惊胆战。

---

① Don DeLillo, *End Zone*, New York: Picador, 2011, pp. 83 – 84.
② Don DeLillo, *End Zone*, New York: Picador, 2011, p. 44. 在加里之前的想象中,密尔沃基被核弹夷为平地。
③ Don DeLillo, *End Zone*, New York: Picador, 2011, p. 85.
④ Don DeLillo, *End Zone*, New York: Picador, 2011, p. 88.
⑤ David Cowart, *Don DeLillo: The Physics of Language*, Athens: University of Georgia Press, 2002, p. 29.

> 我一动不动地站住，好像动一下就会破坏我对这一刻的理解……可能这就是不会背弃自身定义的那样东西……我想到了深嵌在土里的人，全部遇害，几十亿人，烧灼后的肉体进入土壤，骨头片、毛发、指甲，人类的星球，一种新的智能体旋转着穿过这个系统。①

20世纪70年代，美国著名精神病学家亚伦·T.贝克（Aaron T. Beck）针对抑郁症研发出CBT疗法，后来被推广至包括被害妄想症在内的一系列精神疾病的治疗中。② 在《被害妄想症：21世纪的恐惧》一书中，作者借用CBT的基本理论，以最精简的方式概括了通过认知行为治疗被害妄想症的六种方法：（1）以旁观者的视角观察你的恐惧；（2）不要只是接受你的疑虑：质疑它们；（3）理解被害妄想症的成因；（4）让你的被害妄想症接受（实践的）检验；（5）放弃你的疑虑；（6）减少你花在忧心被害想法上的时间。③ 以此反观加里和斯坦利为克服自己对核战争的恐惧所做的一系列努力，不难发现他们遵循的正是认知行为疗法的套路。但是，二人的明显差别在于斯坦利始终无法放下自己的执念，而加里在从事橄榄球运动的时候能够避免陷入核战争的想象之中。

当然，体育对于核战恐惧的抗衡作用不仅体现在转移注意力的层面。反观小说前两部分中的体育叙事，不难发现，通过橄榄球运动能够形成相对稳定的身份认同，从而使处在不确定的核战争威胁之下的民众可以有所依托。特别是第二部分通过对橄榄球比赛的场景式叙述构建起的经典战争语境，实际上给处在无形的核战争焦虑和恐慌中的人们提供了一个有形的战场，同时可以看作是对核武器

---

① Don DeLillo, *End Zone*, New York: Picador, 2011, p. 88.
② CBT是cognitive behavior therapy的缩写，直译为"认知行为疗法"。关于CBT的具体信息可参见 https://en.wikipedia.org/wiki/Cognitive_behavioral_therapy。
③ Daniel Freeman and Jason Freeman, *Paranoia: The 21-Century Fear*, New York: Oxford University Press, 2008, pp. 147–150.

诞生以来受到各种话语解构的战争概念的回归，事实上与主人公在沙漠中试图寻求拥有稳定、单一含义的东西是一致的。通过构建这样一个符合人们预期的战争语境，可以平息因战争概念受到各种话语解构而带来的认知混乱和焦虑。

如果说训练和比赛尚不足以证明体育运动对于核战争威胁下的被害妄想症的治疗作用，那么，我们再来关注一下小说中另一笔浓墨重彩的体育叙事——时间来到漫长的休赛期，几名体育生不甘寂寞，自发组织，在雪地里"玩"起了橄榄球，① 而后越来越多的人加入其中。德里罗在此又一次使用"场景"式的叙述手法。与他们在赛季中经历的比赛相比，这样的一种运动形式对抗强度大打折扣；另一重大的区别在于他们不仅不用像在训练时那样要听从教练的指挥，而且可以根据天气、场地、参与人数的变化实时调整规则。因此，这更像是一场游戏。但是，时值寒冬，风雪交加，以天气的恶劣程度来看并不适合进行户外运动。然而，这些体育生的投入程度丝毫不亚于训练和比赛时，甚至天气越恶劣、场地条件越有限玩得越起劲——"我们的理念是一直玩下去，保持移动，使球不间断地运转"；"我们玩的是极其基本的东西，倒回了最初级的领域，寻求的是同天气和大地的和谐"。② 休赛期意味着他们自夏天以来第一次没有训练和比赛的任务，因而第一次完全脱离熟悉的战争语境。如果说自发组织橄榄球游戏是出于生活的单调和他们对于这项运动的热爱，并不能证明他们无意识地给自己创造新的战争语境，从而找到最熟悉的身份认同的话；那么，当他们不顾暴风雪的阻碍，在可以说已然失去橄榄球运动本身的竞技乐趣时依然乐此不疲，则证明他们珍惜和享受这样难得的"战斗"契机——他们将一项讲究团队配合、规则缜密的运动最终变成个人与个人之间的近身肉搏、个人

---

① 国内有时把这种即兴的两队对抗方式称为"斗牛"，英文中的说法是 pick-up game。

② Don DeLillo, *End Zone*, New York: Picador, 2011, pp. 194–195.

与自然力量的较量、个人与自身意志品质的较量,实际上表明体育话语再次让位于战争话语。

至此,德里罗在《达阵区》中塑造了三种主要的游戏:风靡一时的"打仗"游戏、主人公与斯坦利上校间的"沙盘"游戏和运动员们在休赛期中的"斗牛"游戏。① 这些游戏在小说中占据大量的篇幅,也是最为批评家们津津乐道的文本细节。从以上的分析中可以看到,这些游戏莫不是与小说人物的身份认同息息相关。那么,作者缘何会选中游戏这个视角呢?

赫伊津提出"游戏的人"(Homo Ludens)的概念。在此之前,对于人类的定义接受最广的有"智人"(Homo Sapiens)和"制造和使用工具的人"(Homo Faber)。按照种属鉴定的标准来看,homo 是人属,sapiens 是智人种,同为人属的还有南方古猿、尼安德特人等。用 Homo Ludens 相当于把游戏作为现代人区别于其他人种的一个本质属性。赫伊津归纳出游戏的几个重要特征:(1)自愿、自由;(2)只是假装(only pretending)、只为娱乐;(3)隔离性、有限性、时空限制下的演出;(4)秩序、审美。② 以此反观小说中的三个游戏,可以看到它们都不是一般意义上的游戏,或者说具有"反游戏"性。"打仗"游戏违反的是第二个特征,即以主人公为代表的游戏者过于"入戏",不再是"假装"扮演战场上开枪和中枪的人,而是将其作为自己的身份认同。"沙盘"游戏同样如此,违背的是假装和娱乐的原则:主人公和上校在游戏结束后沉浸其中,模糊了游戏和现实的界限。此外,它还违背了"时空限制"的原则,因为不仅游戏内容要求将全球都纳入战场的范畴,而且依赖于想象力,主要受到精神空间而非物理空间的限制。最后的"斗牛"游戏同样违背了"娱乐"的原则,也很难和"秩序""审美"联系在一起。用德里罗

---

① 这也符合常见于后现代小说的对于游戏的戏仿。
② Johan Huizinga, *Homo Ludens: A Study of the Play-Element in Culture*, London, Boston and Henley: Routledge & Kegan Paul, 1949, pp. 7–12.

的代表作《地下世界》中布莱恩（Brian）与玛利亚（Marian）讨论偷情的话讲："我也想要这样的关系。但是对你来讲，有没有这样的关系就像生与死的差别一样。"① 对于这些深受多重战争话语影响的球员来讲，有没有这些游戏也像"生与死的差别"：

> 我们保持运动，我们保持击打，我们在身体接触的噪音和震颤中收获慰藉，在剧烈运动后简单的身体温暖中收获慰藉，在看到彼此的身影、扯烂的衣服、瘀青和抓痕，还有肃穆矗立于这一场治愈雪（healing snow）中的那十四个麻木、青紫、咳嗽、惨白的脑袋时收获慰藉。②

这场雪所治愈的疾病别无其他，正是核武器竞赛下的病态恐惧。有形的雪战之所以能够驱散无形的核战威胁，是因为在这场战斗中，战士们清楚自己的敌人身处何方、何时会发起攻击，也能够主动出击，将自己的体力和意志力都发挥到极点——从个人存在感的角度来讲，这场"雪仗"要比与西集中交换学院的那场战役更加显著；与之相对，无论是从进攻方还是从受害方的角度，个人在核战争中的作用和存在感都是微不足道的。

另外，从人与自然、人与人的较量中，对于"真实"的体验来源于身体——大脑中的诸多声音可以暂时被搁置一旁。小说明确交代过的主人公的快乐体验总共两次。一次是在与西集中交换的关键比赛中，当加里被撞翻在地，他"一边嗅着草皮，一边等着一个个身体擦在他的上面。我的一排肋骨开始疼痛，一股粘稠的、胶水的感觉袭来。我感到**十分快乐**。有个人的手在我的脖颈后部，当他起身的时候把全身的重量都压到了这里"③。而在这场雪仗中，加里也

---

① Don DeLillo, *Underworld*, New York: Scribner, 2003, p. 257.
② Don DeLillo, *End Zone*, New York: Picador, 2011, p. 196.
③ Don DeLillo, *End Zone*, New York: Picador, 2011, pp. 120–121.

是"**享受着侧滑和摔倒。我甚至在感觉自己即将滑倒的时候都不再试着去保持平衡……就让外部条件来决定我们的身体表现**"①。

批评家安迪·哈维（Andy Harvey）对于这场雪仗同样给予了关注，并指出这是控制死亡恐惧的一种尝试。但是，哈维认为"这一幕以一种令人失望的方式结束——加里被招至克瑞德的办公室，这个游戏很快就被遗忘，什么也没有解决"②。哈维不认为这是一场"治愈雪"，在于他只注意到了游戏的匆匆收场，再没有在故事中有所提及，而忽略了加里在这场雪仗前后的变化——输掉关键比赛之后，加里表现出的是一种消极的训练和比赛的态度（包括吸食大麻、无端退赛等）；但经过这样一场游戏，他欣然接受了教练的任命，成为球队的队长，扛起了带领球队下赛季重新冲击赛区冠军的重任。因此，从情节的发展来看，可以说加里通过这场雪仗重新找到了从事橄榄球这项运动的意义和生活的意义，也证明了这场雪仗的显著疗效。与之相反，球队王牌塔夫特决定告别赛场，从此远离橄榄球这项运动而"专注学业"③——巧合的是，塔夫特并没有参与这场雪仗。因此，可以说这场雪带来的是乔伊斯式的顿悟——事实上德里罗受到乔伊斯的影响颇深，④ 也可以看作是作者为青少年主人公成长设定的目的地——天启（revelation）。⑤

可以说，在对被害妄想症的自我治疗中，体育实践是对认知行为治疗法的有益补充。即在以核战争为标志的新的战争形式的冲击下，

---

① Don DeLillo, *End Zone*, New York: Picador, 2011, p. 194.
② Andy Harvey, "It's Only a Game? Sport, Sexuality and War in Don Delillo's *End Zone*", *Aethlon: The Journal of Sport Literature*, Vol. 28 No. 1, Fall-Winter 2010, p. 99.
③ Don DeLillo, *End Zone*, New York: Picador, 2011, p. 232.
④ See Philip Nel, "DeLillo and Modernism", in John N. Duvall ed., *The Cambridge Companion to Don DeLill*, New York: Cambridge University Press, 2008, pp. 13-26.
⑤ 杜伊在分析《达阵区》和《拉特纳之星》时指出，德里罗的小说里只有这两部是以孩子作为故事对象，是关于长大成人的叙事，其中的青少年一步步走向天启。Joseph Dewey, "DeLillo's Apocalyptic Satires", in John N. Duvall ed., *The Cambridge Companion to Don DeLill*, New York: Cambridge University Press, 2008, p. 54.

古典战争成为那个丢失的"心爱之物",这样,橄榄球不但隐喻传统战争,更成为包括运动员、观众在内的"冷战"阴霾之下的大众身份认同过程中的那个填补空白的替代品。诚然,小说的最后一幕是加里因为绝食而被送进了医院,不得不通过塑料管进食。然而,病去如抽丝,更何况"冷战"之下的被害妄想症并非一日之寒为之。正如他"需要时间适应"减肥之后焕然一新的女友米尔娜,[①] 他也需要更多的时间适应新的领袖角色和球队新的人员配置。尽管"橄榄球运动员的思想、行为全然超脱于历史、谜团、大屠杀或梦想之外"被证明是自欺欺人,[②] 我们依然有理由期待他在新赛季有所作为,期待尚未书写、即将到来的一系列新的战斗般的比赛会逐渐帮助加里形成稳定的身份认同,并如一剂剂良药般逐步驱散他对核战的病态恐惧。

"冷战"期间美国民众对于橄榄球赛在内的各大体育联赛的热衷,一定程度上源于竞技体育为普通大众提供了一个相对独立于"冷战"阴霾和核武器威胁的空间。但是,这不代表体育比赛可以成为战争恐慌的避难所。事实上,竞技体育从来都与战争话语不可分割,"End Zone"这个题名就体现了这一点,也暗示了主人公的双重身份认同。只不过这里的战争是未经现代战争武器解构的、依然崇尚个人英雄主义的传统战争形式,这个战场上发生的一切仍然属于可认知的范畴——勇武、对抗、纪律、团队、胜败。即便这个战场上的胜败经过叙事化可以等同于生死,但没有人连挣扎、反抗的的权利都没有,没有人连告别的仪式都来不及完成就倒下,没有人瞬间汽化。橄榄球为处在"冷战"恐慌中的民众提供了一个能够预期和把握的战争语境,可以暂时纠正因传统战争概念被解构而形成的认知混乱,避免在纷繁复杂、动荡不安的时代陷入自我的迷失,从而为治疗波及全社会的病态恐惧提供了一种可能

---

① Don DeLillo, *End Zone*, New York: Picador, 2011, p. 227.
② Don DeLillo, *End Zone*, New York: Picador, 2011, p. 4.

的方案。这也可以看作是德里罗以作家的身份对"冷战"的时代主题的思考和核武器竞赛的反抗——"这是我们唯一的游戏",我们只需要橄榄球,不需要"冷战",不需要核竞赛;传统战争已经作为艺术存在了几千年,不应该受到"侮辱"和解构。

第 四 章

冰球运动与女性观：
《女勇士》对激进女性主义的反讽

  如果说有着全美第一运动之称的橄榄球和美国最重要的运动棒球是德里罗的体育叙事绕不过去的话题的话，那么，另外几大风靡北美的运动进入他的小说选材视野也并不意外。按照创作时间来看，如果说他在《达阵区》中关注的是大学橄榄球联赛这样介于业余和职业联赛之间的体育形式，那么，读者有理由期待他经过这样的小试牛刀之后将目光转向竞技水平更高、受众更广的职业体育赛场。如果说《达阵区》的主人公加里·哈克尼斯只是一个小有名气的青年运动员，那么，在一部新的小说里，一个真正的职业体育明星接过小说主人公的身份就显得顺理成章。如果说橄榄球运动与"冷战"的联姻是考察第二次世界大战后的美国社会的一扇窗口的话，那么，将体育与商业、消费、性解放等这一时期美国文化中的其他重要元素关联起来无疑更有助于对这个典型的后现代社会予以表征。事实上，德里罗并没有让他读者群中的体育迷们等太久，在以橄榄球为主题的《达阵区》出版八年之后，他的又一部带着"体育小说"外壳的作品问世——《女勇士》（*Amazons*，1980）。这一次，他将关注点转向北美四大运动中的另一项——冰球，并且关注的正是全美冰球联赛（NHL）这一冰球的最高职业舞台；小说的主人公也由大学球员换成了职业选手，并且故事空间由体育赛场扩展到了体育产业的方方面面。

在《女勇士》中，德里罗延续了他在《达阵区》中建立的体育与战争、运动员与勇士之间的关联，并且仍然聚焦于语言在主体建构中的作用。不同的是，除战争话语和体育话语之外，他引入了另外一个变量——女性话语，从而让语言与身份认同之间的互动变得更加复杂。主人公是一名优秀的冰球运动员，是充斥着暴力元素的体育赛场上的一名勇士；但与此同时，她的女性身体特征让她始终是一个"他者"，是一名去不掉"女性"这个限定词的勇士。学界对这部小说中的性别问题持有两类观点：有的批评家将这一作品视为女性主义的作品，如道格拉斯·克赛（Douglas Keesey）就把它定义为一部"女性主义体育小说"，并强调"这本小说中的视角是纯粹女性的，这在德里罗的其他小说中都看不到"[①]；另有批评家认为"虽然叙述者可能是女性，但是其视角带有男性的感觉；只是在有限的瞬间这本书才转向女性主义批评"[②]。

这两种观点都具有片面性。的确，小说采用了女主人公的第一人称叙述，是其"私密回忆录"，然而，倘若仔细深入地考察作品，则可以看到德里罗在小说的前两部分暗暗用父权制社会中的男性眼光凝视女主人公，从各个角度刻意将其塑造成激进的女权主义人物，从而对其隐秘地加以反讽。在德里罗的笔下，闯入了男性公共生活领域的女主人公也闯入了男性更衣室，并以某些极端的行为来宣示自己不是女性。德里罗重点着墨于女主人公的私生活。若深入考察，则可发现她在一系列的风流韵事中，无论以什么方式与什么样的男性交往，实际上都在试图征服男性，把他们变成柔弱、被支配的一方，甚至把运动员、教练等男性人物都转化成女性般的角色。这也

---

① Douglas Keesey, *Don DeLillo*, New York: Twayne, 1993, p. 209.
② Phlip Nel, "Amazons in the Underworld: Gender, the Body and Power in the Novels of Don DeLillo", *Critique*, Vol. 42, No. 4, Summer 2001, p. 419.

是能动性的反讽（agential irony）所在。也就是说，无论是在公共还是在私人领域，德里罗都通过让女主人公走极端这样的虚构，来对激进的女权主义加以反讽。在描述过程中，表面上是女主人公——叙述者在"看"，而实际上，德里罗暗暗将其置于了被看和被反讽的位置。除主人公之外，小说中还塑造出了一系列在日常生活中以不同的方式扮演着勇士的女性形象，可以说，德里罗将反讽对象从女主人公拓展到了他构建出的这一整个女勇士族群，因此题目也采用了复数的"Amazons"。但是，在小说的最后一部分（即第三部分，共2章），随着女主人公摆脱了激进的立场，作者也开始真正赋予其主体性，使她由"看"的客体转变为主体，不再对她进行反讽。

如果我们能透过现象看本质，看到小说表层之下的叙事运作，我们就能看到，这部小说绝非女性主义的小说，而是反讽激进的女性主义的小说。但这种反讽并非自始至终运行，而是在小说的最后一部分让位于对立场转变后的女主人公的中性，甚至带有一定赞赏意味的回归家庭、照顾伴侣的描写。这是一种叙事进程的转折，反映出德里罗虽然在性别立场上比较保守，但又超越时代，赞成女性进入冰球运动这一传统男性的领域，并赞赏女性在这一彰显男性能力的领域中，能以自己的能力赢得平等和尊重，这说明其性别观的复杂性。

上引两种观点都没有看到这种复杂性，也没有看到小说的性别立场在最后一部分的转折。上引第一种观点可谓被小说表面现象所迷惑，完全没有看到小说对激进女性主义的反讽；第二种观点也仅仅看到女性叙述者的视角"带有男性的感觉（the point of view feels masculine）"，没有看到德里罗通过女主人公，对激进女性主义所进行的反讽。这些批评家之所以看不到小说对激进女性主义的反讽，有一个重要原因：仅仅一笔带过，简要提及小说的性别立场，没有对之加以仔细考察。

通过深入仔细地考察小说的叙事结构和叙述技巧，不难看到小说在前面部分对激进女性主义的反讽，以及在最后一部分性别立场的转折。可能正是因为不愿把这种反讽暴露在小说发表之时风头正劲的女性主义浪潮,尤其是激进的女权主义者的炮火之下,德里罗一方面选择了第一人称叙述的模式,让女主人公自己来讲述,另一方面则选择了伪装身份,以假名出版这部作品。虽然《女勇士》看似在文学性、艺术性、严肃性上略逊于德里罗的其他小说,但不失为我们挖掘德里罗女性观的一个重要平台,也是把握作为小说家的德里罗对于重大的社会文化思潮态度的一个重要窗口,理应受到更多的批评关注。

第一节 著作权和书名之谜:虚实相生的《女勇士》

德里罗的《女勇士》副标题是"全美冰球联赛的第一位女球员的私密回忆录"。如果说戏仿其他文体在后现代小说中司空见惯的话,《女勇士》的特别之处在于将这样的戏仿在形式上推向了极致——不仅小说的叙述者是一位名叫克利奥·伯德维尔(Cleo Birdwell)的女士,连小说封面和扉页上属于作者的位置上出现的也是小说叙述者的名字"克利奥·伯德维尔"而非"唐·德里罗"。可以说,当这部作品摆上书架之后,对于不明就里的一般读者而言,这就是一部以假乱真的回忆录。① 由于德里罗后来要求出版商在编纂其作品目录时去掉这本书,加上它在1981年后从未再版,② 以至于时至今日有很多人并不知道他还写过这样一部小说。但是,德里罗确

---

① 尤其是如果书店也不明就里,将其摆上"人物传记"而不是"虚构作品/小说"的书架上的话。

② 在《女勇士》的硬皮版出版次年9月,Berkeley Publishing Group 推出了其平装版本,之后再没有别的版本问世。

实间接承认过自己是这本小说的作者。① 可能正是由于这样的著作权之谜，学界评介这本小说的学术论文寥寥无几，这样的批评关注无疑与任何一部德里罗的其他小说都相去甚远。

如此，《女勇士》不仅对于德里罗来说很可能是一个尴尬的存在，而且在出版界、学术界同样如此。这与它看上去商业气息过浓，并不像一部严肃小说脱不了干系。从其题目判断，小说的情节应该主要围绕冰球展开才是——出自一名职业球员视角的全美冰球联赛叙事。但事实上，情节的重点似乎落到了"私密"（intimate）这个限定词上，更像是对女明星私生活的揭秘（主要包括她一桩接一桩的风流韵事）。其实，小说面世不久就有书评点出，读者一定会发现这并不是一本真正的回忆录，也不是一位女冰球运动员能写出的作品："到底谁才是这位独奏者呢？那只能靠直觉了。直觉告诉我们，当今世上能用英语写出这本书的只有两个（男）人，而且他们中的

---

① 著名德里罗批评家尼尔专门梳理过围绕《女勇士》作者的问题，结论是虽然德里罗对这本小说的态度令人费解，但其确实出自他之手。参见 Philip Nel, "Amazons in the Underworld: Gender, the Body and Power in the Novels of Don DeLillo", *Critique*, Vol. 42, No. 4, Summer 2001, pp. 432 - 433。其中，尼尔提到，奥斯廷（Mark Osteen）在负责德里罗《白噪音》的 Viking Critical Edition 的主编工作时，德里罗将为这一版准备的作家生平中的《女勇士》圈了出来，并且同时圈出了奥斯廷写的引言中所有提及《女勇士》的地方。尼尔在这篇论文中还提到了能够证明德里罗的作者身份的这样一个细节：罗伯茨（Joshua Roberts）有一次参加德里罗朗读新作《地下世界》的活动，带着《地下世界》和《女勇士》两本书去找德里罗签名。看到后一本书，德里罗身边的助理感到很困惑，告诉他这不是德里罗写的。此时，德里罗答道"这说来话长"（It's a long story）。随后他接过书，在 "Cleo Birdwell" 的下面签上了自己的名字。尼尔进一步提出证据：Cleo Birdwell 这个名字中不仅包含 "DeLillo"，而且还可以被重新组合为 "delillo Crew B"（二流德里罗队员）和 "delillo Brew C"（三流德里罗酿造）。2020年，德里罗在接受访谈时，以戏谑的口吻承认自己是《女勇士》的作者。具体如下：当与谈者不无试探地问道，"我不清楚您是否公开承认过自己写过《女勇士》"，德里罗笑着答道："我可能承认过，在某个地方吧。可能是跟一位来自泰国的采访者说过。"参见 David Marchese, "We All Live in Don DeLillo's World. He's Confused by It Too", *The New York Times*, October 11, 2020。

一个并没有写。所以这一定是那位杰出的美国小说家德里罗的作品了。"① 尽管有可能是因为这位书评家知道一些出版的内幕才下此论断,但是到小说发表的 1980 年为止,德里罗已经出版了六部小说,可以说已经在文坛初露锋芒,其创作风格确实已经开始为人所知。那么,究竟这部作品在哪些地方带有德里罗的印记,又在哪些地方偏离德里罗的创作常规呢?

首先,这是德里罗唯一一部围绕一位女性主人公—叙述者展开的小说。② 那么,这不失为探讨其小说中的女性形象与作者的女性观最好的平台。正如著名的德里罗评论家尼尔所言,"若要加深、扩充对德里罗的研究,我们需要承认性别在他的作品中扮演的角色"③。然而,尼尔在 21 世纪之初的呼吁似乎并没有起作用,直到近些年,仍有批评家指出"令人惊讶的是,针对德里罗小说的性别研究屈指可数"④。另外,小说创作于 20 世纪七八十年代之交,正值美国社会的女性主义运动方兴未艾。考虑到德里罗的小说总是紧握时代脉搏,他拿起女性主义这个话题也并不令人感到意外。然而,不仅学界针对德里罗小说中的女性问题少有涉及,而且在作家的众多访谈中也几乎找不到相关的讨论,很难找到文本外的证据来界定德里罗本人对于"女性主义运动"的看法。这更加突出了《女勇士》这一文本的价值。值得注意的是,与德里罗小说的标题"Amazons"相关联的是"激进的女权主义者(radical feminists)",她们"能够在男人自

---

① J. D. O'Hara, "A Pro's Puckish Prose", *The Nation*, October 18, 1980, p. 386. 书评家并没有明言另外一个可能的作家是谁。
② 德里罗迄今发表的 18 部小说中,另外一部以女性作为中心人物的小说是《身体艺术家》(*The Body Artist*, 2001),但采用的是第三人称叙述。
③ Phlip Nel, "Amazons in the Underworld: Gender, the Body and Power in the Novels of Don DeLillo", *Critique*, Vol. 42, No. 4, Summer 2001, p. 416.
④ Sally Robinson, "Shopping for the Real: Gender and Consumption in the Critical Reception of DeLillo's *White Noise*", *Postmodern Culture*, Vol. 23, No. 2, 2013, p. 47.

己的游戏中击败男人"。① 这是男人所难以容忍的女权主义者，也正是由于其激进的立场，而遭到男性的敌视和嘲讽，后来的女性主义者也对这种激进的立场进行了反思。20 世纪 70 年代是激进的女权主义盛行的时期，德里罗很有可能正是看到了激进的女权主义者与亚马逊人之间的类比，而在 1980 年面世的这部小说中，采用了 Amazons 这一不乏反讽意味的标题。

小说的封面也将女主人公置于男性的凝视之下：在很可能是球队更衣室的长凳上，一边是带有"游骑兵"（Rangers）标志的球衣、头盔、球棍、冰刀，一边是胸罩、内裤、丝袜、高跟鞋。尼尔看到了这样的封面"物化了克利奥，与此同时暗示异性恋的男性读者将从中得到轻度的色情满足"②。正如小说题目中强调的一样，克利奥是 NHL 的第一位女运动员。事实上，真正有女性运动员加入到 NHL 这一冰球运动的最高职业舞台要等到小说问世后十多年才会发生：1992 年，加拿大运动员玛农·罗姆（Manon Rheaume）与"坦帕湾闪电队"（Tampa Bay Lightning）签约，于同年和次年两次代表球队在季前赛登场。而自她之后，迄今再没有其他女性参加过 NHL 相关的比赛。③ 也就是说，为了让女主人公充当"激进的女权主义者"的代表，德里罗早于现实世界十多年虚构了一位女冰球运动员。更为重要的是，他还虚构了一些极端"反女性"社会性别的行为，来让女主人公在行为方式上显得十分激进地想与男性平等平权，甚至

---

① June Singer, *Androgyny: Toward a New Theory of Sexuality*, New York: Anchor Press, 1976, p. 23.

② Phlip Nel, "Amazons in the Underworld: Gender, the Body and Power in the Novels of Don DeLillo", *Critique*, Vol. 42, No. 4, Summer 2001, pp. 417 – 418. 英文中有句俗语是"不要以封面来判断一本书"（Don't judge a book by its cover）。

③ 关于罗姆的详情，可参见 http://www.espn.com/espnw/news/article/6529908/idea-ice. 事实上，罗姆参加的只是 NHL 的季前赛，通常意义上可以视为热身比赛，与常规赛和季后赛的重要性不可相提并论。此外，需要注意的是，罗姆的位置是守门员，是冰球这项运动中最不强调身体对抗性的一个位置。这样的现实无疑与小说中在球队（并且是联盟中的豪门球队）占据主力位置、并且表现出色的主人公具有巨大的反差。

反过来支配和控制男性。

值得一提的是，鲁斯·赫利尔（Ruth Helyer）指出德里罗小说中的"男子汉气概并不是本真的，而是基于主导性的社会常规的一种不稳定的建构，表现出来的是受到中介作用的形象"。他将建构德里罗的主人公的男性身份（masculine identity）的社会力量分为职业、家庭、体育、性行为、死亡、暴力这六大类，并分别用德里罗小说中的具体人物予以了对应。① 但这一难得的性别分析没有涉及《女勇士》这部小说。表面上看，克利奥这个生理学上的女性几乎完美地印证了赫利尔的理论，这是《白噪音》《地下世界》《天秤星座》《大都会》等小说中那些被赫利尔视为"超男性"（hyper-masculine）的主人公都做不到的。但德里罗并非简单地赋予克利奥男性身份，而是通过虚构的故事事实，让克利奥在公开和私下这两个领域都表现出激进的立场，从而达到对之加以反讽的目的。

J. D. 奥哈拉（J. D. O'Hara）在其书评中挑战了小说中"女勇士"的复数形式。根据牛津英语词典的解释，复数的 Amazons 指的是古希腊希罗多德（Herodotus）等人笔下生活在斯基提亚（Scythia）（古希腊人对其北方草原游牧地带的称呼）的一个女勇士族，因此可用单数的 Amazon 来指代一位女勇士，并且可引申为"一个非常强壮、高大或男性化的女人"②。小说的主人公明显很符合 Amazon 的引申义，可以被视作是一个比喻层面上的女勇士。在《达阵区》中已经看到，勇士身份是运动员的重要隐喻，那么在这部作品中似乎只有主人公克利奥这一名女勇士才对——她是唯一被聚焦的女运动员。正因如此，奥哈拉的书评认为小说的"这个题目具有误导

---

① Ruth Helyer, "DeLillo and Masculinity", in John N. Duvall ed., *The Cambridge Companion to Don DeLillo*, Cambridge: Cambridge University Press, 2008, pp. 125–136.

② 参见《牛津英语词典》对"Amazon"这个词的前三种释义 http://www.oed.com/view/Entry/6077? redirectedFrom = amazon&。这也再次表明古希腊文明对于德里罗的影响。

性"①，应该用单数形式才是。而就身体特征来看，小说中除主人公外也再没有符合 Amazon 定义的女性角色。那么小说题目中为什么要用 Amazon 这个单词的复数呢？正如之前提到的那样，这并非是一部纯粹的体育小说。因此，尽管它的主人公是运动员，并且全书中只有她一个女运动员，并不代表只有一名"女勇士"。在这里，勇士的内涵可以外延至体育之外的领域，这与《达阵区》是要区别对待的。事实上，《女勇士》中登场的女性人物不在少数，其中不乏令人印象深刻的。这些人物共同构成与激进的女权主义相关联的"女勇士族"，从不同角度构成德里罗的反讽对象。

第二节　女人、球员、女球员：公共空间中的"性别麻烦"

小说由三部分构成，共 16 章。在"序言"中，主人公—叙述者克利奥就描述了她加入 NHL 带来的火爆效应："他们描写我风中舞动的蜜糖金发，**我闪耀的银色冰刀，我在赛场角落的英勇行径，我的风格，我的耐力**，我水汪汪的蓝眼睛，我紧实的屁股和结实的乳房，我鸭绒般雪白的大腿上<u>噩梦般的瘀青</u>。"② 尼尔将这段描写视为媒体对于女性的物化，③ 但同样需要看到，媒体的关注点正是落在她的双重身份，对她的身体书写由"运动员"（粗体）和"女性"（下划线）两部分混合而成。她的经纪人向她坦言，"他们（俱乐部）

---

① J. D. O'Hara, "A Pro's Puckish Prose", *The Nation*, October 18, 1980, p. 385.

② Cleo Birdwell (Don DeLillo), *Amazons*, New York: Holt, Rinehart and Winston, 1980, pp. 1-2, 下划线和粗体为笔者所加。本书中涉及这部小说的译文皆为笔者自译。

③ Phlip Nel, "Amazons in the Underworld: Gender, the Body and Power in the Novels of Don DeLillo", *Critique*, Vol. 42, No. 4, Summer 2001, p. 422.

提供的待遇是与你的票房吸引力相匹配的"。① 体育新闻媒体并没有对这两种身份厚此薄彼，这是因为二者是相辅相成的：她的"票房吸引力"既不是因为她是一个能力过人的冰球运动员，也不是因为她是一个形象靓丽的女性——体育比赛中既从来不缺乏明星，也从不缺乏靓丽的女性（如啦啦队员）——而是因为这两种身份第一次被聚合在一起。

主人公克利奥并不喜欢这样双重身份的并置，她只想要男性运动员的身份，她对经纪人说："我认为我能和他们一起滑冰。这是唯一重要的事，不是吗？"② 当球队总裁（president）出于这项运动激烈的身体对抗性对她表示担心时，她表示："我是职业运动员。"③ 事实上，围绕这两重身份还衍生出一系列需要她扮演的角色，这让她不堪重负："每个人都对我寄予厚望。运动员、朋友、名人、恋人、女人。他们真的觉得我还能扮演保姆？"这样，她才一次次发出呼号："我想要做的只是打冰球。"④ 但在德里罗的笔下，女主人公表现出激进的立场，不仅要像男性一样打球，还在与男性的互动中展现出一些极端行为，而且要在男女两性关系中占据强势地位。

我们现在关注一下德里罗是如何为女主人公的这种激进立场做出铺垫的。根据克利奥自己的回忆，她出生在巴杰——位于美国的中西部俄亥俄州的一个小镇。⑤ 在这个四季分明的地方，她"差不

---

① Cleo Birdwell (Don DeLillo), *Amazons*, New York: Holt, Rinehart and Winston, 1980, p. 6.
② Cleo Birdwell (Don DeLillo), *Amazons*, New York: Holt, Rinehart and Winston, 1980, p. 6.
③ Cleo Birdwell (Don DeLillo), *Amazons*, New York: Holt, Rinehart and Winston, 1980, p. 12.
④ Cleo Birdwell (Don DeLillo), *Amazons*, New York: Holt, Rinehart and Winston, 1980, p. 126.
⑤ 在美国确实有一个叫作"巴杰"的地方，但是并不在俄亥俄州，而是在威斯康星州。因此，这里要么是德里罗的记忆出现了偏差，要么是他故意地将其错置，以此证明故事的虚构性。獾（badger）是美国中部地区一种常见的动物，并曾被选为威斯康星州的官方吉祥物。

多就是在冰刀上长大的",从小和其他的孩子一起在河上滑冰。而从她五六岁起,她的父亲就每周带她去练习冰球,从此她"不论是什么时候,不论是在哪里,不论穿不穿冰鞋,都以某种形式在打冰球"。"随着我逐渐长大、长高,我开始认真对待冰球",并在这个过程中逐渐展现出自己的天赋:"我有无与伦比的预判能力。"① 如果说小时候滑冰、玩冰球,家人、旁观者还只是把她当作一个小姑娘看待的话,那么,从她决定认真对待冰球、按照职业化的目标培养自己时,她自身不再持有这种性别的区分:她按照男生的标准训练,"可以和比她大两三岁的男孩子们在冰上并驾齐驱","和他们一起比赛,和他们打斗,共用他们的更衣室……过一阵子他们就会接受我"。② 在来到纽约、加入 NHL 之前,她曾在一系列低级别的地区联赛登场:"我已经在六个城市做过六回这样的事了。我总是第一个女性,每次也总会有新闻发布会。"③

如果说美式橄榄球运动强调身体对抗、充斥着暴力元素的话,那么冰球运动可谓有过之而无不及,并且除了近身肉搏之外,每个人手上还多出了球杆这个武器。克利奥认为自己具备职业冰球运动员的素质,很大程度上来源于她对这项运动内嵌的暴力性的接受。由于暴力、攻击性在美国传统文化中被视为是构建男子气概的要素,这样,和橄榄球一样,冰球话语也由男性话语主导。于是,在冰球话语中充斥着菲勒斯—逻各斯中心主义(phallogocentrism)。主人公的父亲在她上大学之前专门给她上了一堂"脏话"课,他借用自己从前在美国海军的服役经验,告诫自己的女儿,"你将听到各种各样的话。粗话。这是这些事情的本质。男人就这么跟男人讲话。这是

---

① Cleo Birdwell (Don DeLillo), *Amazons*, New York: Holt, Rinehart and Winston, 1980, pp. 38–40.
② Cleo Birdwell (Don DeLillo), *Amazons*, New York: Holt, Rinehart and Winston, 1980, p. 41.
③ Cleo Birdwell (Don DeLillo), *Amazons*, New York: Holt, Rinehart and Winston, 1980, p. 7.

男人的语言。你哥哥和我认为你应当做好准备"①。事实上,在对女儿言传身教之前,克利奥先生专门强调这是一次"父亲和儿子"之间的对话——这也与在这之前母亲和她的对话大相径庭:她母亲关心的是她交往的男朋友,还有她对申请大学的想法。这样,如《达阵区》一样,体育与战争、体育与男性气质再次融入一个话语体系。当她得知她新加入的"巡游者"队的球馆被称为"花园"(the Garden)——全称是纽约麦迪逊广场花园(Madison Square Garden)——她感到十分费解,不止一次问别人,也问自己这是为什么。② 这是因为花园的意象与冰球的内涵实在相去甚远,甚至可以说是矛盾的——从符号学的角度可以被解读为阴和阳的对立。也就是说,从小受到冰球话语浸染的主人公,其思维方式已经男性化。然而,虽然作者对女性通过自身的努力达到与男性的平等(尤其是像主人公这样走出小城镇,实现自己的人生价值)所持的是一种赞成的态度,但若是全然男性化、人为地割舍掉自己的女性气质,则是过犹不及,是其反讽的对象。

且看公共空间中的"他":没用几场比赛,克利奥就送出了"自己在 NHL 的第一拳":"在第二节临近结束的时候,我挥杆打了那个狗娘养的,然后扔掉了我的球棍和手套,开始挥拳相向。"③ 而当她的队友们纷纷赶来助阵,将其发展为一场集体斗殴之后,她"感觉很好",因为这是她真正为他们所接纳为一员的表现。甚至在更衣室,她大大咧咧地去抓队友的阴茎,因为她认为"这就是更衣室文化"。④ 实际上,球队给她安排了单独的换衣、淋浴空间,但她

---

① Cleo Birdwell (Don DeLillo), *Amazons*, New York: Holt, Rinehart and Winston, 1980, pp. 213–214.
② Cleo Birdwell (Don DeLillo), *Amazons*, New York: Holt, Rinehart and Winston, 1980, pp. 8, 41.
③ Cleo Birdwell (Don DeLillo), *Amazons*, New York: Holt, Rinehart and Winston, 1980, p. 41.
④ Cleo Birdwell (Don DeLillo), *Amazons*, New York: Holt, Rinehart and Winston, 1980, p. 27.

认为这没有必要。如果德里罗只是虚构了一个在赛场上力争能跟男性抗衡的女冰球运动员，其叙述并不会带有反讽性。然而，在以"Amazons"为题的这部小说里，德里罗虚构出来的女主人公的这些激进的行为则不乏反讽意味。

朱迪斯·巴特勒（Judith Butler）指出，"性别行为需要不断重复的表演"①。但在克利奥的身上，颇具讽刺意味的是，尽管冰球比赛场上的克利奥的表现与其队友、对手相比起来毫不逊色——正如小说中虚构的体育记者穆雷所言："她像其他运动员一样被人揍，她进球得分，她做出贡献。你不应该根据性别把她隔离开。"② 可以说克利奥是在不断重复"表演"一个男性的角色，但她依然没有摆脱自己身上的混合身份标签。按照巴特勒的理论，"通常认为，动作、体态、执行都是表演性的，因为它们看上去要表达的本质或身份都是编造出来的，是通过**身体符号**和**其他的话语方式**制造和维持的"③。正如媒体报道和小说封面的照片中揭示出的那样，在父权制社会男性眼光的凝视下（这也是作者德里罗所持的眼光），赛场上"全副武装"的克利奥依然以她的金发、丰满的胸部等吸引着读者和观众。这样，即便她受到体育话语的作用，并且围绕冰球的话语充斥着男性气质，传统上与男性身份的建构密不可分，但这依然不足以压倒她身体符号传达的女性话语。

她的"性别麻烦"连续不断。小说第二部分开篇，情节发展至克利奥所在的球队来到客场，在费城进行比赛。这里采用的叙事模式与《达阵区》中那场关键的比赛不无相似：与其说是对于体育比赛的文字直播，倒不如说是对于体育与暴力关系、体育作为战争隐喻的诠释。只不过，这一次所有的火力几乎都集中到了主人公一个人身上：

---

① Judith Butler, *Gender Trouble*, New York and London: Routledge, 1990, p. 175.

② Cleo Birdwell (Don DeLillo), *Amazons*, New York: Holt, Rinehart and Winston, 1980, p. 43.

③ Judith Butler, *Gender Trouble*, New York and London: Routledge, 1990, p. 173, 粗体为笔者所加。

第四章　冰球运动与女性观：《女勇士》对激进女性主义的反讽

"在五分钟之内我就意识到，绝大多数的攻击都是冲着我来的，并且每次有人冲撞我的时候，观众就会陷入暴力、血腥、高分贝的癫狂之中。"① 弗吉尼亚·伍尔芙（Virginia Woolf）针对男性作家对于女性作家的敌视态度的经典论断用在这里恰如其分："这一定激发了男性体内某种非比寻常的力求自证的欲望；这一定让他们着眼于自己的性别和其特征，而若非受到挑战，他们压根不会想到这些。而一旦一个人受到挑战，即使这样的挑战只是来自几个头戴黑罩帽的女性，他也会予以回击，而且是会以一种夸张的方式，就好像他从来没受过挑战一样。"② 只不过在球场上，对他们构成挑战的这位女性和他们一样身强力壮、全副武装，难怪会招来更加激烈的反应。

这里的症结还是主体性问题。克利奥把冰场上的自己视作一个男性主体，与周围的队友、对手不是以性别而是以能力予以区分的："我认为我能和他们滑到一起。这是唯一重要的。"③ 这也是冰球话语对其身份认同的影响。但这只是主体性的第一个维度，即自身经验范畴之内的"我"。在对手、观众眼中，克利奥的"他者"地位在这里被凸显出来。"尽管没有明言，但他们达成了共识：将我打残、杀死是*可以*的。"④ 这其中的原因一是对他者的敌视（党同伐异、清除异己），二是弗洛伊德所说的对于阉割的恐惧（castration anxiety）。⑤ 在这里，她的激进女权主义立场起到了适得其反的效果：

---

① Cleo Birdwell (Don DeLillo), *Amazons*, New York: Holt, Rinehart and Winston, 1980, p. 150.

② Virginia Woolf, *A Room of One's Own*, London: Grafton, 1977, p. 107.

③ Cleo Birdwell (Don DeLillo), *Amazons*, New York: Holt, Rinehart and Winston, 1980, p. 6.

④ Cleo Birdwell (Don DeLillo), *Amazons*, New York: Holt, Rinehart and Winston, 1980, p. 150. 斜体为原文中的"*all right*"。

⑤ 参见 Sigmund Freud, *The Standard Edition of the Complete Psychological Works of Sigmund Freud, Volume XIV (1914-1916): On the History of the Psycho-Analytic Movement, Papers on Metapsychology and Other Works*, trans. James Strachey, London: Hogarth Press, 1957, pp. 67-102。

她越是想要融入男性话语，越是强调暴力，越是将自己推向了"他者"的地位。

寻求单一的身份认同而不得、"勇士"的自我认同与"女人"的外在标签之间的冲突、激进女权主义的立场，在克利奥的商业活动中达到了顶峰。她的经纪人想让她为一个浴缸代言，具体的广告内容是：她坐在浴缸里，露出自己的乳沟，并且手里拿一个苹果。这遭到她的断然拒绝。如果从身份认同的角度来解释，这个细节所展现出的其实还是主人公在公共空间中习惯的男性身份认同——她认为当自己以一个公众人物的形象出现时，无论是在赛场上、更衣室里还是电视广告中，身份都是一个运动员，不应该被附加上性别的属性；她不断强调"我是一名冰球运动员"，事实上是暗示"我与男性运动员无异"。

小说中还有另外一次广告风波，出现在第二部分第13章。情节至此，"Amazons"这个词在小说中第一次出现。这是一个零食的品牌，"一种新的膨化零食"："亚马逊圈、亚马逊薄饼、亚马逊块、亚马逊小食"，其广告词是"亚马逊零食经女性检验。这是我们为女性而包装的零食。每个年龄段、每种体型、每种构造的女性。"这家公司选中了克利奥做代言人，明显是把她当作当代女勇士的代表："你说一说大城市的生活、路上奔波的生活，说一说一个女人如何在一个男人的运动中竞技。"但她认为这个产品的名字"让人恶心"，并对"专门面向女性的零食"这个理念嗤之以鼻。① 小说情节中提供的一个可能的解释是克利奥对另外一个品牌的零食情有独钟，并且和她同居在一起的史蒂文斯也是如此。也就是说，根据她的经验，并非只有女性对垃圾食品成瘾，不应该以性别来区别消费市场。情节之外，一个潜在的原因是克利奥并不认同自己是一个"女"勇士，更不要说被推崇为女勇士族的首领。这依然可以从她试图建立单一

---

① Cleo Birdwell (Don DeLillo), *Amazons*, New York: Holt, Rinehart and Winston, 1980, pp. 315–316.

的身份认同的努力中得到解释：她不希望别人以性别标签来识别作为冰球运动员被置于公众视阈中的自己——她可以认同勇士，但无法认同一个带有性别的勇士。正是由于女人和勇士在她认知世界中这种泾渭分明的关系，她既无法接受自己被认同为女勇士这样的混合身份，也无法接受其成为一个理念进入消费市场，这要比小说中"在炎热的南加利福尼亚州一块人工浇出的冰场上表演滑冰"这一广告拍摄场景更加不自然。

有批评家指出，克利奥两次拒绝拍广告都是因为其内容"侮辱女性"。① 得出这样的结论很可能是基于女主人公的激进女权主义立场：她或是因为不认同为女性，完全不能接受将自己的女性身体特征置于凝视之下，或是因为不认可男女有别的消费行为而拒绝拍摄。然而，商业活动早已成为现代体育产业链的一环，也是职业体育运动员工作的一部分。主人公因为性别立场而拒绝商业合作，事实上对自身和集体（俱乐部、经纪人、广告公司）的利益都带来负面影响，可谓是因噎废食，结果是连她信赖的经纪人兼唯一的女性朋友也不站在她这一边。此外，她本来可以成为女性，特别是小女孩儿的励志偶像，激励她们像她一样凭借自身努力改变命运——广告场景中就有许多围绕在她身边滑冰的小女孩儿——但因为过分追求与男性的平权，对性别划分嗤之以鼻，没有看到若是自己能够借助广告平台发挥对于女性群体的引导作用，那么对于打破当前不平等的男女权力结构将是更有利的，将比自己一个人的力量大得多，这无疑是具有反讽意味的。一个兼具美貌与运动能力、受到公众追捧的体育明星拒绝在镜头下展示自己的女性身体特征，一个当代女勇士的典型代表拒绝为以"女勇士"命名的商品代言，从这两次广告事件中出人意料的情节走向中可以看到作者精心设置的针对激进的女权主义立场的情景反讽。

主人公的身份认同麻烦其实可以用"雌雄同体"（androgyny）

---

① Douglas Keesey, *Don DeLillo*, New York: Twayne, 1993, p. 209.

的概念予以解释。琼·辛格（June Singer）借用荣格（Carl Jung）的理论，将雌雄同体视为"一种在人的心灵中传承下来的原型（archetype）"，"隐藏在集体无意识混沌的深层之中，无法轻易想象，更不用说理解了。它很少进入意识之中，而即便它进入了，也总是受到抑制"。她同时指出"雌雄同体会对围绕一个人到底是男是女的诸多预设造成威胁，从而威胁到这些人的安全"。[①] 可以说克利奥正是感受到了这样的威胁，所以才有意识地在女人和冰球运动员（即女人和勇士）两种身份之间进行取舍。然而，克利奥没有认识到，只有接受"雌雄同体是人性的核心事实"，而不是诉诸极端的女权主义，"我们才能迈向一个可以自由选择个人角色和个人行为模式的世界"，因为"雌雄同体具有将个人从'得体'的桎梏中解放出来的力量"。[②]

第三节 两性关系中对于女人—征服者的反讽

克利奥对自身男子气概（masculinity）刻意的塑造与展示并不仅限于她在赛场上的表现。小说中，她混乱的私生活隐含着一种身份认同的悖论：表面上看，与众多男子的交往可以视作她将自己的女人味（femininity）发挥到了极致，与男子气概最大限度地拉开了距离，从而完成了运动员和女性身份的分离；但实际上，在情节发展中呈现的一系列性爱场景中，她总是占据主动、强势的地位，以至于在她的反衬之下她的性伙伴无一例外地变成柔弱、被支配的一方，这可谓又加强了她身上的男子气概，延续了她的运动员身份认同，也延续了作者对她的反讽。

[①] June Singer, *Androgyny: Toward a New Theory of Sexuality*, New York: Anchor Press, 1976, pp. 22, 25.

[②] June Singer, *Androgyny: Toward a New Theory of Sexuality*, New York: Anchor Press, 1976, p. 30.

接下来不妨简单梳理一下小说中这些反映女主人公在私生活中因为过于激进的行为而陷入能动性的反讽中的场景，即强调能动性的负面效应：她因为刻意寻求改变和颠覆、过度发挥自己的能动性，不仅未能解决现有的"性别麻烦"，反而招致了价值观的紊乱和为传统道德观所不容的争议。小说中记录的主人公的第一段性经历涉及一个叫阿奇·布鲁斯特（Archie Brewster）的网球运动员：布鲁斯特被塑造成一个大男孩的形象，迷恋强手棋（Monopoly）这一游戏成癖，和比他年长20多岁的女经纪人保持着性关系并称对方为"开心姑姑"（Aunt Glad）；就在相识的当晚，克利奥就和昏睡状态下的布鲁斯特发生了性关系，尼尔甚至直言不讳地指出克利奥对布鲁斯特是"强暴行为"。① 她的第二段性经历是和退役的冰球运动员谢弗·史蒂文斯（Shaver Stevens）：同样是克利奥主动邀请对方进自己的房间，并且"将他推到墙边"；而她收获的不是恋人之间的亲密感和性快感，而是"同情、忠诚、当姐姐的感觉、悲伤、责任、失去感"这样混合的体验。② 第三次是和球队的总经理（后来的总裁）桑德斯·米德（Sanders Meade）：在二人走完约会、调情的流程之后，因为克利奥大大咧咧地与他讨论阴茎型号的问题，米德突然陷入恐惧之中以至于无法勃起，于是，这一次又是克利奥引导对方一点一点消除心理障碍，一件一件脱掉对方的衣服，折腾了大半夜才终于完成了交合。③ 下一次是和她的经纪人格伦韦·帕克（Glenway Packer）：在二人约会的过程中，因为帕克格外考究的装扮和绅士的仪态，克利奥怀疑对方是同性恋；在后来的性爱过程中，是克利奥而非帕克迫不及待地想要双方的交合——帕克更是在前戏阶段止步不

---

① Phlip Nel, "Amazons in the Underworld: Gender, the Body and Power in the Novels of Don DeLillo", *Critique*, Vol. 42, No. 4, Summer 2001, p. 419.

② Cleo Birdwell (Don DeLillo), *Amazons*, New York: Holt, Rinehart and Winston, 1980, pp. 34 – 36.

③ Cleo Birdwell (Don DeLillo), *Amazons*, New York: Holt, Rinehart and Winston, 1980, pp. 60 – 74.

前，只用手来爱抚，拒绝双方性器官的接触，因为他认为这样就能满足对方。① 之后是她的球队教练让－保罗·吉普（Jean-Paul Jeep）：在漫长的客场征战途中，吉普来到克利奥的房间里，用她听不懂的法语做了久久的独白，并在之后表示"你刚才是在救我的命"；而克利奥正是被他这样深情、柔软的嗓音打动，"像中了法语的毒一样"，这才和他上了床。② 体育记者穆雷·西斯金德（Murray Siskind）也在她长长的列表中：他取悦克利奥的方式是给她做饭，在他看来"没有一个女人能够抵挡一个为她做饭的男人"，而且他试图通过"制造出一种脆弱感"来博得克利奥的好感。③ 最后一个记录在册的是帕克的同母异父兄弟曼利·帕克（Manley Packer）：表面上看起来这个酷爱冒险、屡次差点在极限运动中丧命的青年尽显阳刚之气，但他却在和克利奥的击剑过程中激发了她的竞争欲望和嗜血的一面，不仅被她刺中，连之后的性爱场面也像是二人之间的贴身肉搏，最后谁也没能征服谁，陷入了僵局。

可以说，在小说的情节进程中，克利奥和她身边出现的每一个显性或潜在的男性追求者几乎都发生了性关系。但其中也有例外。首先是球队的总裁詹姆斯·金罗斯（James Kinross）。他在小说中共出场两次，一次是在克利奥刚刚加入球队的欢迎仪式上，一次是在卸任总裁的告别仪式上。这是一个性情粗鲁、满口脏话的中年男子，没受过什么教育，用他自己的话说"在街头长大，来自街头"，视"犯罪元素"为纽约的核心。④ 他和毕业于耶鲁大学、性情懦弱的米德（也就是后来他的继任者）同时登场，形成鲜明的反差，可以说

---

① Cleo Birdwell (Don DeLillo), *Amazons*, New York: Holt, Rinehart and Winston, 1980, pp. 126 - 146.
② Cleo Birdwell (Don DeLillo), *Amazons*, New York: Holt, Rinehart and Winston, 1980, pp. 186 - 187.
③ Cleo Birdwell (Don DeLillo), *Amazons*, New York: Holt, Rinehart and Winston, 1980, pp. 242 - 63.
④ Cleo Birdwell (Don DeLillo), *Amazons*, New York: Holt, Rinehart and Winston, 1980, pp. 10 - 13.

他们二人代表着两种极端的男性形象。金罗斯身上强烈甚至过剩的男子气概使他在任何的权力结构中（不分男女）都是强势的一方，这也是他最后下台的原因："他们（董事会）不想要这么多的（个人）色彩。他们想要一个缺乏影响力的人。"① 也只有金罗斯把克利奥完全当作一个女人来看待。在欢迎仪式上，他不关心克利奥的运动能力，甚至不关心冰球，只关心她对薪水的满意度，并直言不讳地承认想灌醉她。② 而在告别仪式上，他毫不避讳地对她大献殷勤，当着众人（包括她的男朋友）用言语赤裸裸地挑逗，而且一直握着她的手不放。③ 但有意思的是，金罗斯成了一个例外，没有像那些或多或少女性化的男性同胞们一样被写进克利奥真正的私密往事。

另一个例外是她男友的医生锡德·格拉斯（Sid Glass）。她与这位医生有过三次接触，前两次都是陪男友去看病，而第三次则是单独去找他寻求帮助。正是在最后一次的接触中，格拉斯不无调情意味地邀请她"喝一杯Tanqueray马提尼鸡尾酒，一起观看河流上落日的余晖"。但克利奥再三拒绝喝他调好的酒，并且趁着对方开门收外卖的机会"落荒而逃"。可以说在这一幕中，克利奥的表现一反常态，完全失去了以往她在和男性交往中的强势地位。在这之前，她刚刚陪格拉斯以冲刺的速度爬了16层楼。这样的运动强度让她这样一个职业运动员都吃不消："我的左腿开始痉挛，上次发生这样的事还是三年前，打完一场有三段加时赛的季后赛之后。"而格拉斯这个看上去文弱不堪的医生每天都要重复一遍这样的运动。这样，克利奥的男子气概受到了挑战，就像她在赛场上的对手面对她的时候一样。甚至可以说和面对金罗斯时一样，她身上的男性身份再次受到

---

① Cleo Birdwell（Don DeLillo），*Amazons*，New York：Holt, Rinehart and Winston，1980, p. 55.

② Cleo Birdwell（Don DeLillo），*Amazons*，New York：Holt, Rinehart and Winston，1980, pp. 8 – 14.

③ Cleo Birdwell（Don DeLillo），*Amazons*，New York：Holt, Rinehart and Winston，1980, pp. 88 – 95.

了压制，让她变成了弱势的一方——一个女人。这也是为什么当她瘫倒在格拉斯的沙发上的时候会感到不安，会询问他的妻子在哪里。①

在这两个例外中，两位男性都是体育的局外人——金罗斯虽然曾经是俱乐部总裁，但对冰球毫无兴趣，也从不谈论体育。他们都不把克利奥当成一个冰球运动员，只把她当成一个女人。这也证明小说的叙事逻辑是，克利奥要发生性行为，必须是在她占据强势地位的场域，即她"表演"男性的角色。如果说作者对小说女主人公一系列出人意料、令人啼笑皆非的性爱场景的描写都夹杂着情景反讽的话，那么，在涉及金罗斯和格拉斯的篇章时，这样的反讽恰恰来自女主人公拒绝与这二人发生性关系的选择。而如果读者对于小说创作之际风头正劲的激进女权主义有所了解的话，则可以捕捉到作者的影射之意：过分追求男女平权甚至是权力反转的主人公，不仅在公共生活中的男性身份认同已经根深蒂固，而且在切换到私生活时对单一的女性身份无所适从，无法在随之而来弱势的地位之下完成性行为。

小说中，克利奥的哥哥肯尼（Kenny）和她的情况不无相似。他告诉妹妹，"我不区分工作时间和其他时间。我不分割我的生活。只有一个生活……并没有公共生活、私人生活这一类的区分。有的只是我的生活。我们这里思考问题不是从部分出发"②。肯尼名义上的职业是计算机技术员，实际上却是一名色情电影演员——事实上这是克利奥的理解，小说对于前者到底只是个幌子还是他从事着一明一暗两种职业并没有澄清。不过按常理推断，他应该面临着和克利奥一样的双重身份认同麻烦才是。但很明显并非如此：他并不介意自己的妹妹发现自己的秘密，也似乎不在意自己

---

① Cleo Birdwell (Don DeLillo), *Amazons*, New York: Holt, Rinehart and Winston, 1980, pp. 228–237.

② Cleo Birdwell (Don DeLillo), *Amazons*, New York: Holt, Rinehart and Winston, 1980, p. 245.

的家人知晓此事。那么，肯尼缘何能与妹妹身边那些孱弱的男性人物区别开来，并且为妹妹指明了"不再区分公共和私人生活"这条解决"性别麻烦"的捷径呢？小说中给出了一个可能的答案，那就是哥哥对体育丝毫不感兴趣，甚至不知道妹妹从业的 NHL 是什么。换言之，克利奥这个女性的介入让冰球行业中的男人普遍生出了"性别麻烦"：在公共生活中，他们感受到了一个男子气概有过之而无不及的女性竞争者带来的挑战；在隐秘的私生活中，他们要么是对走出赛场的女主人公丧失了警惕，猝不及防地落入了两性关系中被动的地位，要么是自忖与其继续与女主人公的阳刚之气正面抗衡，倒不如露出自己最阴柔的一面，以此促成阴阳的交合。这也是小说的虚构性所在：为了凸显女主人公在私生活中的激进女权主义立场，作者塑造了这一系列的男性予以配合。然而，克利奥并非是真正的男人，本来可以心安理得地在私生活中展现自己阴柔的一面，但她刻意追求单一的身份，完全压制住了自己的女性气质，从而将球场上不无积极意义的与男性的对等权力格局转变为私生活中畸形的对男性的压倒性优势，这也正是德里罗对这种跨场域的"女勇士"身份的讽刺所在。

另外，值得注意的是，在小说的情节中，克利奥和每一个男性都只发生了一次性关系。网球明星布鲁斯特后来约她在达拉斯会面，却因为被经纪人彭罗斯搅和而泡汤。退役的冰球运动员史蒂文斯与她短暂同居，但小说没有再对他们的性生活进行描述——他后来进入医学休眠状态，一直到小说的最后一幕才醒过来。球队总裁米德后来一再试图与她约会，并秘密追随她、潜入她的酒店房间，但就在即将交合的时候再次突然因为语言问题变得"不举"，而这一次克利奥没有再去抚慰他、引导他，而是赶他离开。教练吉普也再一次半夜找克利奥用法语倾诉，只不过这一次他们的对话发生在电话中，并且被一个突然事件打断。至于经纪人帕克，克利奥本来受其邀请去他家做客，但后来是他的弟弟取代了他的地位。而体育记者穆雷和曼利这两位最后加入列表的成员，后来都没有再出现在克利奥的私人生活中，或者用主人公的话来说，"她还没来得及背叛"他们，① 因为她漫长的旅程已经结束，私密往事将进入下一个篇章。除去保持"轻度色情小说"的新鲜感，这样的情节安排也能从主人公的身份认同悖论中得到解答。一方面，克利奥已经成功征服这些男性对象，继续与之交往不再具有挑战；另一方面，通过这样极端的方式只能暂时达到单一的身份认同，无益于从源头上消除业已浮出水面的雌雄同体意识带来的焦虑。

小说中另有一个围绕主人公的"性别麻烦"构建的场景。在小说的第 3 章和第 4 章，情节发展至克利奥的球队来到多伦多比赛，却因为赶上了暴风雪而取消，这时总经理米德约她去吃晚餐。他的想法是通过"加拿大这个大城市庞大的地下网络"，不用出户外就可以从酒店到达餐厅。于是克利奥着一件"仿燕尾服"（mock tuxedo），穿一件衬衫并打了领结去赴约，在一路上包得严严实实的其他行人的衬托下愈发显得与众不同。这可以被解读为一个非同寻常的"易装"（cross-dressing）细节。仿燕尾服（加上衬衣、领结）中的"仿"不无"戏仿"的意味，既不符合传统的女性着装法则，又和男士正装区别开来。换言之，这样的服饰并非真的为达到女扮男装的效果，而是将女性的身体特征以一种"陌生化"的方式呈现出来。但是，这里的主体并不是一个寻常的女性，而是一个女勇士，身上混合了男女两种气质。不过我们已经知道，在私人空间中的克利奥试图继续压制自己的女性气质。这样，这一服饰细节中的易装是通过一系列繁杂的步骤完成的：第一步，雌雄同体的主体试图将自己装扮为一个男性（以完成对于"女性"的征服）；第二步，这个装扮出来的男性主体（不情愿地）将自己装扮为女性（以吸引男性上钩）；第三步，这个装扮出来的女性通过非传统的着装方式装扮为一个男性；最后一步，这个装扮出来的男性故意流露出自己的女性气

---

① Cleo Birdwell (Don DeLillo), *Amazons*, New York: Holt, Rinehart and Winston, 1980, p. 344.

质。然而，米德的计划百密一疏——理想的那家餐厅满员，若去另外一家的话必须上到地面，在暴风雪中穿行4.5米。这样的变化让克利奥猝不及防："**我**并不介意那4.5米。是**我的穿戴**介意。我的衣服介意。衣服很生你的气。"① 这里，克利奥赋予服饰以人格，不仅达到了一种戏谑的效果，也反映出她复杂的主体性：这里的"我"即易装前的"我"，是雌雄同体的；而"我的穿戴"指的是她为这次约会付出的精心准备，这既包括价值不菲的服饰，又包括她通过一系列的身份转换克服"性别麻烦"的过程。

这一易装再次证明，尽管从表面上看主人公在私生活中完成了与男性身份的分离，突出了自己的女性气质，但实际上这依然是为操控男性、征服男性的目的而服务的，依然体现的是她激进的女权主义立场。然而，克利奥最终没有能躲过暴风雪。更加具有反讽意味的是，尽管在约会结束后他们二人通过餐厅的地下应急通道避免了再次直面风雪，但在回到酒店之后，当克利奥为了掩人耳目试图走楼梯去米德的房间时，她错误地推开了消防安全门，再次将自己置身于暴风雪之中。这一针对主人公的情景反讽可以算是她作为激进女权主义的践行者的人生缩影：不论她如何隐藏自己的身份，如何"表演"，总是难以避免陷入尴尬的境地。巴特勒指出，针对易装需要区别解剖学性别（anatomical sex）、（社会）性别身份（gender identity）和性别表演（gender performance）这三个概念："如果表演者的解剖学性别有别于其社会性别，而且这二者都有别于表演的性别的话，那么这样的表演不仅透露出生理性别和表演之间的不一致，还有生理性别和社会性别、社会性别和表演之间的不一致。"② 在克利奥的身上，同样可以看到这三者间复杂的互动。在公共生活中（包括冰球赛场上和广告拍摄中），她

---

① Cleo Birdwell（Don DeLillo）, *Amazons*, New York: Holt, Rinehart and Winston, 1980, p. 53. 粗体为笔者所加。

② Judith Butler, *Gender Trouble*, New York and London: Routledge, 1990, p. 187.

认同的社会性别是男性（冰球运动员），但作为"被看"的对象，观众、对手、媒体更加关注的是她的解剖学性别，并且基于此希望她能表演女性；在私生活（尤其是性生活）中，尽管她吸引男性凭借的是自己的解剖学性别，但她认同的社会性别是男性，实际上的表演性别也是男性。在公共生活中，在赛场上的她别无选择，只能尽力完成男性的表演，但在拥有自主权的广告拍摄中，她因为这样的不一致而拒绝表演。而促成私生活中的性别表演的是她所交往的男性本身的阳刚不足，这也正是小说的戏剧性所在；若非如此，克利奥很可能要把征服的对象换成真正的女人，进而打破小说整体叙事中的异性恋框架。但尽管如此，她这些在能动性驱使下连续进行的情感征服试验招致的却是混乱不堪的私生活以及自我否定——在第二部分结尾，她反思自己的私生活时，"背叛"（betray）一词出现几十次，加上一系列男性角色的名字作为宾语，不仅让读者应接不暇，也让她陷入不知所措的境地，只能选择用非理性消费的方式逃避现实——这也是德里罗在小说前两部分给予自己的这位主人公最大的反讽所在。

第四节　女勇士族：女性主义的悖论

除了主人公克利奥，小说中还有不少女性人物登场。其中，占据话语空间最多的要数她的经纪人，同时也算得上她唯一的密友弗洛斯·彭罗斯（Floss Penrose）。无论是冰球明星克利奥还是网球明星布鲁斯特，都与这名经纪人保持了长期的合作，并都给予了她充分的信任，这证明她的业务能力毋庸置疑。而且，更重要的是，和克利奥一样，彭罗斯参与的也是一场男性主导的游戏，要面对的是像金罗斯这样男性气质爆棚的对手。这样，彭罗斯算得上是又一位女勇士。但和克利奥不同的是，她一开始就认识到她的这位客户的商业价值并不在于她的运动能力，而是她作为一名女性在一个全然男性化的话语体系中受到的"凝视"。① 她和克利奥,同时也是和这个行业中的其他女性的另外一个重要的区别在于,她没有将自己男性化——在没有见到彭罗斯之前,克利奥以为她是个烟不离手、粗话不离口的女人,但事实上她身材极度娇小,看上去又害羞又胆怯。她在体育行业中的生存之道是一种以柔克刚的策略。在代表克利奥与俱乐部接洽的过程中,为了给客户争取到一份优厚的合同,她采取了一种非常规的手段——哭。小说借金罗斯之口描述了这一幕:"你的那个经纪人有点疯疯癫癫。我们这儿的人都不知道怎么去应对她……她就坐在那张椅子上,颤颤巍巍、哭个不停",而这"对于这些(俱乐部)的家伙们来说就像外太空一样"。② 正是利用自己的女性气质,她达到了目的,拿到了一份在她看来符合客户商业价值的合同。

反对将女性"物化"可谓是女性主义运动③的要义。然而,彭罗斯恰恰凸显出自己身上娇小、柔弱、感情用事的一面,在构成女性气质的陈词滥调中如鱼得水。换言之,她的生存法则依然是建立在男女有别这样的二元对立基础之上的,这无疑是反女性主义的。这也可以解释为什么她无法理解克利奥为什么会拒绝拍摄"女勇士"牌零食的广告——在小说的最后一章中,当她俩碰巧看到由另外一个女运动员代言这个品牌的广告时,她依然责难克利奥当初不该拒

---

① 穆尔维(Laura Mulvey)指出,"这个世界的秩序建立在性别的不平衡之上,视觉的愉悦被分成主动的/男性的和被动的/女性的。主导性的男性凝视将其幻影投射到女性形体之上,后者的风格也由此构建"。参见 Laura Mulvey, "Visual Pleasure and Narrative Cinema", in Leo Braudy and Marshall Cohen, eds., *Film Theory and Criticism: Introductory Readings*, New York: Oxford University Press, 1999, p. 837.
② Cleo Birdwell (Don DeLillo), *Amazons*, New York: Holt, Rinehart and Winston, 1980, pp. 11 – 12.
③ feminism 有"女性主义"和"女权主义"两种译法。本书在强调 feminism 的一般性概念时选择使用"女性主义"这个较为中性的译法,在强调性别政治、特别是较为强烈的政治立场时选择使用"女权主义",主要包括"极端增进女权主义"(radical feminism)。

绝。在与米德约会的过程中，克利奥发现这位懦弱的总经理对服务员都不好意思发号施令；与之相反，彭罗斯虽然外表柔弱，但"在餐厅和商店里，她能得到为王储和传奇电影明星保留的那种服务"①。尽管彭罗斯也可以表现出与外表不符的强硬，但她的男性气质并没有给她造成身份认同的困扰。她只把自己认同为一个女性，试图最大限度地利用建立在男女二元对立之上的权力结构。她并没有区别公共和私人空间——她和自己的客户布鲁斯特之间的情人关系就是明证——在事业和生活中的"被看"过程中都享受着女性的社会性别，并且连她的表演性别都是女性，而且是最典型的女性。这样，彭罗斯这样一位事业有成、在一个男性主导的行业中混得风生水起的女性，其解剖学性别、社会性别和表演性别之间达到了统一，在她身上几乎看不到传统的男女权力结构对于处在弱势地位的女性的桎梏。

　　通过彭罗斯这个人物的衬托，德里罗事实上加强了对克利奥的反讽与指摘。而涉及小说中另外一些激进女权主义的代表人物时，德里罗则由隐秘的反讽转向了公然的辛辣讽刺。娜塔莎（Natasha）是格拉斯医生的妻子，在小说中共出场两次。第一次是在克利奥陪同史蒂文斯看病的时候，克利奥发现医生夫妇和十岁的小女儿莫娜（Mona）并不住在一起，因为他们认为她不应该太依赖自己的父母。表面看起来这是一种新型的家庭关系，一方面可以尽早培养孩子的独立性，另一方面也可以减轻父母的负担。由于抚养孩子的责任传统上更多落在女性这一边，因此可以说娜塔莎成功将自己从母亲身份中解放出来。而在第二次出场时，克利奥发现娜塔莎正处在"排空"（haze-out）期，"一个星期除了看电视别无其他"，"连猫也不喂"；② 此外，她从莫娜口中得知娜塔莎有个"养鸽子"的情人——

---

① Cleo Birdwell (Don DeLillo), *Amazons*, New York: Holt, Rinehart and Winston, 1980, p. 57.

② Cleo Birdwell (Don DeLillo), *Amazons*, New York: Holt, Rinehart and Winston, 1980, p. 233.

如果连小孩子都知道的话,她的丈夫没理由不知情。这样,娜塔莎将自己从妻子的身份、婚姻的"枷锁"中也解放了出来。事实上,娜塔莎的职业是一名艺术家或者艺术品收藏家,并且关注的是极具实验性的现代艺术,她本人无疑也将这样的实验性带到了自己的家庭关系中。从某种程度上来讲,德里罗让她扮演的是一位比主人公更加明显的激进女权主义者的化身。然而,读者不会错过围绕这位新女性的讽刺意味:她的女儿缺衣少食、邋里邋遢;她的丈夫就在她眼前与别的女人调情;她自己的生活过得一团糟。

另一个例子是体育记者穆雷的妻子伯尼斯(Bernice)。穆雷抱怨道,"现在要维持一段关系实在是太难了",因为

> 她变成了一个同性恋。她们都在这样做。这样的事之所以开始发生,都是因为现在有太多小说是关于女人和她们不喜欢的男人上床的。女性读者开始对此颇有微词。她们中的一些人因此变成了同性恋。然后她们开始写书。这就是第二波小说,也是伯尼斯最初读到的东西。但我认为之后她回归到了第一波之中,为的是巩固自己的信念。①

这里的第一波、第二波小说,很可能是对到20世纪80年代为止西方的两波女性主义浪潮的影射。20世纪60年代以来,伴随黑人民权运动、女性主义运动的是逐渐壮大的同性恋运动,而种族、性别和性行为也是围绕平等权利问题如影随形的几个概念。正是在这样的语境下,异性恋逐渐开始被定义为男权社会的产物。德里罗在这里讽刺的正是这些运动对于普通人可能造成的"洗脑"效应,及其可能对正常的男女关系、婚姻结构带来的扰乱。而且他的讽刺并未止于此,穆雷接下来表示,"我其实从来都不能理解事实究竟是怎

---

① Cleo Birdwell (Don DeLillo), *Amazons*, New York: Holt, Rinehart and Winston, 1980, p. 263.

样的。我甚至怀疑这个人（第三者）可能是个男的"①。也就是说同性恋运动和女性主义思潮有可能被当成是出轨的借口。甚至这里还隐含着第三层讽刺，那就是不仅女性可以利用这样的社会潮流而规避传统道德规约的审视，而且男性也可以利用其掩饰自己在婚姻、家庭中的失责和无能，甚至进一步博取他人的同情——格拉斯医生如此，穆雷亦如此。

此外，在小说第 14 章，当主人公去帕克家做客的时候，出现了三个次要女性人物。首先是帕克母亲的司机贝特·麦卡蒂（Bette McCatty）——"实际上她差不多算是司机中的自由职业者，只是在业余时间为帕克夫人工作。多数夜里，她为一家光膀子（topless）司机机构工作，搭载来出差的商人往来于亚特兰大的夜店之间"②。激进女权主义运动中不乏通过不穿上衣（或者赤身裸体）这样的行为艺术方式来宣示其对于男女权力平等的诉求的实践。在这里，正是因为这是一种迎合时代浪潮的前卫行径，并且这位司机自己是用一种轻描淡写的态度谈及自己的这份工作的，所以大大加强了陌生化的效果，凸显出作者赋予这个情节的荒诞性。从她的描述中可以看到，使用这类出租车服务的男性是抱着一种猎奇的心态。因此，从本质上来说，她和彭罗斯一样利用了男性对于女性身体的"凝视"，并没有挑战男权。这也再一次映射出女性主义的悖论。

另外，颇具讽刺意味的是，随后出场的麦卡蒂的雇主帕克夫人与她截然相反。无论是保存完好的农场、充满浪漫和神秘风情的老式房子，还是这位老太太旧式的穿着、遗世独立的气质、沙哑的南方口音，都将其指向了一位典型的南方贵族形象，"总是一个气场强

---

① Cleo Birdwell (Don DeLillo), *Amazons*, New York: Holt, Rinehart and Winston, 1980, p. 263.

② Cleo Birdwell (Don DeLillo), *Amazons*, New York: Holt, Rinehart and Winston, 1980, p. 321.

大、幽灵一般的存在",并且"憎恨新南方"。① 可以说,帕克夫人就是美国南方传统的活字典,也正是当代极端女性主义者想要摆脱的过去。而帕克的妹妹莫迪(Maudie)更是宛如从早期的南方小说中走出来的贵族小姐,一个"孩子式女人(child-woman),漂亮、娇小、柔弱、纯洁",三十七岁的年纪依然被哥哥和母亲庇佑在深闺中,每天学习演奏一种古老的乐器。② 可以说从这对母女身上不仅可以看到典型的旧式南方贵族小姐的影子,而且还带上了爱伦·坡和福克纳短篇小说中的那种哥特式元素——小说中甚至有帕克哄自己的这位妹妹上床睡觉的情节。正如克利奥所言,"旧南方是一回事,中世纪却是另一回事"③。

然而,更加奇特的是,帕克夫人年轻时候足迹遍布全球,有着丰富的情史:帕克家的三个孩子是同母异父,甚至帕克认为他母亲自己也搞不清楚他们各自的父亲是谁。这样的经历和克利奥不无相似,事实上帕克夫人自己也意识到了这一点:"我认为你和我很像。我总是试图抓住生活的小短毛。"④ 按照小说中的术语,她们都追求的是一种"假深刻"(pseudo profundity)的处世哲学。因此,无论是老年时候扮演类似母系氏族首领角色的帕克夫人,还是最终厌倦了漂泊、想要安定下来的克利奥,可谓都经历了从玩世不恭、放荡不羁的生活态度到回归传统女性身份的转变——在故事层面上,克利奥的私生活转向(回归家庭)正是始于这次会面。这将她们二人与小说中其他所有的女性人物都区别开来,因此,当帕克表示克利

---

① Cleo Birdwell (Don DeLillo), *Amazons*, New York: Holt, Rinehart and Winston, 1980, pp. 322 – 323.

② Cleo Birdwell (Don DeLillo), *Amazons*, New York: Holt, Rinehart and Winston, 1980, pp. 324 – 326.

③ Cleo Birdwell (Don DeLillo), *Amazons*, New York: Holt, Rinehart and Winston, 1980, p. 324.

④ Cleo Birdwell (Don DeLillo), *Amazons*, New York: Holt, Rinehart and Winston, 1980, p. 328.

奥和他母亲是"我认识的最惊艳的两位女性"①，尽管不无恭维之意，但某种程度上也是在代替隐含作者发声。造访帕克一家（第二部分以此收尾）同时也是话语层面上的一个分水岭：德里罗对（前两部分中）那个在私人空间中压制自己的女性气质、逆天性而为的主人公极尽反讽，而当她（在第三部分）结束征程（既包括冰球赛事的征程，也包括对男性的征程）、反思（甚至不乏忏悔意味）自己的生活，决定坦然在私生活中释放自己的女性气质时，她不再是作者反讽的对象——这样的转变不失为主人公的成长（*Bildung*），也是反女性主义（特别是女性主义成长小说）所在。德里罗既讽刺了创作小说时走向极端的女性主义运动（如娜塔莎、麦卡蒂），因为她们过于深刻；又对极端因循守旧的传统女性定位嗤之以鼻（如莫迪），因为她们过于肤浅。而对于在传统的男女权力框架下最大限度地发挥自身优势的女性（如彭罗斯），他似乎持有的是一种中立的态度。他真正欣赏的，可能正是可以意识到雌雄同体的生存状态、不断调整自己的身份认同（即解剖学性别、社会性别、表演性别之间存在张力）的女性（帕克夫人和第三部分中的克利奥）。

最后一个女勇士，也是小说中最极端的女权主义者化身出现在小说的结尾。克利奥和彭罗斯在纽约第五大道的一个教堂门前遇到一个流浪艺人："她是个小提琴家，50岁上下，脸红红的，身披着层层的破衣服。在她旁边是一个超市的手推车，装满了她的财产。"② 时至今日，流浪汉依然是困扰美国（尤其是纽约、洛杉矶、旧金山这样的大城市）的一大难题。而德里罗在这里不仅以写实的手法塑造出一个典型的女流浪汉形象，而且进一步交代出了其沦落街头的原因。彭罗斯指出，这个人以前和她一样也是一个成功的经纪人："她总是跟我说她想要开发出更深层次的技能，能变

---

① Cleo Birdwell (Don DeLillo), *Amazons*, New York: Holt, Rinehart and Winston, 1980, p. 322.

② Cleo Birdwell (Don DeLillo), *Amazons*, New York: Holt, Rinehart and Winston, 1980, p. 379.

得真正自足。一天，她抛下了她的丈夫、她的老板、她的工作、她的家、她的孩子们。"在不遗余力地给出这个人物褴褛衣着、潦倒生活的细节描写之后，小说中出现这样一句话："这是妇女解放的一个真实故事。"① 这里很难区别这是出于主人公的内心活动，还是作者发出的评论。若是前一种情况，克利奥无疑感觉这是为自己敲响了警钟，她一定要避免重蹈覆辙。在后一种可能之下，可以说德里罗在这里介入了叙事，告诉读者他不是在编故事，不是在危言耸听。

第五节　从克利奥·伯德维尔到唐·德里罗：身份伪装与叙事交流

德里罗在反对激进的女权主义之余，顺带对极端的男权主义也予以了辛辣的讽刺。在小说中，当情节发展至赛季尾声，新上任的球队总经理阿赫迈德·本·法基（Ahmed ben Farouky）代表球队背后的沙特财团找到克利奥，告诉她以后在比赛的时候必须蒙上面纱，并且这还是基于他们对她在赛场上的表现的肯定才做出的妥协，要不然连上场都不会被允许。这让克利奥愤怒不已，并且予以了坚决回击。她本来就对在赛场上受到对手和观众的凝视、因为自己是一个女人而被特别针对而感到苦恼，而今，她自己并不认同的女性身份要被人进一步突出，而且是要与被禁止在公共场合抛头露面的阿拉伯女性这一父权制下不平等的男女权力关系的最典型代表联系在一起。在这里，克利奥围绕"面纱"（veil）对总经理进行了诘问，包括面纱的物理属性（长度、颜色、如何清洗）以及戴面纱会对打冰球造成的影响（对于动作、交流、心态的一系列制约）。可以说，

---

① Cleo Birdwell (Don DeLillo), *Amazons*, New York: Holt, Rinehart and Winston, 1980, p. 380.

在这一幕中,通过面纱、女性、冰球运动员的古怪联姻,德里罗展现了一个极端的女权主义者与一个极端的男权社会之间的冲突,将小说的讽刺性和荒诞性推向了极致。

如此,德里罗在性别问题上既反对阿拉伯人这样的顽固派,也不赞同极端女权主义者这样激进的革命派。这也是为什么他要让主人公—叙述者,同时也是元小说的作者克利奥女士找寻冰球和连续不断的风流韵事之外的意义:"这(小说的第三部分,处于对冰球赛和一系列风流韵事的描写之后)将是全书中有意义的一部分。"① 事实上,在第二部分的结尾,女主人公已经开始"反思自己的私人生活"——克利奥本来是想征服男性,结果却陷入一再背叛男人的苦恼中,这也构成一种强烈的情景反讽。表面上看,主人公是在对自己的背叛行为进行伦理层面的反思;实际上,尽管她自己可能没有清醒地意识到,她是在对自己征服、支配男性的欲望和驱动力进行反思,这也是作者引导她做出的改变。而她最终的落脚点是史蒂文斯,是一个固定的伴侣,"我发现我很享受照顾他的过程。我凡事都亲力亲为",并且"我发现好像重新爱上了他","我从来没有过这样的舒适感和安全感。就我和他两个人。我喜欢回到有他在的家"。② 结束了在路上居无定所的生活,主人公在物理和精神两个层面上都回到了家。她的舒适感、安全感来源于化繁为简的身份认同:她只是单纯地守护、照顾着一个自己心爱的人,不用再有性别烦恼——事实上,正是因为昏睡中的史蒂文斯无法给予她回应,可以让她单向地投射自己的情感,才可以让她处在一种接近本真的状态,既不用再勉力维持自己的男性社会身份,又不用刻意压制自己的女性气质,这样,潜意识中的雌雄同体原型不会再冲击她的意识层面,给她带来焦虑,她也不再

---

① Cleo Birdwell (Don DeLillo), *Amazons*, New York: Holt, Rinehart and Winston, 1980, p. 347.
② Cleo Birdwell (Don DeLillo), *Amazons*, New York: Holt, Rinehart and Winston, 1980, pp. 349–352.

第四章　冰球运动与女性观：《女勇士》对激进女性主义的反讽

是激进女权主义的代表。这也是为什么无论是彭罗斯还是来采访的女记者，都不约而同地羡慕克利奥。与其说她们是喜欢一个沉睡中的男人，不如说是她们也看到了在这样的一种两性关系中，不再有背叛发生——克利奥苦恼自己总是背叛别人，彭罗斯则是愤恨被情人背叛。

可以说，小说在尾声中让以克利奥和彭罗斯为代表的女勇士们由"战场"回到了家庭，这在某种意义上是对于英雄叙事传统的戏仿，也符合传统的父权制社会对于女性的期待，符合贤妻良母的框架。但是，德里罗为克里奥重返冰球赛场留下了空间：在小说的最后一章，女主人公一个人躺在床上时，怀念的是孩童时候的自己穿着冰鞋在池塘上滑冰的场面，并且看上去带着不服输的劲头。德里罗对极端女权主义加以反讽，但赞成女性通过自己的努力，进入传统上男性的职业领域，与男性平起平坐。他不赞成的仅仅是过于激进的女权主义的行为，包括对男性的征服。

在《女勇士》的最后一幕中，女主人公克利奥翻出了照相机，变换不同的姿势，从不同的角度拍摄处在沉睡中的伴侣。小说以"咔嚓"（click）这一个独立成段的词收尾，可谓掷地有声、余韵无穷。在十多年后出版的《毛二世》中，也有女性拿起照相机的类似情节：布里塔（Brita）受雇为主人公比尔拍照。曾有女学者在访谈中就后者中的这个情节中体现的"看与被看"的问题委婉地向德里罗提问：这是不是受到女性主义运动的影响？是否意味着女性"由感知的客体（perceived object）转变成了感知中的主体（perceiving subject）"？德里罗承认了这一幕是违背常规的，女性拿起照相机"在一定程度上是在对别人进行某种操控"，并且指出"更重要的是，她拍的是一个男性"。在采访者的追问下，德里罗进一步承认"女性（至少是美国女性）开始观看（look）"是一件很重要的事："我认为基本的问题在于女性已经开始将她们的眼睛置于照相机之后。无论另一头成为客体的是什么，都会是以一种不同的方式被看——和不这么做是截然不同的，尤其是当这个处在镜头另外一头的客体是男性的时候。"① 从这段访谈中可以看到,德里罗对女性主义运动本身基本所持的是一种积极、赞成的态度,尤其是肯定了女性由被看到看的转变。

一般而言,为了达到逼真的效果,作者会赋予小说的叙述者(特别是第一人称叙述者)以充分的主体性。如在女性主义作家的笔下,作者通常对第一人称叙述者——女主人公的立场持赞同的态度,不会将其作为凝视的对象。但是,在《女勇士》中并不能一概而论:主人公通过自身的不断努力(从小刻苦训练)成长为一名优秀的运动员,最终具备与男性竞争的职业能力,这一过程符合女性主义成长小说的常规,是对主体能动性的反映,无疑也证明作者对此所持的是一种赞许的态度;然而,主人公在赛场上刻意追求暴力,在更衣室里不仅不回避男性的窥视,还主动与赤身裸体的队友打闹,在私生活中试图去扮演征服者的角色,针对这些激进女权主义的行径,作者在字里行间和不同的情景中都给予了反讽,从而将叙述者置于"被看"的位置,或直接剥夺其主体性,或使其陷入了过犹不及的能动性的反讽之中。只有当她放弃了自己的极端女权主义立场——事实上作者也为她创造了这样的客观外在环境:俱乐部的沙特股东最终向克利奥妥协,不再要求她在下个赛季必须戴黑纱出场,她和别的球员一样,只需要接受中东式的赛前餐这唯一的变化;对于观众和媒体而言,经过了一整个赛季,这位 NHL 的首位女球员的关注度很可能会下降,宽松的舆论环境更有利于她专注于运动本身——在公共空间不再刻意通过暴力追求平权,在私人空间回归家庭、建立稳定的感情、回归单一女性的定位,作者才收起了反讽,重新赋予了她充分——既不缺失,也不过度——的主体性,让她成为一个"感知中的主体"。这样,与其说主人公放弃"女勇士"身份(在公共空间属于自然放弃,在私人空间属于主动放弃)是父权制社会压

---

① Maria Nadotti, "An Interview with Don DeLillo", in Thomas DePietro ed., *Conversations with Don DeLillo*, Jackson: University Press of Mississippi, 2005, pp. 109–118.

迫的结果，不如说是作者为主人公回归正常的生活找到的一条出路，也是让她实现个人成长的方式。而这样的结尾也再次证明小说题目和主体部分（前两部分）对于激进女权主义的反讽。

其实读者只要对 NHL 稍有了解，对铺天盖地的体育新闻稍加关注，就会知道在 1980 年前后并无女球员加入 NHL，因此不难识破这部作品的虚构色彩。但是，尽管很容易证明克利奥·伯德维尔子虚乌有，但对于书籍刚刚面世就购入的读者来说，真正的作者姓甚名谁依然是个未解之谜。在此，结合申丹修正后的查特曼的叙事交流模式图予以阐释德里罗以这种不寻常的方式出版此书的影响：

叙事文本
现实中的作者→隐含作者→ 叙述者→ 受述者→隐含读者→ 现实中的读者①

事实上，从该书出版至今，其现实中的读者主要是 20 世纪 80 年代初期的美国大众，是基本无从得知德里罗才是真正的作者这一情况的。这样，读者在阅读过程中无从调用文本之外的有血有肉的现实中的作者信息来建构隐含作者的形象，而只能依赖于文本的特质（主要是文本遵循的常规和体现的价值）来加以推导。读者首先要面临的一个挑战是，这个隐含作者到底是男是女——由于小说几乎没有涉及种族问题，那么通常需要关注的作者的族裔身份在此并不重要。那么，正如小说题目和情节所明确指示的那样，重要的是对于性别是否存在"伪装"。如果读者认定这是一位女性作家假托伯德维尔的名字创作的小说，那么就不存在身份伪装的现象，也很容易把它当作一部女性主义小说来读——毕竟无论是叙述者兼主人公的女勇士身份，还是情节中她对一系列男性的感情征服，都对现存的男权社会以及以男性作家为主导的英美小说传统构成了颠覆。然

---

① 申丹：《究竟是否需要"隐含作者"——叙事学界的分歧与网上的对话》，《国外文学》2000 年第 3 期。

而，更加有经验的读者不难发现，情节中尽管存在男女倒置，但女主人公身上的男子气概和男性人物在其反衬之下的孱弱同样不容忽视。这样，可以说小说情节遵循的依然是男性主人公征服一系列女性的程式，只是用表面上的主次倒置达到一种陌生化和反讽的效果。这样，隐含作者更像是男性，是一位男性作家"伪装"成了女性。

围绕"身份伪装叙事"（passing narrative）① 的一个重要问题是："当主体进行伪装的时候，他们发挥的是怎样的伦理和政治能动性，而当伪装被'揭穿'的时候又会有怎样的伦理和政治判断浮出水面？"② 究竟该如何从伦理和政治的维度去看待德里罗的伪装呢？③

假设德里罗用真名发表这部作品，那么无论是小说题目还是情节，都会立即将其指向"讽刺小说"的类别，而讽刺对象很可能会被误读为女性主义。由于女性主义运动在20世纪六七十年代的美国社会得到了空前发展，这样公然对抗风头正劲的一股覆盖社会、文化、政治领域的思潮，对于任何一位男性作家而言都可谓是将自己置于风口浪尖之上。考虑到这一时期的德里罗虽然已经发表了几部小说，算是美国文坛的一颗新星，但是还远没有站稳脚跟——他真正受到广泛认可的作品《白噪音》在几年之后才会发表。因此，采用假名，伪装成一位女性，不失为一种顺应时代潮流、明哲保身的做法。况且，德里罗并非男权社会的卫道士，也没有全盘否定女性主义运动——他既看到了现有的男女权力结构对于男女双方都可能造成的桎梏，又反对女

---

① 对于这一术语国内有多种翻译法，笔者认同张卫东的译法。参见张卫东《西方文论关键词：身份伪装叙事》，《外国文学》2017年第4期。

② Mollie Godfrey, and Vershawn Yong, *Neo-Passing: Performing Identity after Jim Crow*, Champaign: University of Illinois Press, 2018, p. xiii.

③ 笔者在此借鉴的还有费伦将叙事伦理视为不同伦理位置之间的动态互动的观点，即"人物之间的伦理位置；叙述者与人物及受述者的伦理位置；隐含作者与叙述者、人物及隐含读者的伦理位置；实际的读者与以上三种伦理位置"。参见 James Phelan, *Narrative as Rhetoric: Technique, Audiences, Ethics, Ideology*, Columbus: Ohio State University Press, 1996。也可参见［美］詹姆斯·费伦《"伦理转向"与修辞叙事伦理》唐伟胜译，《叙事：中国版》2010年第1期。

第四章　冰球运动与女性观：《女勇士》对激进女性主义的反讽　　197

性主义运动中那些极端的主张、激进的实践——因此没有必要将自己推到庞大的女性主义者队伍的枪口面前。①

然而，德里罗自己也知道，这样的伪装一定会被拆穿。一旦现实中的读者与隐含读者趋同，又会传递什么样的叙事伦理，达到什么样的修辞效果呢？德里罗很有可能要让读者反思的是，如果像他这样的主流白人作家关注一个带有明显女性主义倾向的话题，并不一定是全然的反讽——虽然德里罗并非是一个女性主义者，但他对女性主义运动表现出的是一种公允的态度。在这部小说中，正因为其对极端男权和激进女权主义几乎同等的戏谑，读者从整个文本推导构建出的是一个近乎雌雄同体式的隐含作者形象，而这其实也暗合了伍尔芙所说的作家的创作是出于雌雄同体的心智。②

那么，梳理这样复杂的互动关系，对于我们今天的研究有何裨益呢？可以说德里罗的小说完全符合阿莱克斯·沃洛赫（Alex Woloch）提出的"一对多"（the one vs. the many）的叙事模式，即

---

①　值得注意的是，德里罗是在出版《白噪音》（1985）的时候要求编辑将《女勇士》从自己的已发表作品中删除。20世纪80年代中期，女性主义在美国依然风头正劲，一直要到20世纪末才逐渐式微。这再次表明，德里罗以假名出版《女勇士》，一个重要的原因是对于当时发展势头强劲的女性主义运动的顾虑。

②　针对雌雄同体这个概念的内涵以及伍尔芙对其的认识，有学者总结道："围绕雌雄同体的定义的问题的根源在于是平衡还是融合"，"西方社会对于雌雄同体的理念都是建立在这两个词之上的"。西方的犹太—基督教的传统更偏向于"融合"的关系，即男性被等同为雌雄同体者（亚当、基督），是"本一"（the One），而女性是"他者"（the Other）。而东方的道家所说的"阴阳"代表的是"平衡"的范式：构成道的阴阳并不是敌对的关系，而是相互依存、相互转化。"在《一个人的房间中》，伍尔芙将大部分时间用在描述女性作家的独特性上，而这样的独特性同时来自剥夺和情感；但在最后一章，她从这种洞见中撤离，把雌雄同体当作一种使两种性别达成和解的方式"，因此"本质上是基于融合来定义雌雄同体"。她"让雌雄同体变成以客体性压倒邪恶的主体性，以不夹私心（impersonality）改变个人情感……以"'本一'净化'他者'"。参见 Marilyn R. Farwell, "Virginia Woolf and androgyny", *Contemporary Literature*, Vol. 16, No. 4, Autumn, 1975, pp. 433-451. 以此来看，《女勇士》雌雄同体式的人物形象更偏向于"平衡"的关系，而同样具有雌雄同体特征的隐含作者形象却更偏向于"融合"的关系。

小说具有一个明确的中心人物。纵观德里罗已经出版的 17 部小说，除了《女勇士》和《身体艺术家》，莫不是以男性作为主人公或串线人物。在这样的模式中，人物的安排是围绕一个"主导故事的中心个体和一群争夺，并被限定在余下的有限空间中的从属性人物架构"展开的，"小说的人物塑造结构是非'对称'的——表征的人物很多，但注意力总是流向一个限定的中心"。① 正是因为德里罗小说中的女性大多占据有限的人物空间（character space），致使谈及德里罗小说被津津乐道的总是男性人物，作家也因此具有轻视女性的大男子主义之嫌。那么，在他 40 多岁，即将进入创作的黄金期的时候，出现《女勇士》这样一部"反常"的作品，是否证明这是他的一次创作实验，并且是一次失败的实验呢——考虑到他在 20 多年之后才又一次将一名女性推向了"一对多"中"一"的位置。这是否就能够解释为什么他始终没有正面承认《女勇士》出自他之手？假如我们的探讨仅停留在这部小说的中心人物，那么不难得出上面这样的结论。然而，通过我们对于这部作品中叙事交流模式的考察，不难发现作者的立场与其通常表现出来的将女性置于从属地位的倾向并不矛盾——尤其是考虑到结尾部分的处理。当然，这并不意味着这一作品的隐含作者和其他作品的隐含作者并无出入。正如在解读文本的讽刺性时指出的那样，除了对激进女权主义嗤之以鼻这一显性主题，这一作品的隐含作者同时揭示出极端男权制度的荒唐之处，并且对女性寻求职业和家庭之间的平衡进行了探索，进而透露出改良当前的男女权力结构的立场——这样由中立偏向肯定女性主义的立场在他的其他作品中是几乎抓取不到的。如此，《女勇士》中依然可见维恩·C. 布思（Wayne C. Booth）所说的隐含作者是真实作者"建设性的角色扮演"②的这种情况。这样，正是因为隐含作

---

① Alex Woloch, *The One Vs. the Many: Minor Characters and the Space of the Protagonist in the Novel*, New Jersey: Princeton University Press, 2003, pp. 2, 30 – 31.

② ［美］维恩·C. 布思：《隐含作者的复活》，申丹译，《江西社会科学》2007 年第 5 期。

者与真实作者之间的重合,使得《女勇士》不应该被当作一部德里罗小说中的另类作品、一次失败的实验,抑或是一部落入二三流的小说,而是值得受到更多的批评关注;与此同时,正是这部作品的隐含作者与其他德里罗作品的隐含作者之间的差异,使得《女勇士》的确具有独特的研究价值——其为我们构建一个在男女权力这样敏感的时代问题上更加公允的总体的作家形象提供了可能。

此外,《女勇士》之所以几乎没有得到学界的关注,与其情节发展中严肃主题的缺失有很大关系——整部小说由主人公一段接一段的风流韵事构成,并且带有轻度的色情性。与之相伴的一个问题是人物刻画的深度不足,尤其是主人公克利奥自始至终没有经历成长——用学界近些年出现的一个术语来讲,她是一个"扁平主人公"(flat protagonist),即小说中"有些人物虽然能力有限,但却被(作者)给予了过多的叙述空间"①。然而,批评家若是能注意到作者在建构克利奥的主体性时倾注的多重话语之间的复杂互动关系,以及若能将小说的"在路上"② 母题与主人公从能动地追寻单一身份到坦然接受自己的雌雄同体的过程相结合,就会挖掘出她这一人物的深度,看到她的成长。这样,有些历来被批评家们毫无争议地视为深刻的小说人物——包括《追忆似水年华》(*A la recherche du temps perdu*, 1871 - 1922)的主人公——其实是"扁平主人公",而《女勇士》中的克利奥这样一个历来被默认为扁平的主人公其实颇具挖掘的价值。

巴赫金把"门槛"列为时空体的一种重要表现形式,认为其

---

① 参见 Marta Figlerowicz, *Flat Protagonists: A Theory of Novel Character*, New York: Oxford University Press, 2016。这本著作可以看作是对 Alex Woloch 的 *The One Vs. the Many: Minor Characters and the Space of the Protagonist in the Novel* 的回应,也反映出"人物"(character)这个一度过时的叙事元素重新进入学界的视野。

② 《女勇士》的第二部分,也是其主体部分的名字正是"在路上"。此外,在德里罗的诸多小说中都可以看到凯鲁亚克(Jack Kerouac)的影响。

"承载着高度的情感和价值"①。而在中国古典小说《红楼梦》中,"金陵十二钗"之一的妙玉把自己称为"槛外人",以示佛门和尘世的区别。《女勇士》的主人公克利奥也是如此,由于无法对自己的混合身份释怀、深受"性别麻烦"之苦,她在自己的生活中人为地设立了一道门槛,试图把自己天然的女性身份关在深宅大院之中,以单一的"勇士"形象示人。然而,槛内与槛外并非真的泾渭分明。妙玉没有真的能够成为孑然一身的方外之人,并不能独立于大观园中的人情世故和贾府的兴衰,而克利奥既没办法在公共生活中摆脱作为一个带有性别标签的体育运动员受到的"凝视",也因为自己一系列征服式的情感试验把自己的私生活一度弄得混乱不堪,陷入能动性的反讽之中。直到小说的最后一部分她才明白,雌雄同体是一种业已建构的主体性,是无法人为地去压制任何一方的。只有当她放弃了激进的女权主义立场,她才由看的对象转为了看的主体,作者才不再暗暗地对她进行言语、戏剧性和情景的反讽。同时,正是生理解剖性别、社会性别和表演性别之间的张力,让她不仅成为小说世界中形形色色的人物中一个卓尔不群的存在,也使她成为一个圆形人物(round character)、一个经历成长的主人公、一个有故事的叙述者。在身份伪装之下,德里罗得以在这部作品的创作中拥有了前所未有的自由度。他用文字游戏和黑色幽默的"满纸荒唐言"塑造了一个个荒诞的人物和场景,揭示出现实、真相、存在、主体性等人类的重大命题在很大程度上都离不开语言的建构作用。而在作者更加本真的雌雄同体的创作意识之下,小说的锋芒不加区分地对准了极端男权社会的弊病和当代激进女权主义运动的矫枉过正,是作者驾驭反讽艺术的一次有益尝试。这样,尽管和德里罗其他的小说相比,《女勇士》情节呈单线型发展,叙事结构简单,行文紧凑

---

① M. M. Bakhtin, "Forms of Time and of the Chronotope in the Novel", in Michael Holquist ed., *The Dialogic Imagination: Four Essays*, trans. Caryl Emerson and Michael Holquist, Austin: University of Texas Press, 1981, p.248.

明快，遣词造句力求诙谐，读起来毫不费力，但是仍然具有其复杂性和特殊的研究价值。批评界将其归为德里罗的一部二流作品，令其长期蒙受冷遇，实际上我们应该对其进行认真深入的探讨，而这正是本章所身体力行的。

结　　语

　　德里罗是当代最伟大的美国小说家之一，引起了广泛的批评关注，但其小说中的体育叙事在很大程度上被国内外批评界所忽略，迄今尚未出现系统探讨德里罗体育叙事的专著和博士论文。从本书前面的分析可以看到，德里罗在小说创作中不断对各种体育运动予以思考和表征，在叙事进程、人物塑造、叙事结构等方面都赋予了体育重要的地位，对体育的叙事化处理成为其塑造人物和表达主题意义的重要手段。然而，在这一过程中，他的叙事又远远超出了体育的范畴，涉及众多重大时代话题。本书选取了德里罗四部与体育密切相关的小说，系统深入地考察德里罗的体育叙事与语言、身份认同、能动性、种族和性别政治、历史进程、生存环境等重要问题的紧密联系，揭示体育与各种社会文化力量的交互作用。

　　前文的分析也揭示出，由于德里罗本人是资深的体育爱好者，其个体经历与其作品创作之间形成有效的互动，使得体育成为考察德里罗的小说创作观和世界观的一个重要窗口。本书的研究也从体育叙事这个特定角度，为进一步探讨作为小说家的德里罗与文学流派、社会思潮之间的关系，以及作为知识分子的德里罗对人类命运、历史走向的思考奠定了基础。

　　本书正文的四章分别聚焦于《天秤星座》《地下世界》《达阵区》和《女勇士》。这四章可两两分组，前面两章从不同角度聚焦于体育与历史书写之间的关系，后面两章则从不同角度着重探讨体育与主体性之间的关系。与此同时，这四章还可以从两个不同方向进行一、三分类。从体育运动作为创作和研究对象的角度来看，第一章涉及国际象棋这一相对边缘的体育项目，后面三章则转向棒球、橄榄球和冰球这三大球类运动。与此相对照，从小说中人物的性别来看，前面三章参与运动的人物均为男性，第四章的主人公则是一位女冰球运动员。这些不同的组合也从一个侧面说明，这四部小说较为全面地代表了德里罗的体育叙事，使本书得以从不同角度切入，系统深入地揭示德里罗的体育叙事对人物塑造和表达主题意义所起的重要作用，并揭示出德里罗小说中体育叙事与各种历史文化因素的密切互动。

正文第一章通过关注《天秤星座》中的象棋元素，揭示出德里罗在历史书写中对于体育逻辑的借鉴，为研究后现代（新）历史小说中的虚构与史实之间的互动提供了一个全新的视角。本章证明，德里罗通过象棋构建了一个隐性叙事进程，从而对情节发展进行了必要的补充，让两条看似孤立甚至互相矛盾的情节分支具有了辩证统一的关系。特别是本章借用象棋的空间逻辑，对主人公的物理世界和精神世界的双重轨迹都进行了新的阐释，并运用象棋这项运动的具体规则来重新审视肯尼迪遇刺案这一重大历史事件中的一系列关键人物，从新的角度揭示出个人能动性与历史进程之间的复杂关系。

德里罗的历史书写在20世纪90年代出现转向。在第二章考察的《地下世界》中，德里罗由对单个历史事件和重要历史人物的聚焦转向历史进程中的普通大众，通过拼接个人历史的小微叙事完成断代史的书写。本章不仅关注到棒球在情节发展中的意义，而且通过棒球来梳理小说复杂的形式，这在德里罗研究及对后现代小说的实验性的研究中都具有开创性。本章采用了跨学科研究的方法，借鉴了社会学中"社会"和"共同体"的二分法，引入了立体几何中的球体、球面等概念，借用了视觉艺术中的超现实主义理念，从而拓展了研究视野，为建立小说中重要的叙事碎片（特别是纳入小说中的中短篇小说）之间的联系提供了可能。

第三章和第四章将研究重点转向体育叙事与人物主体性的关系。第三章探讨的是德里罗的第二部小说《达阵区》。本章以橄榄球运动为线索，揭示出体育与战争复杂的互动关系，使我们得以看到德里罗在早期小说中对主体性这一重要的哲学命题的初步思考。本章通过区分传统战争和以核战争为标志的现代战争，说明当代语境下的身份认同如何受到多重话语的共同作用，从而对德里罗批评中针对"语言"这一重要话题的研究予以了补充。此外，本章结合人类学的概念，指出小说中的反战性所在，以便更好地认识作家的社会责任感。

第四章聚焦于《女勇士》这部德里罗鲜为人知的作品，系统、深入地考察体育叙事与女性人物主体性之间的关系，揭示出德里罗对女性主义运动的复杂态度。这在德里罗研究中是头一次，对研究其作品中的"性别政治"（尤其是女性观）做出了重要的补充。本章通过对情节的分析，说明德里罗对激进女权主义所持的是一种反讽的态度，但与此同时，依然赞同女性通过自己的努力，进入传统上男性独占的运动项目。此外，本章还通过对小说中叙事交流模式的考察，指出德里罗对于这一社会思潮的顾虑是他选择以匿名的方式出版这部小说的主要原因。这样，这一章为学界重新评价《女勇士》，为批评家日后更多地关注这部具有特殊性的作品做出了铺垫。

值得注意的是，德里罗在小说中通过体育叙事给予回应的时代浪潮不局限于核武器竞赛、黑人民权运动、女性主义运动等本书各章着力探讨过的问题。在20世纪六七十年代的美国（即德里罗创作的初期），还有另外一场虽然不那么引人注目、但与作家的创作联系紧密的运动——新新闻运动（New Journalism）。其核心是对传统新闻报道强调的客观性予以挑战——它倡导对叙事技巧的借用，挑战传统新闻与非虚构写作之间的界限。限于本书各章的主题，无法在正文中对这一问题展开论述，特在此结合几部小说予以简要概述，也为进一步探讨德里罗的创作与社会文化语境的互动提供一个可能的方向。

在《女勇士》中，德里罗对新新闻文体进行了戏仿：这部小说既可以视为一部体育小说，也可以看作是越来越关注体育明星私生活的花边新闻连载。此外，他还塑造出穆雷这样一个新新闻家式的人物，并通过让这个人物创作一部介于小说与纪实报道之间的作品的方式，消解了非虚构与虚构作品、记者和小说家身份的界限。然而，德里罗虽然认可新新闻的实践，但不认为记者可以取代小说家的位置。这与新新闻运动的领军人物汤姆·沃尔夫（Tom Wolfe，1930—2018）①的意见相左。在《新新闻》(*The New Journalism*，1973）中，沃尔夫集中阐释了自己的理论。他认为"新新闻"是50年来美国文学出现的第一个新方向。为了提升记者的地位，他还强调新新闻作者20世纪60年代与社会走得最近，成为这个时代最直接的记录者。尤其是他认为同时代的小说家完全背离了现实主义的传统，其实也就是背离了这个时代。②

事实上，第二次世界大战之后的小说着力思考的是有没有所谓的"现实/真实"存在。《女勇士》以一种戏谑、讽刺的笔触证明语言不仅可以构建现实，而且许多荒诞的存在状态都是出自语言的游戏。《地下世界》则集中展示了多种"真实"、多重自我并存的状态。在《天秤星座》中，德里罗更是为新新闻家提供了一种范例：如何将小说技巧与新闻素材结合到极致？如何将虚构与现实的界限打破到极致？新新闻风格默认基本史实的存在，只是为了使其更具有可读性，在原来的基础上加入了虚构的成分，并且借用了小说的叙事技巧；而德里罗对这个前提本身进行了质疑：当面对海量的档案、影像时，当无法取舍、无从辨别孰轻孰重的时候，是否证明并不存在单一的历史事实？因此，是否也就不再有报道（report）与创作（creative writing）的界限、非虚构与虚构的界限，不再有文学叙事和历史书写的界限？

---

① 德里罗在访谈中曾提及沃尔夫对自己的影响。
② 参见 Tom Wolfe, *The New Journalism*, New York: Harper & Row, pp. 30, 31。

从时间节点上来看，肯尼迪遇刺案发生在1963年，而新新闻兴起于1965年，正好可以对接上。可以说这一历史事件为新新闻家提供了一个一显身手的平台。而德里罗在20世纪80年代，即新新闻潮流刚刚退去的时候，用《女勇士》和《天秤星座》对其给予了回应，证明小说的地位仍然无可撼动。

沃尔夫引以为傲的是自己对小说叙事技巧的借用，认为新新闻由此开创了一种新的文体，能够挑战小说的地位，能够使记者和小说家分庭抗礼。他没有看到的是，自己倚重的叙事技巧，如多重视角、内心独白等，都已经是小说技巧的过去式。第二次世界大战之后，后现代派小说家对于小说形式的实验，已经远远不止于此。他之所以批评那些背弃现实主义传统的当代作家，是因为没有看到，小说转向后现代主义的内在、哲学维度，是小说自身要往前发展、要有所突破的选择；如果永远停留在现实主义，那就是故步自封。

沃尔夫展望的新新闻对于小说的革命性影响并没有出现——无论是记者小说还是纪实小说都没有成为后现代小说的旗帜；后现代作家普遍对于历史的关注，对于历史编纂的实验，也远出现在新新闻运动之前，并且在其风潮过后依然在延续。但有一点被他言中：小说的顶级地位受到了冲击。只是这样的冲击更多来自新的文化因素，尤其是新媒体带来的电影、电视等流行文化的冲击，而不是新闻——事实上，新闻报道本身也受到了这些力量的冲击。这样，对于小说形式的思考、革新，也就成为包括德里罗在内的当代小说家中的扛鼎者们不得不面对的问题。

从小说形式和创作手法来看，德里罗的作品无疑带有鲜明的后现代主义印记。《女勇士》不仅是对回忆录和新闻报道的戏仿，而且遵从的是"反女性主义成长小说"的框架。《天秤星座》对于虚构与史实的对接浑然天成，彻底打破了文学与历史书写之间的界限，是对"文本的历史性"和"历史的文本性"这一后现代历史观的诠释，同时也扩展了历史小说这一文类的可能。《地下世界》则展现出一系列典型的后现代手法：碎片化叙事（个人记忆碎片、历史事件碎片）、多重时间并行、多重自我并存等，并且用逆序叙事呈现出与经典小说截然相反的"逆成长小说"模式。而《达阵区》虽然在形式上看不到明显的实验性，但其内容中涉及对于旧的战争话语体系的解构，并且还有对多种经典"游戏"的戏仿。

然而，这并不意味着我们可以用"后现代主义小说家"的标签对德里罗一言以蔽之。在《达阵区》的结尾，我们看到了"乔伊斯式"的顿悟；而在《地下世界》中，我们更明显地感受到了现代派艺术（如超现实主义、变换式人物视角、心理时间等）对德里罗的影响。如果说现代主义与后现代主义艺术本来就不是泾渭分明的关系，因此尚容易理解德里罗作品中两种风格的并存的话，那么，我们再来关注一下其他文学流派对他的影响。在绪论部分的梳理中，我们已经看到用"伟大的美国小说"这个批评概念评价德里罗的主要作品的契合度，这从一个侧面表明，德里罗对美国文学的传统（至少是从19世纪下半叶开始的文学传统）具有诸多方面的继承和借鉴，这也是他会被认可为一位主流作家的原因。具体而言，他对于当代美国现实问题的关注，如《达阵区》中普遍的核战恐惧，《女勇士》中的新女性，《天秤星座》中的政治阴谋、权力游戏，《地下世界》中的种族隔离制度、民权运动、贫民窟、垃圾处理、核污染等，都将德里罗与19世纪中期到20世纪初那些关注"美国性"、民族性的现实主义小说家关联在一起。实际上，纵观德里罗的18部小说，绝大多数都植根于与他创作同步的当代美国社会，几乎对所有重大的时代问题都表示过关切。

此外，我们还可以跳出美国文学的限制，将德里罗置于整个西方文学传统中予以考察。如在《地下世界》中，其实可以看到诸如劳伦斯·斯特恩（Lawrence Sterne）的《项狄传》（*Tristram Shandy*，1759—1767）这样支线繁多的大部头小说的影子。这也证明包括德里罗在内的后现代小说家对于形式的实验并不是无根之水，而是对在诞生之初具有强烈"陌生化"效果的 18 世纪早期小说有所借鉴。① 另外，在《女勇士》的讨论中，我们看到德里罗还将罗曼司、英雄史诗的部分元素融入小说之中。

综上可知，在对于德里罗这样一位重要作家的研究中，应当将其定位为一位小说艺术的集大成者，将其置于美国文学乃至世界文学的传统之中予以观照，充分挖掘其作品的复杂性，避免囿于后现代小说流派的研究框架。本书紧扣体育叙事来对历史书写和主体性问题进行全新的阐释，并且除借鉴叙事学理论的方方面面和近现代西方多元的文学批评理论话语之外，还借鉴了哲学、历史、社会学、人类学、心理学、数学、艺术等学科的概念和术语。笔者相信，只有拓宽研究视野，才能更好地揭示德里罗作品的多维内涵，以及作品与社会文化语境的多方面互动。

此外，作为一项针对一位重要作家进行专题探讨的研究，现有的内容主要将德里罗与其他一些重要的后现代小说家进行比较，将体育视为当代小说的重要元素。不过，本书意在打破体育与流行文化/通俗文学这样狭义的对应，让体育作为关键词进入严肃文学作品的阐释视野。这样一种新的文学与其他学科的交叉研究实践，其实也可以作为范式被应用在其他重要作家身上。就国别文学研究而言，若沿着美国小说的发展脉络，以体育为关键词观照各个时期的代表性文本，很可能会是一条不一样的风景发现之路。就具体前景而言，之后的研究可以首先聚焦 19 世纪下半叶的现实主义小说，（以马克·吐温为例）探讨体育（如赛马、斗鸡）与娱乐、市井、边疆生活之间的关系；然后转向自然主义小说，（以杰克·伦敦为例）说明体育（如拳击）之于人类生存的意义；之后来到现代主义小说，

---

① 俄国形式主义批评家维克多·什克洛夫斯基正是以斯特恩的《项狄传》为例，阐明"陌生化"（defamiliarization）的小说理论。参见 Viktor Shklovsky, "Sterne's *Tristram Shandy*: Stylistic Commentary", in Lee T. Lemon and Marion J. Reis, eds., *Russian Formalist Criticism: Four Essays*, trans. Lee T. Lemon and Marion J. Reis, Lincoln: University of Nebraska Press, 1965, pp. 27–57。

（以海明威为例）解读体育（如棒球、拳击、斗牛等）与男子汉气概、"迷惘一代"群像的建构之间的关联。如此，通过进一步扩充关于美国文学传统与体育之间关联的论述，建构起美国体育叙事更加完整的谱系。

参考文献

陈俊松：《"身处危险的年代"——德里罗短篇小说中的恐怖诗学》，《外国文学》2014年第3期。

但汉松：《9·11小说的两种叙事维度——以〈坠落的人〉和〈转吧，这伟大的世界〉为例》，《当代外国文学》2011年第2期。

范长征：《美国后现代作家德里罗的多维度创作与文本开放性》，辽宁大学出版社2016年版。

姜小卫：《后现代主体的隐退和重构：德里罗小说研究》，博士学位论文，北京师范大学，2007年。

李震红：《德里罗〈天秤星座〉中寻求认同的局外人》，《当代外国文学》2018年第2期。

孔明安：《物·象征·仿真——鲍德里亚哲学思想研究》，安徽师范大学出版社2010年版。

刘建华：《危机与探索——后现代美国小说研究》，北京大学出版社2010年版。

刘岩：《唐·德里罗小说主题研究》，云南教育出版社2016年版。

申丹：《究竟是否需要"隐含作者"——叙事学界的分歧与网上的对话》，《国外文学》2000年第3期。

——、王丽亚：《西方叙事学：经典与后经典》，北京大学出版社2010年版。

——：《叙事动力被忽略的另一面》，《外国文学评论》2012年第2期。

——：《何为叙事的"隐性进程"？如何发现这股叙事暗流？》，《外国文学研究》2013年第5期。

——：《文字的不同"叙事运动中的意义"：一种被忽略的文学表意现象》，《外语教学与研究》2015年第5期。

沈非：《超真实——唐·德里罗小说中后现代现实研究》，博士学位论文，北京外国语大学，2015年。

史岩林：《论唐·德里罗小说的后现代政治写作》，中国社会科学出版社2018年版。

仰海峰：《超真实、拟真与内爆——后期鲍德里亚思想中的三个重要概念》，《江苏社会科学》2011年第4期。

杨梅：《语用视角下的〈第六场〉言语行为及互文性研究》，博士学位论文，上海外国语大学，2012年。

[美] 艾布拉姆斯：《文学术语词典》，吴松江等编译，北京大学出版社2009年版。

[法] 让·波德里亚：《象征交换与死亡》，车槿山译，译林出版社2006年版。

[美] 维恩·C. 布思：《隐含作者的复活》，申丹译，《江西社会科学》2007年第5期。

[加] 理查德·J. 莱恩：《导读鲍德里亚》，柏愔、董晓蕾译，重庆大学出版社2013年版。

[法] 弗雷德里克·马特尔：《论美国的文化——在本土与全球之间双向运行的文化体制》，周莽译，商务印书馆2013年版。

[英] 德斯蒙德·莫利斯：《裸猿》，何道宽译，复旦大学出版社2010年版。

[德] 斐迪南·滕尼斯：《共同体与社会》，林荣远译，北京大学出版社2010年版。

Abbott, H. Porter. *The Cambridge Introduction to Narrative*. Cambridge：Cambridge University Press, 2008.

Atwood, Margaret. *The Handmaid's Tale*. Boston: Houghton Mifflin Company, 1986.

Bakhtin, M. M. "Forms of Time and of the Chronotope in the Novel." *The Dialogic Imagination: Four Essays*. Ed. Michael Holquist. Trans. Caryl Emerson and Michael Holquist. Austin: University of Texas Press, 1981.

Bal, Mieke. *Narratology: Introduction to the Theory of Narrative*. Toronto: University of Toronto Press, 1985.

Barzun, Jacques. *God's Country and Mine: A Declaration of Love Spiced with a Few Harsh Words*. Boston: Atlantic Monthly Press, 1954.

BBC. "Don DeLillo Documentary." *YouTube*. Posted by Phlip Talbot. 27 Oct. 2013, https://www.youtube.com/watch?v=0DTePKA1wgc.

Bloom, Harold ed., *Bloom's Modern Critical Views: Don DeLillo*. New York: Chelsea House, 2003.

Boxall, Peter. *Don DeLillo: The Possibility of Fiction*. New York: Routledge, 2006.

Bresnan, Mark P. "Fantasy Sports: Athletics and Identity in Postmodern American Literature, 1967 – 2008." Ph. D. diss., The University of Iowa, Ann Arbor, 2009.

Breton, Andre. *Manifestoes of Surrealism*. Trans. Richard Seaver and Helen R. Lane. Ann Arbor: The University of Michigan Press, 1969.

Bridgeman, Theresa. "Time and Space." *The Cambridge Companion to Narrative*. Ed. David Herman. Cambridge: Cambridge University Press, 2007.

Buell, Lawrence. *The Dream of the Great American Novel*. Cambridge and London: The Belknap Press of Harvard University Press, 2014.

Burke, William. "Football, Literature and Culture." *Southwest Review*. No. 60, 1975.

Burns, Grant. *The Sports Pages: A Critical Bibliography of Twentieth-Century American Novels and Stories Featuring Baseball, Basketball, Football, and Other Athletic Pursuits. New Jersey and London: The Scarecrow Press, 1987.

Butler, Judith. *Gender Trouble.* New York and London: Routledge, 1990.

Chang, Chi-min. " 'a real defector posing as a false defector posing as a real defector': The Historical Narrative in Don DeLillo's *Libra.* " *The Wenshan Review of Literature and Culture* Vol. 11, No. 1, December 2017.

Chase, Richard. *The American Novel and Its Tradition.* Baltimore and London: The Johns Hopkins University Press, 1957.

Coates, Paul. "Chess, Imagination, and Perceptual Understanding." *Philosophy and Sport Royal Institute of Philosophy Supplement* 73. Cambridge: Cambridge University Press, 2013.

Cocchiarale, Mike, and Scott Emmert, eds., *Critical Insights: American Sports Fiction.* New York: Salem Press, 2013.

Cowart, David. *Don DeLillo: The Physics of Language.* Athens: University of Georgia Press, 2002.

Davies, Richard. *Sports in American Life: A History.* West Sussex: Willey-Blackwell, 2011.

Deardorff, Donald L. "Dancing in the End Zone: Don DeLillo, Men's Studies, and the Quest for Linguistic Healing." *Journal of Men's Studies.* Vol. 8, 1999.

DeLillo, Don. *Amazons: An Intimate Memoir by the First Woman Ever to Play in the National Hockey League.* New York: Holt, Rinehart and Winston, 1980.

——. "American Blood." *Rolling Stone*, Dec. 1983.

——. *Libra.* New York: Viking, 1988.

——. "The Power of History." *The New York Times Book Review.* Sunday, September 7, 1997.

——. *Underworld.* New York: Scribner, 2003.

——. *End Zone:* New York: Picador, 2011.

DePietro, Thomas ed., *Conversations with Don DeLillo.* Jackson: University Press of Mississippi, 2005.

Derrida, Jacques. "The Purveyor of Truth." *Yale French Studies.* Vol. 52, 1975.

Dewey, Joseph, Steven G. Kellman, and Irving Malin, eds., *Under/Words: Perspectives on Don DeLillo's Underworld.* University of Delaware Press, 2002.

Dewey, Joseph. *Beyond Grief and Nothing: A Reading of Don DeLillo.* Columbia: University of South Carolina Press, 2006.

Downey, Glen Robert. *The Truth about Pawn Promotion: The Development of the Chess Motif in Victorian Fiction.* Ph. D. diss. University of Victoria, 1998.

Duvall, John N. ed., *The Cambridge Companion to Don DeLillo.* New York: Cambridge University Press, 2008.

Farwell, Marilyn R. "Virginia Woolf and Androgyny." *Contemporary Literature.* Vol. 16, No. 4, Autumn, 1975.

Figlerowicz, Marta. *Flat Protagonists: A Theory of Novel Character.* New York: Oxford University Press, 2016.

Freeman, Daniel, and Jason Freeman. *Paranoia: The 21 – Century Fear.* New York: Oxford University Press, 2008.

Freud, Sigmund. *The Standard Edition of the Complete Psychological Works of Sigmund Freud, Volume XIV (1914 – 1916): On the History of the Psycho-Analytic Movement, Papers on Metapsychology and Other Works.* Trans. James Strachey. London: Hogarth Press, 1957.

Fuss, Diana. *Identification Papers.* New York and London: Routledge, 1995.

Gagnier, Regenia. *Subjectivities: A History of Self-Representation in Brit-*

ain, 1832 – 1920. New York and Oxford: Oxford University Press, 1991.

Gaprindashvili, Paata. *Imagination in Chess: How to Think Creatively and Avoid Foolish Mistakes.* London: Batsford, 2004.

Genette, Gerard. *Narrative Discourse.* New York: Cornell University Press, 1983.

Gerdy, John R. *Sports: The All-American Addiction.* Jackson: University Press of Mississippi, 2002.

Goble, Mark. "How the West Slows Down." *ELH.* Vol. 85, No. 2, Summer 2018.

Godfrey, Mollie, and Vershawn Young, eds., *Neo-Passing: Performing Identity after Jim Crow.* Champaign: University of Illinois Press, 2018.

Golombek, Harry. *Chess: A History.* New York: Putnam, 1976.

Gorn, Elliott J., and Warren Goldstein. *A Brief History of American Sports.* Urbana and Chicago: University of Illinois Press, 1993.

Gourley, James. *Terrorism and Temporality in the Works of Thomas Pynchon and Don DeLillo.* New York: Bloomsbury, 2013.

Greimas, Algirdas-Julien, and Joseph Courtes. *Semiotics and Language: An Analytical Dictionary.* Trans. Larry Crist, et al. Bloomington: Indiana University Press, 1983.

Hall, Donald E. *Subjectivity.* New York: Routledge, 2004.

Haraway, Donna. *Simians, Cyborgs, and Women: The Reinvention of Nature.* New York: Routledge, 1991.

Harvey, Andy. "It's Only a Game? Sport, Sexuality and War in Don Delillo's *End Zone.*" *Aethlon: The Journal of Sport Literature.* Vol. 28, No. 1, Fall-Winter 2010.

Herbert, Shannon. "Playing the Historical Record: DeLillo's *Libra* and the Kennedy Archive." *Twentieth-Century Literature.* Vol. 56, No. 3, Fall 2010.

Hilbert, John Samuel. "A Psychological Study of the Chess Trope in Literature." Ph. D. diss. State University of New York at Buffalo, 1982.

Huizinga, Johan. *Homo Ludens: A Study of the Play-Element in Culture.* London, Boston and Henley: Routledge & Kegan Paul, 1949.

Hutcheon, Hutner, Gorden ed., *American Literature, American Culture.* New York: Oxford University Press, 1999.

Irwin, John T. "The False Artaxerxes: Borges and the Dream of Chess." *New Literary History.* Vol. 24, No. 2, Spring 1993.

Isaacson, Johanna. "Postmodern Wastelands: *Underworld* and the Productive Failures of Periodization." *Criticism.* Vol. 54, No. 1, Winter 2012.

Kavadlo, Jesse. *Don DeLillo: Balance at the Edge of Belief.* New York: Peter Lang, 2004.

Kessel, Tyler H. *Reading Landscape in American Literature: The Outside in the Fiction of Don DeLillo.* New York: Cambria Press, 2011.

Keesey, Douglas. *Don DeLillo.* New York: Twayne, 1993.

Koepnick, Lutz. *On Slowness: Toward an Aesthetic of the Contemporary.* New York: Columbia University Press, 2014.

Laist, Randy. *Technology and Postmodern Subjectivity in Don DeLillo's Novels.* New York: Peter Lang, 2010.

LeClair, Thomas. *In the Loop: Don DeLillo and the Systems Novels.* Urbana and Chicago: University of Illinois Press, 1987.

Lentricchia, Frank. "*Libra* as Postmodern Critique." *Introducing Don DeLillo.* Ed. Frank Lentricchia. Durham: Duke University Press, 1991.

Locock, C. D. *Imagination in Chess.* Mountain View, Cal: Ishi Press, 2015.

Loeffler, Philipp. "'Longing on a Large Scale is What Makes History': The Use of Baseball and the Problem of Storytelling in Don DeLillo's *Underworld.*" *Nine: A Journal of Baseball History and Culture.* Vol. 23, No. 1, Fall 2014.

Marshall, Alan. "From This Point on It's All about Loss: Attachment to Loss in the Novels of Don DeLillo, from *Underworld* to *Falling Man*." *Journal of American Studies*. Vol. 47, 2013.

Martucci, Elise A. *The Environmental Unconscious in the Fiction of Don DeLillo*. New York and London: Routledge, 2007.

McDonald, Brian J. "'Nothing you can believe is not coming true': Don DeLillo's *Underworld* and the End of the Cold War Gothic." *Gothic Studies*. Vol. 10, No. 2, November 2008.

McDonald, Jarom Lyle. *Sports, Narrative, and Nation in the Fiction of F. Scott Fitzgerald*. New York and London: Routledge, 2008.

Messenger, Christian K. *Sport and the Spirit of Play in American Fiction: Hawthorne to Faulkner*. New York: Columbia University Press, 1981.

——. *Sport and the Spirit of Play in Contemporary American Fiction: Hawthorne to Faulkner*. New York: Columbia University Press, 1990.

Michael, Magali Cornier. "The Political Paradox within Don DeLillo's *Libra*." *Critique: Studies in Contemporary Fiction*. Vol. 35, No. 3, Spring 1994.

Morley, Catherine. "Don DeLillo's Transatlantic Dialogue with Sergei Eisenstein." *Journal of American Studies*. Vol. 40, 2006.

——. *The Quest for Epic in Contemporary American Fiction: John Updike, Philip Roth and DeLillo*. New York: Routledge, 2009.

Mott, Christopher M. "Libra and the Subject of History." *Critique: Studies in Contemporary Fiction*. Vol. 35, No. 3, Spring 1994.

Mraovic-O'Hare, Damjana. "The Beautiful, Horrifying Past: Nostalgia and Apocalypse in Don DeLillo's *Underworld*." *Criticism*. Vol. 53, No. 2, Spring 2011.

Mullins, Matthew. "Objects and Outliers: Narrative Community in Don DeLillo's *Underworld*." *Critique*. Vol. 51, 2010.

Mulvey, Laura. "Visual Pleasure and Narrative Cinema." *Film Theory and Criticism*: *Introductory Readings*. Ed. Leo Braudy and Marshall Cohen. New York: Oxford University Press, 1999.

Murry, H. J. R. *A History of Chess*. Oxford: Clarendon Press, 1913.

Nadel, Alan. "Fiction and the Cold War." *The Cambridge Companion to American Fiction after* 1945. Ed. John N. Duvall. Cambridge: Cambridge University Press, 2011.

Nagano, Yoshihiro. "Inside the Dream of the Warfare State: Mass and Massive Fantasies in Don DeLillo's *Underworld*." *Critique*. Vol. 51, 2010.

Nel, Phlip. "Amazons in the Underworld: Gender, the Body and Power in the Novels of Don DeLillo." *Critique*. Vol. 42, No. 4, Summer 2001.

O'Hara, J. D. "A Pro's Puckish Prose." *The Nation*. October 18, 1980.

Phelan, James. *Narrative as Rhetoric*: *Technique, Audiences, Ethics, Ideology*. Columbus: Ohio State University Press, 1996.

——. *Reading the American Novel* 1920–2010. West Sussex: Blackwell Publishing, 2013.

President's Commission on the Assassination of President Kennedy [Warren commission]. *Hearings and Exhibits*. Washington, D. C.: Government Printing Office (1964) *Warren Commission Hearings*, Volume I. History-matters. com.

——. *Report of the President's Commission on the Assassination of President Kennedy*. Washington, D. C.: Government Printing Office, 1964. *Warren Commission Report*. The National Archives. Web. Archives. gov.

Radford, Andrew. "Confronting the Chaos Theory of History in DeLillo's *Libra*." *The Midwest Quarterly*. Vol. 47, No. 3, Spring 2006.

Robinson, Sally. "Shopping for the Real: Gender and Consumption in the Critical Reception of DeLillo's *White Noise*." *Postmodern Culture*. Vol. 23, No. 2, 2013.

Richardson, Michael. "Black Humour." *Surrealism*: *Key Concepts*. Ed.

Krzysztof Fijalkowski and Michael Richardson. London and New York: Routledge, 2016.

Rizza, Michael James. "The Dislocation of Agency in Don DeLillo's *Libra*." *Critique: Studies in Contemporary Fiction.* Vol. 49, No. 2, Winter 2008.

Rowling, J. K. *Harry Potter and the Philosopher's Stone.* Bloomsbury, 1997.

Rozelle, Lee. "Resurveying DeLillo's 'White Space on Map': Liminality and Communitas in *Underworld*." *Studies in the Novel.* Vol. 42, No. 4, Winter 2010.

Ruppersburg, Hugh, and Tim Engles, eds., *Critical Essays on Don DeLillo*. New York: G. K. Hall & Co., 2000.

Schulkin, Jay. *Sport: A Biological, Philosophical and Cultural Perspective.* New York: Columbia University Press, 2016.

Selden, Raman, and Peter Widdowson. *A Reader's Guide to Contemporary Literary Theory.* London: Harvester Wheatsheaf, 1993.

Shen, Dan. "Covert Progression Behind Plot Development." *Poetics Today.* Vol. 34, No. 1-2, 2013.

——. *Style and Rhetoric of Short Narrative Fiction: Covert Progressions Behind Overt Plots.* London & New York: Routledge, [2014] 2016.

Shklovsky, Viktor. "Sterne's *Tristram Shandy*: Stylistic Commentary." *Russian Formalist Criticism: Four Essays.* Eds. and trans. Lee T. Lemon and Marion J. Reis. 1917. Lincoln: University of Nebraska Press, 1965.

Silk, Michael L. *The Cultural Politics of Post-9/11 American Sport: Power, Pedagogy and the Popular.* New York & London: Routledge, 2012.

Singer, June. *Androgyny: Toward a New Theory of Sexuality.* New York: Anchor Press, 1976.

Stiner, Mary C. *Honor among Thieves: A Zooarchaeological Study of Nean-*

dental Ecology. New Jersey: Princeton University Press, 1994.

Taylor, Anya. "Words, War, and Meditation in Don DeLillo's *End Zone.*" *The International Fiction Review.* No. 4, 1977.

Taylor, Mark N. "Chaucer's Knowledge of Chess." *Chaucer Review.* Vol. 38, No. 4, 2004.

Thomas, Glen. "History, Biography, and Narrative in Don DeLillo's 'Libra' (novel about Lee Harvey Oswald)." *Twentieth Century Literature.* Vol. 43, No. 1, 1997.

Veggian, Henry. *Understanding Don DeLillo.* Columbia: University of South Carolina Press, 2014.

Rey, Rebecca. *Staging Don DeLillo.* New York: Routledge, 2016.

Wallace, Molly. "'Venerated Emblems': DeLillo's *Underworld* and the History-Commodity." *Critique.* Vol. 42, No. 4, Summer 2001.

Waterman, Andrew ed., *The Poery of Chess.* London: Anvil Press Poetry, 1981.

Wegner, Phillip E. "October 3, 1951 to September 11, 2001: Periodizing the Cold War in Don DeLillo's *Underworld.*" *Amerikastudien/American Studies.* Vol. 49, No. 1, 2004.

Willman, Skip. "Traversing the Fantasies of the JFK Assassination: Conspiracy and Contingency in Don DeLillo's *Libra.*" *Contemporary Literature.* Vol. 39, No. 3, 1998.

Wolfe, Tom. *The New Journalism.* New York: Harper & Row, 1973.

Woloch, Alex. *The One Vs. the Many: Minor Characters and the Space of the Protagonist in the Novel.* New Jersey: Princeton University Press, 2003.

Woolf, Virginia. *A Room of One's Own.* London: Grafton, 1977.

Zubeck, Jacqueline A. ed., *Don DeLillo after the Millennium: Currents and Currencies.* Minneapolis: Lexington Books, 2017.

索　引

B

《白噪音》　2,5,14,17,20,25,27,29,36,47,102,115,116,119,124,131,150,164,167,196,197

被害妄想症　33,70,114,149,150,152—154,157,158

表演　172,175,180,183,184,186,190,200

波德里亚　123—125

C

超现实主义　33,83,87—89,93,94,96,98—100,102,112,125,127,203,207

超真实　83,87,116,122—127

成长小说　117,190,194,206,207

雌雄同体　34,175,176,182,183,190,192,197,199,200

D

《达阵区》　9,11—18,25,31,33,36,70,72,95,102,114,128—133,136,139,140,142,150,155,157,160,161,167,168,171,172,202,204,207

《地下世界》　2—4,9,14,16—21,23,24,27,29,31,33,36,74,78,79,81—88,101—104,107,111,113,114,116—122,124,126,128,129,132,150,156,164,167,202,203,205—207

断代　33,80,118,203

多重时间　83,114,117,118,127,207

F

反讽　12,32,34,89,99,140,160—163,166—168,171,172,175—177,180,183,184,186,190,192—197,200,204

G

共同体　96—98,101—103,114,126,127,203

H

核战争　25，33，85，88，90，95，101，102，128，130，132，133，140—142，145—147，149—154，156，157，204

黑色幽默　100，200

后现代　3—5，16—22，26，27，29—31，36，40，41，43，47，75，81—83，85，86，98，108，122—127，133，155，160，163，203，206—208

话语　14，25，32，33，56，73，92，97，101，104，107，117，128—130，132，133，138，140，141，143—145，147，151，152，154—156，158，161，170—174，184，185，190，199，204，207，208

J

激进女权主义　32，34，173—175，180，181，183，186—188，193—195，197，198，200，204

集合体　33，73，83，85，87，95，96，98，101，103，118，127

解构　25，30，96，132，133，142，147，152，154，158，159，207

K

科技　3，26，27，30，80，110，115，126，127，151

肯尼迪遇刺案　3，32，36—40，43，48，49，59，60，66，67，69，73，74，77，113，203，206

恐怖主义　3，14，22，23，27，28，30

狂欢　94，95，99—101

L

"冷战"　2，3，11，14，17，28，30，33，36，57，63，70，71，79，83—85，88，90，91，102，109，114，118，121，128，130，139，140，147—149，151，158—160

历史书写　14，30，32，39，40，43，60，76，78—82，85，87，107—109，113，115，127，202，203，205，206，208

历史小说　38，74，77，78，84，122，203，206

M

玛格丽特·阿特伍德　99

"慢速美学"　33，83，87，109—112，116，119，122，125—127

媒介　3，9，15，22，25，27—30，46，52，82，93，100，124—127，132

魅化　83，87，92，93，122

N

纳博科夫　5，46—48

男子汉气概　135，148，167，209

能动性　4，32—34，37，41，42，61，64，65，76，127，162，177，184，194，196，200，202，203

凝视　33，161，166，172，175，185，

188,191,194,200

女性主义　14,160—163,165,166,184,185,187—190,193—198,204,206

《女勇士》　1,6,11,12,14,16,26,31,33,36,160,161,163—165,167,168,193,194,197—200,202,204—208

P

品钦　1,2,5,21,22,25,28

Q

祛魅　83,87,93,113,122

S

身份认同　2,14,29,33,34,53,54,56,57,59,61,63,68,70—73,76,91,92,94,114,115,125,129,130,132,133,135,138,139,141,146,147,149,153—155,158,161,173—176,180,182,186,190,192,202,204

身份伪装　191,195,196,200

审美　31,32,40,82,118,126,136,142,155

时空体　33,38,39,43,74—76,103,114,115,199

视角　3,17,19,21,23,25,28—32,35,54,75,83—86,88,92,98,102,104,105,111,112,114,122,124,128,130,135,136,144,153,155,161,162,164,203,206,207

碎片　79,82,84,85,104,115,119,123,125,127,203,207

T

他者　34,52,56,61,88,89,92,115,121,129,161,173,174,197

体育小说　9,11—13,15—18,130,131,160,161,168,205

体育叙事　1,9,12—16,18,19,29,31,32,78,82,103,130,133,140,144,150,153,154,160,202—204,208,209

《天秤星座》　2,3,14,16,17,20,23—25,27,29,31,32,35—38,41—44,47,48,59,60,70,73—76,78,82,103,107,113,116,122,127—129,167,202,203,205—207

W

伟大的美国小说　1—6,10—12,18,121,126,202,207

文类　5,9,11—13,15—18,21,29,75,118,131,206

X

现代派　21,30,46,47,82,98,104,126,207

现实主义　75,82,84,125,127,205—208

消费主义 3,29,30,82,100—102,108,125,127
小微叙事 33,78,79,83,87,96,98,127,203
新新闻 204—206
性别政治 14,31,33,185,202,204
虚构 3,26,32,36,42,43,45,51,54,61,77,79,83,86,87,108,115,119,122,142,162,163,166,167,169,172,181,195,203—206
叙事动力 36,37,42,43,127
叙事交流 34,191,195,198,204

Y

异质 31,36
易装 182,183
隐含作者 144,190,195—199
隐性进程 32,35—37,42,60,64,74,76
隐喻 16,17,35—37,42,46,53,56,65,74,76,129,133,138,143—146,158,167,172
犹太人 69—72,76,149
游戏 14,17,35—37,42,45,48,49,51,53,56,58—60,63—65,74,76,77,120,131,133,136—139,141,146,147,149,152,154—157,159,166,177,184,200,205,207
语言 3,14,16,22,24,25,29,30,33,35,39,47,129,131—133,136,141—143,145,147,148,151,152,161,171,181,200,202,204,205
约翰·齐弗 10

Z

真实 3,33,37,40,41,43,45,65,76,79,83,95,105,108,122—127,156,191,198,199,205
种族 9,14,33,52,70—73,83,87—89,91—94,122,124,127,149,187,195,202,207
朱迪斯·巴特勒 129,172
主体 14,17—19,25—27,29,30,32,33,36,40,41,51,53,61,72,73,76,77,82,83,95,97,98,102,104,108,110,111,114,115,117,119,125,126,128,129,138,161,162,173,182,183,193—197,199,200,202,204,208
自传 83,87,119,122,127
自由间接引语 54

后　　记

　　毕业转瞬已经两年多了。走出一个校园，走进另一个校园。漫长的学生时代已然完结，更加漫长的教师生涯刚刚开启。借着出版专著的契机，重新翻开自己的博士论文，隔开了时空的距离，发现既可以像一个文学爱好者一样仔细品读，又可以像一个文学批评家一样指手画脚，这是一种全新的体验。

　　我曾经在毕业典礼上把读博比作西天取经，也曾在毕业论文的致谢部分把读博说成宛如在八卦炉中炙烤的峥嵘岁月。不过，而今再想起这五年的时光，仿佛带上了怀旧的滤镜一般，仿佛还在昨日、依然触手可及的虽然不是什么静好岁月，但无疑也算得上是简单而笃定、单调而确幸的美丽往事。博士论文，与其说是这段经历的终点，不如说是内核所在，以此可以画出一个大大的圆，把那些珍贵的记忆碎片通通联系在一起。

　　首先，我要感谢我的导师申丹教授。申老师对我的影响是全方位的。作为公认的学术大家，她从来不把自己的观点强加于人，而总是通过交流、对话的方式与我商议论文的走向。我难以忘记那些在冬日的雪后、初秋的傍晚和老师在未名湖畔边走边聊的画面，也依然珍藏着手机里与她讨论文章修改方案的成千上万条语音信息。在这个过程中，我一次次被她缜密的逻辑、敏锐的洞察力所折服。我相信，这样持续的思想碰撞，正是读博的精髓所在。她既会直言不讳地指出我的问题所在，又会在我取得进步时毫不吝啬地予以赞扬。我在面对学生的时候，总提醒自己要有申老师这样的坦诚、公允之心。学术之外，申老师还总关心学生的生活状况，敦促我们锻炼身体。入职以后，她也依然关心着我的近况，并为我申请项目把关。她让我体会到有一个可以百分之百信任的人是一件多么幸福的事，也让我顿悟到"北漂"的意义。可以说，申老师同时提高了我学术的上限和做人的上限。我会以她为榜样，"淡泊明志、宁静致远"，做一个纯粹的学者，做一个纯粹的人。遇到申老师是我一生的幸运，我将永远对她心怀崇敬和感恩。

我还要感谢我在加州大学伯克利分校联合培养期间的合作导师多萝西·J. 黑尔（Dorothy J. Hale）教授。她带我熟悉英语系的环境，将我介绍给她的学生、同事。是她给了我走进世界顶级名校的机会，并且让我融入多元、开放、自由的学术氛围之中。最温暖的记忆，莫过于那些洒满阳光的午后，在她那挂着巨幅油画、摆满书籍的办公室里，她坐在我旁边，听我讲论文的进度，为我答疑解惑。她会将想法和建议记在便笺纸上，离开的时候交给我。我至今仍保留着这些珍贵的小纸条，也铭感于她提携后辈之心。我会不时想念这个生命中的贵人，想念这个可以直呼其名的老师、朋友、亲人。尽管这几年中美的距离似乎被拉大了，但世界还是可以很小，相信我们今后还能再相会。

北大英语系的老师也让我心存感念。正是他们践行着"博"与"雅"的理念，守卫着学术界的一方净土。在林庆新老师的课上，我开始关注小说中的历史表述问题；和林老师每次的交流也让我如沐春风，他既是我的伯乐又是知音。刘建华老师让我接触到了美国现当代文学的诸多经典文本。我对消费文化的思考来源于周小仪老师的课堂；周老师也为拓展本文的理论深度提出了中肯的意见，他的大家风范为我所敬仰。从毛亮老师的亨利·詹姆斯专题课上，我学到了如何深入地对一个重要作家进行研究；毛老师犀利的学术眼光也使我在选题阶段避免陷入过于复杂的哲学命题之中。韩加明老师一字一句地评阅了我的论文，让我得以纠正不少语法和格式的错误；韩老师严谨的学风、朴实的文风、纯粹的学者之心都让我敬佩不已。

刘锋老师学贯中西，其宽广的学术视野和深邃的理论修养让我对整个学科有了更深的认知。丁林棚老师在我开题和预答辩时提出诸多建议；丁老师的博学多才也总能给人以启迪。要感谢的还有高峰枫、纳海、李宛霖等其他老师，他们在这些年影响着我的治学、为人师表之道。

读研时候所在的北京语言大学也让我充满留恋。在我读博和工作期间，我的硕士导师宁一中教授给予我了一如既往的关心。胡俊老师先后参加我的硕、博论文答辩，在论文、求职等方面都为我指点迷津；穆杨老师和王雅华老师也是我欣赏的女性学者。

我还要感谢参与我毕业论文匿名评审的老师对我的肯定，感谢担当答辩委员会主席的马海良教授提出的意见和建议。此外，本书初稿第一章的部分内容曾在《外国文学研究》先行刊出，对杂志社的各位老师和匿名评阅我几篇期刊论文的专家们表示感谢，他们给了我在这条学术之路上继续前行的动力。

感谢国家社科基金博士论文出版项目各位评审专家的肯定和支持，感谢中国社会科学出版社的王丽媛老师为本书的编辑出版所做的认真细致的工作以及对于我严重的拖延症的包容。

感谢中国科学院大学外语系的高原教授对我这样一名青年教师的关爱，感谢胡江波教授给予我的信任、让我可以开设心爱的文学课程，感谢兼具同事与朋友双重身份的侯大千、龚世琳、张文力博士的陪伴。

同门的高佳艳、高剑妩师姐曾为我出谋划策，罗静师姐、余凝冰师兄毫无保留地与我分享自己的论文，陈礼珍师兄关心着我的项目申请，沈悠师妹在我答辩期间高效地完成了秘书的工作，在此一并表示感谢。王春霞、宫蔷薇、陈丹萍、唐嘉薇、袁广涛与我同窗共读，舍友岳文侠与我同舟共济，感谢他们带给我这些弥足珍贵的燕园记忆。

读书的路上还结识了一些热情、耿直、有理想的学友，几年来或坐而论道，或把酒言欢，为生活增色不少，他们是王凯、姚成贺、周雪松、王芳、刘丽丽、田娟、刘贻伟、郭一、杨晓林、兰秀娟等。还有总提醒我不要丢掉自己锋芒的牟童博士。赴美期间，房东老夫妻对我关照有加，一起访学的张昕昕、李天娇等给了我集体的温暖，杨国静于我亦师亦友。另有一些相识和不相识的人在社交媒体上关注着我的状态，与我保持着互动。感谢这些生命中的遇见！

最后，我想感谢的是这些年给予我包容和关爱的亲人和挚友。虽然我的父母对我的专业知之甚少，但他们一直尊重我的选择，并且为我提供着物质的保障。之所以会走上文学、走上学术这条道路，与从小到大他们为我提供的这种宽松、干预甚少的环境不可分割。我的奶奶可能是这个世界上最疼爱我的人，尽管年过八旬的她记忆力已经大幅衰退，但依然会常常念叨着从前牵着四五岁时的我一起去她任教的小学的场景。郭婷、王海之、杜野、杨丽丽、马晓丽等老友已经陪我走过了十或二十多年的时光，他们看到了最多面的我，也最理解我都经历了些什么；尽管这些年各自奔波、见面机会寥寥，但在精神上我们一直同在。

平心而论，外国文学，尤其是英美文学并不算是特别小众的研究领域。然而，研究的受众着实有限是不争的事实。就我的博士论文而言，真实的读者除了我和我的导师，不过就是参与评审、答辩的几位专家，加起来寥寥数人。因此，能有机会将其出版，让其以专著的形式"上架"，对我而言是一件惊喜的事情——很少有人不喜欢"晒"自己的"孩子"。德里罗虽然是很重要的作家——所有人都觉得自己研究的作家重要，但在国内读者中的普及程度有限，因此我并不觉得有几个文学爱好者会读到自己的这本书。不过，能多几个同行，尤其是对叙事学、当代美国文学感兴趣的学者读到自己的书，虽然会有压力，但对我个人来说是一种激励，相信对于推动德里罗研究也有所助益。

就目前来看，博士论文依然是我学术生涯的巅峰。就"教学科研"这个岗位的题中之义而言，在"青椒"时代的起点，我明显走的是一条"左倾"路线。"备课"成为前两年的关键词。先后带了好几门课程，其中有两门是我自己新开的文学课。教学让我收获了直观的职场成长体验，并且在这个过程中努力践行着离校时发出的"不仅要做外语技能的培训者，更要做文学知识的科普者、人文素养的奠基者"这样的豪言壮语。但现在想来，教学先行的原则确实抢占了自己较多的时间和精力，甚至成为自己在科研方面放慢脚步的一块挡路石。重读、修订博士论文的过程中，学生时代的满怀壮志就像一个冬眠中的小怪兽一样一点点被唤醒。讲台已经站稳，是该将重心转移回自己安身立命的科研工作中来才是。希望这本专著的出版会是自己的行动力重新上扬的一个拐点。

最后几行，请允许我留给我的知己、伴侣栗静舒博士。她是我今生最大的收获，是我永远读不完的一本书，写不尽的一篇文章，毕不了业的一所学校。在本书编辑期间，她将小沐沐带到了这个世间，让我有了父亲这个新的身份，也让我开始用新的视角认识世界这个大文本。我希望将这本书献给她们母子。

安 帅

2022 年春于雁栖湖畔